당신의 자

지금
당신의 자녀가 흔들리고 있다 ❶

이 성 호 (연세대학교 교육학과 교수) 지음

문이당

책머리에

나는 1975년 3월부터 대학에서 가르치고 연구하기 시작하였다. 지난 20년 가까운 긴 세월 동안, 나는 언제고 한 가지 질문에 관심을 집중시켜 왔다. 도대체 우리는 학생들을 어떻게, 무엇으로 가르쳐야만 하겠는가? 그러한 물음에 대한 해답을 찾기 위하여, 나는 학교에서 그동안 수많은 학생들을 가르치며 함께 배워 왔다. 그리고 가정에서는 두 아이의 아버지로서 그들을 어떻게, 무엇으로 가르쳐야만 하는가를 늘 생각하면서 살아왔다. 또한 기회 있을 때마다, 내가 학교에서 학생들을 가르치며 배운 경험, 가정에서 아이들을 키우며 배운 경험을 많은 사람들과 특강의 형식을 빌려 나누어 왔다.

이 작은 책은 바로 나의 그러한 경험을 정리해 놓은 것이다. 기회가 있어 특강을 할 때마다, 학생들이나 학부모 또는 일반 시민들은 나의 그러한 생각과 경험을 글로 적어 주기를 간청하였다. 그러나 그렇게 하지 못하였던 까닭은 우선 내가 그동안 몹시도 바빴었고, 그래서 그것들을 차분히 정리할 수 있는 시간을 내지 못하였기 때문이다. 다음으로는, 나의 그러한 좁은 경험과 생각들을 모아서 책으로 낸다는 것이 어찌 보면 우습고, 부끄러운 일인 것 같아서 망설이고 미루어 왔던 데에 그 까닭이 있다.

그러다가 이번에 용기를 내서 이런 작은 책의 모습으로 그것을 정리해 출판하게 되었다. 내가 용기를 얻게 된 것은, 그동안 이곳저곳에서 특강한 내용이 카세트 또는 비디오테이프에 녹음되어 많은 사람들이 듣게 되었고 그들이 책으로 나온 것이 없느냐는 문의를 수없이 해왔기 때문이었다. 다음으로 나는 지난 20년간의 교육과 연구생활 속에서, 특히 1981년 3월에 연세대학교 교육학과 교수로 부임한 이래, 누구나 그렇듯이 나 자신을 돌이켜 볼 수 있는 여유를 갖지 못하고 온갖 일에 시달리며 바쁘게 지냈다. 학생들을 가르치고 연구하는 일로도 바빴지만, 대학 내에서는 학생처장 등 여러 행정보직을 맡아서 일하느라고, 또 대학 밖에서는 이런저런 일에 수없이 관계되어 일하느라고 참으로 바빴다. 그러다가 작년 말에 교육부 대학정책실장직에서 물러나면서, 참으로 오랜만에 연구실로 돌아올 수 있었다.

지난 한 학기는 오랜만에 모든 행정보직이나 대학 밖의 일에서 손을 떼고 그저 주당 9시간만을 가르치고, 나머지 시간은 내가 그동안 마음껏 하지 못했던 수업준비와 연구에 전념할 수 있는 지극히 편안하고 조용한 시간을 보낼 수 있었다. 그러면서 나는 그동안 내가 늘 관심을 갖고 있었던 문제들에 대한 나의 생각을 정리하고, 하고 싶었던 연구과제들을 탐구하기 시작하였다. 이 책은 바로 나의 그러한 가벼운 정리의 출발로 이루어졌다.

　이 작은 책의 내용들은 앞서 말했듯이, 내가 학교에서 또는 학교 밖에서 이렇게 저렇게 기회 있을 때마다 특강을 하였던 내용들을 정리해 놓은 것이다. 따라서 이 책의 내용은 어떤 심오한 학술적 쟁점에 대한 토론이나 또는 원론적인 이론들을 설명한 것이 아니라 그저 우리가 살아가면서, 일상생활에서 누구나 평범하게 느낄 수 있는 내용들을 적어 놓은 것이다. 대부분의 경우는 나 자신의 경험을 바탕으로 한 이야기들이지만, 부분적으로는 내가 관찰하면서 느낀 다른 사람들의 경험에 대한 이야기도 있다.

　이 책의 내용은 크게 다섯 묶음으로 나누어져 있다. 첫째 장에서는 교육에 관한 나의 기본신념을 적었다. 내가 언제고 기본원칙으로 삼고 있는 전인교육에 관한 나의 생각들을 적었다. 둘째 장에서는 가정교육에 관한 나의 생각을 정리하였다. 이는 특히 내가 두 사내아이(현재 큰아이는 대학 1학년에, 작은아이는 고등학교 2학년에 재학 중이다)를 키우면서 갖고 있었던 나의 믿음을 적어 놓았다. 셋째 장에서는 학교교육에 관한 생각을 모았다. 특히, 학교교육이 사람을 가르치는 전인교육으로 어떻게 전환되어야 하는가를 적었다. 넷째 장에서는 교육에 관련된 몇 가지의 의식문제를 기술하였다. 그리고 끝으로는 나의 삶 그 자체를 바탕으로 내가 늘 느끼고 돌이켜 보는 내용들을 적어 놓았다.

여러 사람이 책으로 내라는 용기를 불어넣어 주었지만 역시 부끄럽기 그지없다. 모쪼록 이 책을 읽는 모든 분들이 이 책으로 인해 교육에 관한 더 좋은 생각들을 키우고, 그래서 지금 멍들고 흔들거리고 있는 우리네 교육을 바로 세우고 살리는 일에 큰 힘이 되어 주면 좋겠다는 바람으로 나의 부끄러움을 감추어 보고 싶다. 특히, 지금 자신의 자녀가 몹시 흔들리고 있음을 가슴 아프게 바라보면서 어쩔 줄 몰라하는 많은 부모님들에게 자신의 자녀를 바로 세우기 위한 좋은 생각과 행동을 만들어 내는 데 큰 보탬이 될 수 있으면 좋겠다.

이 작은 책을 내면서, 지금까지 나를 가르치고 이끌어 주신 부모님과 많은 선생님들께 감사를 드린다. 그리고 이제껏 함께 더불어 살아온 아내와 아이들에게 고마움을 표한다. 또한 함께 가르치고 배우면서 힘이 되어 주었던 동료와 제자들에게도 고마움을 느낀다. 끝으로, 원고를 보고 선뜻 출판을 해주신 문이당 임성규 사장께도 감사드린다.

1994년 9월
연세대학교 용재관에서
이 성 호

제3장 살아서 숨쉴 수 있는 학교교육

제4장 교육개혁을 위한 바른 사고

제5장 심리적으로 자유로운 의미 있는 삶

제1장

사람을 가르치고 배우는 전인교육

온몸 온 마음으로 어머니가 만들어 주신 음식

　요즘의 젊은 주부들은 예전의 우리네 어머니들보다 매우 과학적이다. 아마도 세상이 그렇게 과학화하고, 또 그만큼 많이 배웠기 때문일 것이다. 그래서 그런지는 몰라도, 젊은 주부들 중 상당수가 요리책을 들여다보면서 식단을 꾸미고 가족의 영양을 계획한다.

　요리책은 우리집에도 있었다. 기억하기로 내가 사온 것 같은데 결혼한 지 얼마 안 되었을 때에 사왔던 것으로 기억된다. 근 10여 년간 늘 우리집 거실 책꽂이 한구석에 꽂혀 있었지만, 그동안 몇 차례 이사 다니면서 어디로 없어졌는지 지금은 없어져 버렸다. 언제 어디로 어떻게 없어졌는지, 아니면 누가 일부러 없앴는지조차 모르는 것도, 그 책이 별것 아니라서가 아니라, 그 책이 있으나 마나 했기 때문이다. 수년씩 보관되어 있었지만, 한번도 그 안에 있는 음식을 아내가 만드는 것을 못 보았다. 아내는 그 책을 들여다보지 않았다. 아마 좋게 해석하면, 이미 음식을 만드는 데 나름대로 다양한 방법을 터득하고 있었기 때문인지도 모른다.

아내에게 사다 주었지만 아내는 그것을 별로 읽어 보지 않았고, 그냥 꽂혀는 있기에, 언젠가 나라도 한번 들여다보자 해서 꺼내 본 적이 있었다. 그때 기억으로 우선 종이가 매우 두껍고 좋았던 것 같다. 책의 크기도 컸다. 우리나라에서는 대체로 여성들을 위한 월간지나 책들이 비교적 크다. 마치 여성을 위해 주기라도 하듯이. 안경의 경우도 그러하다. 여성들의 안경이 남성들의 안경보다 좀 큰 것 같다.

요리책을 펴면, 대체로 한 가지 음식에 대한 내용이 양면에 기술되어 있다. 우선 왼쪽 면에는 커다란 글씨로 요리 이름이 적혀 있고, 그 아래 요리의 천연색 사진이 먹음직스럽게 실려 있으며 그 밑에는 그 요리를 만드는 데 필요한 재료가 죽 나열되어 있다. 그리고 오른쪽 면에는 그 요리를 만드는 절차가 순서대로 적혀 있다. 예를 들면 다음과 같이 쓰여져 있다.

김 치 덮 밥

〈재료〉
밥 4공기, 배추김치 1/4포기, 쇠고기 200그램, 붉은 고추 2개, 대파 1대, 녹말가루 3큰술, 육수 2컵, 마늘 다진 것 2큰술, 간장 1큰술, 깨소금 1.5큰술, 참기름 1큰술, 조미료, 후춧가루, 식용유, 소금…….

〈만드는 법〉
① 밥을 따끈하게 준비한다.
② 배추김치는 양념을 말끔히 털어 내고 채 썰어 놓는다.
③ 쇠고기를 채 썰어 놓는다.
④ 대파는 비슷이 얇게 썬다.
⑤ 붉은 고추는 세로로 반을 갈라서 씨를 털고 썬다.

⑥ 프라이팬에 식용유를 두른 후 마늘을 넣어 지글지글 끓여 향이 우러나면, 고기와 파를 넣어 볶으면서 간을 하고, 김치와 고추를 넣어 볶는다.

⑦ 위의 것이 다 볶아지면, 다시 간을 잘 맞추고, 육수에 녹말을 풀어 넣어 걸죽하게 한다.

⑧ 그릇에 밥을 담고 위의 것을 얹는다.

이제 이러한 요리책에 따라 어떤 주부가 음식을 기계적으로 또는 좋게 표현해서 순전히 과학적으로 요리한다고 하자. 책을 옆에다 펴 놓고 들여다보면서 재료를 모두 준비했다. 이제는 〈만드는 법〉에 따라 요리를 하면 된다. 이 주부는 우선 쓰여진 대로 밥을 따끈하게 준비해 놓았다. 손으로 만져 보아도 충분히 따끈하다. 식을까 봐, 밥솥의 전기는 그대로 꽂아 두었다. 다음으로 배추김치 1/4포기를 맑은 물에 씻었다. 양념을 말끔히 털어 내라고 하지 않았는가? 채를 썰라 했지. 가능하면 잘게 써는 것이 좋겠다 싶어 잘게 썰었다. 또 세 번째 단계인 쇠고기를 채 쳤다. 역시 잘게 썰었다. 대파는 비슷이 썰라고 했겠다. 이 정도면 비슷한 것 아닌가? 꼭 비슷해야 된다는 법은 아니겠지. 얇게는 썰어야 되겠지……. 이런 식으로 그 주부는 모든 과정을 끝마쳤다. 이제 마지막 여덟 번째 단계, 그릇에 밥을 담고 그 위에다 얹는다. 시키는 대로 다했다. 틀림없이 다했다. 맛있어 보인다.

드디어 식탁에 차려 놓았다.

「여보, 식사하세요, 저녁 다됐어요. 애들아, 어서 손 씻고 이리 와서 식사해라, 엄마가 맛있는 것 해보았다.」

남편과 애들이 앉았다. 애들은 그런대로 맛있는 듯 먹는다. 애들이라서 맛이 무엇인지도 모를 테지만, 어떻든 배가 고팠는지 순식간에 먹어 버렸다. 그러나 남편은 말 없이 먹고 있다. 뭐에 화가 났는지, 별로 말이 없다. 기껏 해놓았는데 수고했다는 말도 없다. 남편은 절반쯤 먹고 절반쯤은 남긴 채 일어섰다. 그러고는 불쑥 내뱉기를,

「요리책 보고 한다고 다 맛있는 것 아냐. 뭐야 이게, 밥도 아니고 죽도 아니고.」

「덮밥 아녜요. 김치덮밥.」

「뭐든지 위에다 덮으면 덮밥인가?」

저녁 식탁을 준비했던 그 주부 역시 기분이 상했다. 그래서 속으로 중얼댔다.

「그래도 나름대로는 열심히 준비했다 싶은데. 거참, 책에 쓰여진 그대로 했는데, 하긴 내가 먹어 봐도 죽 같기도 하고 밥 같기도 하지만, 배 속에 들어가면 다 섞이고 마는 것인데, 까다롭기는…….봐라, 다시는 내가 요리책 보고 뭐 해주나.」

만약, 정말로 위와 같은 일이 어느 집에서 저녁 식탁을 에워싸고 벌어졌다면, 무엇이 문제가 되는 것인가? 음식을 요리한 주부에게 문제가 있었는가? 요리책에 문제가 있었는가? 아니면 그 음식을 보고 투정한 남편에게 문제가 있었는가?

내게는 부모님이 생존해 계시다. 지금은 어머니의 건강이 다소 좋지 않으신 편이지만, 1～2년 전만 해도 두 분은 70이 넘으셨다는 연세에 비하면 퍽이나 건강하셨다. 그래서 두 분은 자식들하고 한집에 함께 살면 불편하시다면서, 따로이 아파트에 사셨다. 자주는 못 가 뵙고, 이따금씩 가뵐 때가 있다. 나는 서울의 서쪽 끝인 목동에 살고 부모님은 동북쪽 끝인 상계동에 사신다. 이렇듯 거리가 멀리 떨어졌다는 이유로, 또 늘 정신없이 바쁘다는 핑계로 자주 찾아가 뵙지 못한 나는 실상 이 이야기를 쓸까 말까 할 만큼 스스로 자책하고 있다.

어떻든 오래간만에 찾아가 뵈면, 어머니는 그전에도 늘 그러셨듯이, 저녁 먹고 가라고 붙드신다. 그러고는 베개를 꺼내 주시면서 잠

간 눈이나 붙이고 있어라 하신다. 그저 평소 드시는 대로 저녁상을 차려 주기도 하시지만, 때로는 별식이라도 해주고 싶으셔서 애쓰실 때도 있다. 콩을 사다가 물에 불리시고, 그것을 정성껏 갈아서 돼지고기를 썰어 넣고, 김치도 좀 넣고 해서 콩비지찌개를 만들어 주시기도 한다. 그러면 참으로 맛있다. 그 어디 가서 먹어 보았을 때보다도 맛이 있다. 집에 돌아와서 어머니한테 들렀다가 그곳에서 저녁 먹고 왔다고, 그리고 콩비지찌개를 해주셨는데 참 맛있었다고 말하면, 아내는 때로는 다른 일로 인한 나에 대한 불만을 터뜨린다. 「그렇게 맛있으면, 아예 거기서 그것이나 먹고 살지 왜 왔느냐!」고 짜증 아닌 짜증을 부린다.

어머니가 해주신 음식이 내게 특별히 맛있었던 까닭은 '콩'이 유별나게 좋아서 그런 것도 아니고, 그 속에 넣은 '돼지고기'나 '김치'가 특별한 것이어서 그런 것이 아니다. 한마디로, 어머니가 음식을 만드실 때 온갖 정성으로 만드셨기에 맛있는 것이었다. 그저 음식을 기계적인 공정절차에 따라 생각 없이 만드신 것이 아니라, 콩을 사러 시장에 다녀오시는 길에서부터 어머니의 몸과 마음이 그 음식에 깃들기 시작한 것이다. 자식에 대한 사랑, 자식에 대한 온갖 연민의 정이 그 속에 서려 들어간 것이다. 심지어는 「내가 죽기 전에 저 녀석 밥을 몇 끼나 더 해줄 수 있을까?」 「6·25전쟁 때 저걸 업고 피난 가느라 고생했는데, 그래도 이제는 지도 자식 낳고, 머리도 하얘지고, 교수가 되어서 제 몫을 하고 사는 것이 기특하구나」 「매일매일 바빠서 피곤하고 지쳐 있을 텐데, 그래도 틈내어 들러 주었구나」 하는 오만 가지 생각이 음식을 만드는 손길에 함께하였을 것이다. 즉, 어머니의 손길 속에는 어머니의 지·정·의, 어머니의 온몸과 온 마음이 서려 있었던 것이며, 그것이 바로 음식의 맛을 나게 한 가장 큰 이유였음을 나는 확신한다.

예나 지금이나, 교육에서는 언제고 전인교육(全人敎育)을 교육의 가장 이상적인 지표로, 최고의 가치로 받아들이고 있다. 전인교육은 한마디로 온전한 사람을 길러 내자는 것이다. 온전한 사람은 단순히 머리만 큰 사람이 아니라, 가슴도 크고, 몸도 크다. 지·덕·체 또는 지·정·의를 모두 골고루 갖춘 사람이다. 지적으로, 정서적으로, 사회적으로, 도덕적으로, 신체적으로 골고루 갖춘 사람이다. 그렇다면 지금 우리네 교육에서는 이러한 전인을 길러 내고 있는 것인가?

우리네 교육을 걱정하는 많은 사람들은 우리 교육이 그러한 전인교육에 실패하고 있다고 보고 있다. 그러면 왜 우리는 실패하는 것일까? 교육재정이 빈약해서 그런 것인가? 흔히 말하는 과밀학급 때문에 전인교육을 하기 어려운 것인가? 시설이 열악해서, 아니면 교육 환경이 지나치게 관료주의적이어서 그런 것인가? 하기야 그 모든 것들도 우리 교육에서 전인교육이 실패하는 데 부분적으로 영향을 미쳤음을 부인하지는 않는다. 그러나 그 원인을 좀 더 깊이 따져 보면, 가장 근본적인 주된 원인은 가르치는 선생님, 가르치는 방법에 달려 있음을 느낀다.

전인교육을 성취하려면, 우선 학생들보고 전인이 되라고 이야기하기 이전에, 선생님 스스로가 전인이 되기 위한 노력을 게을리하지 말아야할 것이다. 선생님이 지·덕·체, 또는 지·정·의를 고루 갖추기 위한 노력을 하지 않으면서 학생들보고만 그러한 것을 골고루 갖추라고 하는 것은 설득력이 없는, 한낱 구호에 불과한 것이 되고 만다.

전인교육을 우리 교육현장에서 구현하려면, 선생님들의 가르치는 행위가 '전인적(全人的)'이어야 한다. 전인적인 교수행위가 이루어져야 한다는 것이다. 이는 선생님이 학생들을 가르칠 때, 단순히 입으로만 가르치지 말고, 또는 단순히 머리로만 가르치지 말고, 온몸과 온 마음으로 가르쳐야 함을 의미한다. 마치도 어머니가 자식에게 음식을 만들어 줄 때, 당신의 온몸, 온 마음, 당신의 온갖 정성과 열정, 사랑으로 만드셨듯이, 학생들을 그렇게 가르쳐야 전인교육이 가능해진다. 학생에게 어떤 하나의 개념을 설명할 때, 그것을 그냥 지적으로만 설명해서는 안 된다. 지적·정서적·사회적·도덕적·신체적으로 가르쳐야 한다. 선생님의 말 한마디 속에는 선생님의 지·정·의가 용해되어 들어가야만 하는 것이다.

그럼에도 오늘날 우리네 교육현장에서는, 마치도 요리책을 펴놓고 정해진 절차대로 음식을 기계적으로 만들 듯이 학생들을 가르치는 경우가 많다. 그저 수업시간이 되면 들어가 출석 부르고, 제목 써주고, 계획된 진도표에 따라 교과서 내용을 아무런 '감정' 없이 쭉 설명해 주고, 불러 주고, 필기해 주고 나오는 식의 기계적인 절차가 인습으로 정착되어 있는 듯싶다.

교수안을 만들 때, 흔히 '도입, 전개, 종결'이라는 공식에 따라 만든다. 그리고는 그 공식에 따라 기계적으로 순서를 빠짐없이 이어 나간다. 그 속에서 학생들은 '사람'을 배우는 것이 아니고 '죽어 있는 지식'만을 배운다. 그리고는 결국 '전인'과는 거리가 먼 사람으로 키워져서 교문을 나서는 것이다.

자녀는 이렇게 키워라

요즘 세간에 나돌고 있는 많은 책들 가운데 쉽게 눈에 띄는 것 중의 하나가 자녀교육에 관한 서적들이나 자녀교육에 관한 내용을 한두 꼭지 담은 월간지와 같은 잡지들이다. 대부분이 좋은 책들이고 꽤나 도움이 되는 내용들을 담고 있다. 또 이토록 자녀교육에 관한 도서가 늘어나는 것은 좋은 현상이기도 하다. 그것은 그만큼 우리네 부모들의 자녀교육에 대한 과학적 지식의 탐구욕이 늘어나고 있음을 나타내는 것이기도 하다.

사실 따지고 보면, 우리네 부모들이 자녀교육에 대하여 갖고 있는 지식의 수준은 그러한 도서들이 늘어남에 따라 매우 높아졌다. 과거에는 심리학을 전문으로 공부하는 사람들만의 전문지식으로 여겨졌던 많은 것들이 이제는 부모들의 상식적 수준의 지식이 되어 버렸을 만큼, 부모들의 지식수준의 깊이와 폭은 매우 깊고 넓어졌다. 지능지수(IQ)니, 성취동기니, 학습부진아·문제아·문화실조아니 하는 용어들이 큰 저항감 없이 부모들의 일상 대화 속에 쉽게 쓰이고 있다. 한마디로 매우 좋은 현상이라고 하겠다.

그럼에도, 여기에 한 가지 문제가 있음을 주의 깊게 성찰해 볼 필요를 느낀다. 그것은 마치 자녀교육에는 어떠한 비법이 있는 것 아니겠는가, 자녀교육에는 우리가 모르는 어떠한 기술이 있는 것 아니겠는가, 멀리 돌아서 가는 길보다는 쉽게 가로질러 가는 첩경이 있는 것 아니겠는가 하는, 잠재된 기대가 부모들 마음속에 서려 있는 듯 보인다는 점이다. 아니면, 그러한 그릇된 믿음이나 바람을 은근히 부채질하고 유도하여 상업적으로 이용하려는 사람들이 있는 것은 아닌가 하는 점이다.

이는, 우리가 쉽게 찾아보고 접할 수 있는 자녀교육에 관한 많은 책들이 담고 있는 내용이나, 그 책 제목들만 보아도 그러한 식의 사고가 범람하고 있음을 쉽게 느낄 수 있다. 예컨대, '○○○을 키우는 비법' '○○○을 교육하는 테크닉' 또는 '자녀는 이렇게 키워라' 등등 수없이 많은 것들이 눈에 띈다. 물론, 이런 것들 모두가 나쁘다고 이야기하는 것은 아니다. 알아 두면 결코 손해 보는 일은 없을 것이다. 양복에 초가 묻었을 때, 그것을 어떻게 뺄 수 있느냐 하는 잔재주를 알아 두면 나쁠 것이 하나도 없는 것과 마찬가지이다.

문제는 그러한 잔재주나 또는 마치 그전에는 아무도 몰랐던 새로운 비장의 방법이라도 되듯이 소개하는 그러한 잔기술들을 자녀교육의 전부인 양 생각하고, 아무때나 누구에게나 그러한 잔재주나 잔가지 비법들을 갖다 대고 적용하려는 데 있는 것이다. 마치 자녀교육을 수학문제에 어떠한 공식을 대입하여 답이라도 얻는 것과 같은 것으로 본다. 이러한 때는 자녀를 이렇게 대해라, 어떠어떠한 때는 자녀를 이렇게 다루어라 하는 식의 공식과 같은 답안들이 지침이니, 원칙이니, 원리니 하는 무거운 용어들과 함께 제시되고 있다. 그리고 여기에 으레 붙어 다니는 것이 권위이다. 좋은 회사의 제품을 소비자가 선호하듯, 누가누가 그러는데, 어떠어떠한 사람이, 교수가, 학자가 그러는데, 자녀가 이럴 때는 그렇게 하여야 한다는 식의 권위가 붙어 다닌다. 때로는 아주 특별한 경우, 특별하게 자녀를 성공으로 이끈 부모들의 경험담을 하나의 자녀교육 모형으로 제시한다. 이제 우리네의 많은 부모들 중 심리학자가 아닌 사람이 없다할 만큼 그러한 단편적이고 기능적인 지식들은 날로 확산되고 있는 것이다.

그러나 하나님께서 창조하신 인간이란 그렇게 기계적으로, 몇 가지 잔재주적 방법들로 변화되고 형성되고 키워질 만큼 단순한 피조물이 아니라는 점을 한번쯤 생각해 볼 필요가 있다. 흔히 우리가 갖고 있는 무의식적인 그릇된 믿음은, 인간의 행동은 기계적으로 쉽게 변화되고 조작될 수 있다는 것이다. 물론 경우에 따라서, 내용에 따라서는 그것이 전혀 불가능한 것은 아니다. 또 그렇게 해서 성공을 거둔 경우도 있다. 그럼에도 인간을, 어린이를 그러한 기계적인 변화와 조작의 대상으로만 인식하고, 거기에다 몇 가지 기능적 방법들을 무조건 갖다 대려고 하는 것은 지극히 위험스러운 일이다.

사람은 참으로 오묘하고 복잡한 과정을 거쳐 일생 동안 '되어 가다'가 죽는 것이다. 되어 가는 데는 끝이 없다. 완성이란 존재하기 어렵다. 무한한 가능성만이 아마도 가장 적절한 표현일 듯싶다. 그것은 마치 우리가 하나의 미술작품을 놓고 생각하는 것과 같다. 이 세상에 그 작품의 정답과 같은 완성은 없다. 더 나은, 더 좋은 작품이 있을 수 있다는, 창출해 낼 수 있다는 믿음이 있기에, 예술가들은 오늘도 그들의 열과 성을 모아 노력하는 것이 아니겠는가?

한 인간의 성장과 발달이 그렇다. 결코 공장에서 제품을 생산해 내듯이 어떠한 기계적인 공정절차가 있어, 그대로 따라서 해내면, 하나의 제품이 완성되어 나오듯이 한 인간이 키움을 받는 것은 아니다. 불량품을 수선하고 고쳐서 좋은 제품으로 만들어 내듯이, 어린아이들을 몇 가지 기술이나 잔재주로 고치고 수정해서 바로잡으려고 생각해서는 안 된다. 사람은 그렇게 간단한 원리로 구성되어 있지가 않다. 더구나 어른들 마음대로, 어른들이 원하는 대로, 어린아이들을 조작하고 변화시킬 수 있다고 믿는다면, 그것은 더없이 위험스러운 일이다. 쉽게 들을 수 있는 이야기 가운데, 아직 걷지도 못하는 잠자는 어린아이를 들여다보면서, 이 다음에 의사로 만들겠다는 식의 대화를 나누는 부모들의 경우가 그렇다.

또한, 요즘 범람하고 있는 많은 글 가운데, 때로는 서양 사람들이 그들의 자녀교육에 사용하고 있는 원칙들이나 방침·지침들을 소개하는 것을 볼 수 있다. 물론 그것도 결코 나쁠 것이 없다. 참고가 될 수 있는 좋은 자료들이다. 몇 년 전 가정교육 지침 하나가 어느 나라의 것을 그대로 베꼈다고 해서 신문에 크게 난 적도 있었다. 베꼈다고 해서 문제가 되고 안 되고 하기 이전에, 여기에서 한 가지 짚고 넘어가야 할 일은 그것이 그들의 문화권, 그들의 관습과 그들의 전통적 가치관 속에서 형성되어 온 자녀교육에 대한 믿음이라는 점이다. 그것이 결코 그대로 우리네 자녀교육에 적용될 수 있고 받아들여질 수 있는 것인가에 대한 주의 깊은 검토가 먼저 필요한 것이다.

수년 전 어느 신문에서는 자녀들 간의 싸움을 예방하는 원칙을 소개하였다. 미국의 어느 여성잡지에 게재된 내용을 옮겨 적어 놓은 것이었다. 역시 좋은 참고가 될 수도 있다. 그러나 만약 우리네 어느 부모가 그 원칙을 그대로 자신의 가정에서 자녀들 간의 싸움에다 적용하려 든다면, 그것은 오히려 지극히 위험스러운 결과를 가져올 수도 있음을 함께 염두에 두어야만 할 것이다. 서양의 어린아이들과 우리네 어린아이들이 어려서부터 자라나는 풍토와 토양은 근본적으로 다르다. 그럼에도 그러한 원칙들을 여태껏 자신이 몰랐던 새로운 지식인 양 그냥 받아들여서 그대로 적용하려 든다면, 그것은 한국의 전통적인 난방방식인 온돌방에다 침대를 놓고, 신발을 벗지 않고 사는 서구식 생활태도를 갖다 댄 우스운 꼴이 될 것이다.

예컨대, 우리네 어린아이들은 어려서부터 통합적인 인지구조 양식을 갖고 성장한다. 쉽게 말하자면, 모든 것을 그저 하나로 묶어서 두루뭉술하게 사고한다고나 할까, 조목조목 따지고 분석하는 버릇이 없다. 이에 비하여, 서양의 어린아이들은 일찍부터 조목조목 따지고 분석하는 문화체제에 접촉하며 성장한다. 이는 어머니가 시장에 갈 경우, 아이들이 어머니에게 자신의 일을 부탁하는 것을 보면 금방 느낄 수 있다. 우리네 아이들은, 「어머니, 시장 가세요? 먹을 것 좀 사다 주세요!」 한다. 그러면 어머니는 「알았어, 먹을 궁리나 하지 말고 어서 들어가 공부나 해」 하고는 먹을 것을 적당히 사다 준다. 그리고 아이들은 그것을 별 불평 없이 그대로 받아들인다. '알아서 한다'는 것을 비난할 수도 있지만, 그것은 그것 나름대로 좋은 점을 지니고 있다. 그러나 서양 아이들은, 「어머니, 시장 가세요? 두 가지를 사다 주세요. 하나는, 아이스크림을 사다 주시는데, 바닐라가 10퍼센트쯤 섞인 것 있지요. 그것으로 사다 주세요. 그리고 다른 하나는 볼펜을 사다 주시는데 빅에서 나온 것으로 라운드스틱 미디엄 사이즈로 사다 주세요」 하는 식으로 퍽이나 구체적이다. 그러면 어머니는 그것을 쪽지에 적어 갖고 나가서 정확하게 주문대로 사다 주신다. 흔히들 우리나라 사람들은 예약문화를 아직 못 갖추고 있다고 한다. 아마도 그러한 것이 바로 우리네의 통합적 사고, 두루뭉수리식 사고에서 기인한 것일지도 모른다.

하여튼, 근본적으로 이러한 사고양식에 차이가 있는데, 어린아이들의 싸움을 말릴 때, 서양식의 객관적이고 분석적인 중재방식이 우리네 아이들에게 합당하겠는가? 우리네 경우에는 형제가 싸움을 하면 부모가 형제를 앉혀 놓고 객관적이고 분석적으로 잘잘못을 가리지 않았다. 잘잘못을 가리기 이전에 어떻든 동생하고 싸움을 한 형이 먼저 꾸중을 들어야 하는 풍습, 믿음이 우리에게 있었다. 그것이 곧 현재의 과학적 지식에 위배된다고 해서, 우리는 그것을 무조건 나쁜, 그릇된, 전근대적인 양육태도로만 비난할 것인가? 그리고 서양 사람들이 갖다 대는 몇 가지 잔재주적 기술들을 활용할 것인가?

자녀는 결코 비법으로 키우는 것이 아니다. 자녀는 어떠한 손끝에 와닿는 잔재주적 기술로 키우는 것이 아니다. 교육이란 그 자체가 결코 기술이 아니다. 교육은 어찌 보면 하나의 예술과도 같다. 그렇기에 나는 교육기법이란 용어를 매우 싫어한다. 교육방법이란 표현이 바람직하다고 믿는다. 또한 '키운다'는 표현이 때때로 거부감을 느끼게 하는 것도, 어른들이 아이들을 몇 가지 기술로 동물을 훈련하고 조련시키듯하는 것처럼 들리기 때문이다. '키움'이란 표현에 키우는 사람 쪽의 의지와 전략이 키움을 받는 어린아이에게 가해질 수 있다는 생각이 깔려 있는 듯싶어서, 나는 자녀를 키운다는 표현에 거부감을 느끼는 것이다.

자녀는 스스로 자란다. 그들은 성장하여 성숙된 한 인간으로 자란다. 달리 표현하면, 자녀는 성숙된 한 인간으로 스스로 '되어 간다'. 되어 가는 과정에서 우리네 부모들은 훌륭한 안내자, 조장자, 또는 지원협력자일 수밖에 없다. 그 이상도 그 이하도 되어서는 안 될 것이다. 결코 부모의 의지대로, 부모의 욕구대로, 부모의 만족을 위하여 자녀를 키우려는 도구적 사고가 있어서는 안 될 것이다. 심리학적인, 현대과학적인 지식을 몰랐던 우리네 옛날 부모님들은 그래도 우리를 언제나 성숙된 한 인간으로 자라도록 하는데 성공을 거두었음을 한번쯤 음미해 볼 필요가 있다.

요즘 자주 들려오는 이야기 가운데 하나가 권위주의의 청산이다.

권위의 형태도 다양하고, 권위주의의 작용형태도 다양할 것이다. 따라서 청산해야 할 권위도 매우 다양할 것이다. 그 가운데 하나는 바로 맹목적인 잔재주적 지식과 기술에 구속되어, 그것만을 믿고 자녀를 교육하려는 부모나, 학생을 가르치려는 교사들의 권위일 것이다. 느낌이 없는 지식, 행동이 동반되지 않은 지식, 전체와 유리된 분절된 지식, 죽어 있는 지식만을 내세우고 믿고, 그것을 이용하여 살아 있는 생명을 부모님 마음대로, 선생님 마음대로 변화시키려고 하는 태도가 어린아이들의 입장에서 보면, 어른들의 한심하고 오만한 권위주의가 될 것이다. 작은 몇 가지 비법, 몇 가지 잔재주적 지식을 안다고 해서 그것을 크게 휘두르면, 그것은 분명 꽤나 견디기 어려운 권위주의가 될 것임을 다시 한 번 강조해 둔다.

얘, 정치경제가 무척 웃긴다

어느 해 이른 봄날, 밤 11시가 조금 넘어선 늦은 시간이었다. 시내에서 저녁 식사 모임이 있으면, 으레 차를 끌고 나가지 않는 평소의 습관이 있어, 그날 밤도 나는 좌석버스를 타고 집에 돌아왔다. 아파트단지 입구에서 내려, 저만치 보이는 집으로 향해 걷던 중, 내 앞에 세 명의 여학생이 천천히 걸어가고 있는 것을 보았다. 셋은 모두가 지쳐 있는 듯 걸음이 힘겨워 보였다. 교복으로 보아서 아파트단지 저편에 있는 J여고 학생들인 듯싶었다. 그리고 이름만 '자율학습'이지 실제로는 억지로 붙잡혀 늦게까지 공부하다 돌아오는 학생들인 듯싶었다. 이내 우리들의 사이는 가까워졌다. 이제는 그들의 얘기가 뒤에서 따라 걷는 내 귀에도 선명하게 들려왔다.

「얘, 정치경제가 무척 웃긴다.」

그들이 무슨 얘기를 주고받으며 걸었는지 전혀 알지 못하였던 나로서는 그 의미를 순간 여러 갈래로 생각했다. 예컨대, 우리나라의 정치경제가 웃긴다는 얘기냐? 우리나라 정치인들이 이끌어 가는 정치와 우리나라의 기업인들이 키워 나가는 경제가 웃긴다는 얘기냐? 그렇다면, 야, 요즘의 우리 여고생들의 사회적 관심도 매우 비판적이로구나…….

그러나 이러한 짧은 순간의 내 생각은 전혀 빗나갔다. 그것은 그 말을 받은 다른 학생의 대꾸에서 이내 밝혀졌다.

「이번에 새로 왔다는 사람 말이니?」

「응, 그래.」

「너네 반도 들어갈 텐데…….」

「야, 야, 그래 어떻든? 지겹지는 않니?」

얘기인즉, 그 학교에 새로 부임한 선생님에 관한 대화였다. 그러니까 '정치경제'라는 과목을 가르치는 선생님에 관한 대화라는 것이다.

몇 걸음 더 걸은 후, 그들은 모두 오른쪽 아파트 쪽으로 걸어 들어갔고, 나는 앞에 보이는 내 아파트 쪽으로 걸음을 재촉했다. 그러면서 저만한 나이였을 때의 내 모습을 생각해 냈다.

수업시간이 되면, 아이들은 으레 책상에 각기 책을 펴놓고 왁자지껄 떠들면서 선생님이 들어오시기를 기다렸다. 몇몇 아이들은 아직도 자리에 앉지 않고, 책가방으로 이렇게 저렇게 막혀 있는 좁은 통로를 이리 뛰고 저리 뛰면서 장난을 친다. 그러다가 교실 밖 복도를 예의(?) 주시하던 한 아이가 소리친다.

「야, 야, 영어 떴다!」

그러면 이내 아이들은 꼼짝없이 자리에 앉고, 언제 떠들었냐는 듯이 조용해진다.

그런가 하면, 이런 경우도 있었던 게 생각났다. 이를테면, 국어선생님께서 어느 아이를 자신에게 좀 불러 달라고 다른 아이에게 시키면, 그 다른 아이가 찾아와서는 「야, 너, 국어가 오래!」 하였던 경우 말이다.

「얘, 정치경제가 무척 웃긴다.」

「야, 야, 영어 떴다!」

「야, 너, 국어가 오래!」

이러한 표현은 모두 선생님을 그렇게 표현한 것이다. 얼핏 생각하기에, 이러한 표현은 버르장머리 없는 학생들, 또는 예의범절을 모르는 학생들의 생각 없는 그릇된 것이겠거늘 하고 그냥 가볍게 넘겨버릴 수도 있을 것이다.

그러나 나는 이러한 학생들의 대화에서 우리나라 교육이 잘못되어 가도 한참 잘못되어 가고 있음을 가슴속 깊이 느낀다.

도대체 우리는, 우리 선생님들은, 우리 어른들은 학생들에게 무엇을 가르치는 것일까? 무엇을 어떻게 가르치길래, 그들은 자신들을 가르치는 선생님의 이름자도 모르고 있는 것일까? 아니, 알면서도 부르지 않는다면, 그것은 또 왜 그럴까? '정치경제' 과목을 가르치시는 선생님께서는 분명 흑판에 자신의 이름자를 매우 크게 써주셨을 것이다. 더욱이 새로 부임하셨으면 분명 그렇게 하셨을 것이다. '정치경제' 과목을 가르치시는 선생님의 경우는 새로 부임하셨기에, 학생들이 이내 그 이름을 기억하지 못할 수도 있을 것이다. 그러나 몇 달 내내 가르쳐 주신 영어선생님, 국어선생님, 미술선생님의 이름을 기억하지 못한다면, 그것은 분명 무엇이 잘못되어도 한참 잘못된 것 아닌가?

하기야, 내 자신도 그런 경우를 겪어 보지 않았던가? 수년 전 어느 교과목을 가르쳤을 때의 일이다. 이 교과목은 교직과정을 이수하는 학생들을 위한 과목이었다. 많게는 30여 개 학과 학생들이 수강을 하고 있었고, 수강생도 근 150명이나 되었다. 나는 학기 초에 흑판에 내 이름 석자를 한글과 한문으로 크게 써주었다. 그리고 수업시간마다 학생들 이름을 한 명 한 명 부르면서 이름과 얼굴을 익히기 위해 정성을 다했다. 그리고 수강학생 모두가 서로 이름도 알고 사귐의 기회를 갖도록, 특히 전공학과가 다른 학생들끼리 모였으니, 이 또한 매우 좋은 사귐의 기회가 아니겠는가를 강조하면서 서로서로 만남의 기회를 갖도록 권고하였다. 더불어 이번 학기에 그 학생들을 가르친 교수의 이름도 기억해 주길 부탁했다. 더욱이 내가 쓴 교과서를 갖고 한 학기 내내 공부했으니, 표지에 쓰여 있는 내 이름을 학생들이 기억 못할 리는 없을 것이란 생각도 해보았다. 그리고 나는 그 과목의 학기말 시험 때 시험문제 맨 끝에 두 문제를 추가했다.

① 이번 학기에 여러분을 가르친 이 과목의 담당교수 이름을 한자로 적으시오.
② 이번에 함께 수강한 다른 학과 친구들의 이름을 아는 대로 적으시오.

배점을 크게 하는 건 무리다 싶어, 원래 시험문제만으로 100점을 정해 놓고, 이 두 문제는 일종의 보너스 점수처럼, '문제 ①번은 10점, 문제 ②번은 1명당 1점' 하는 식으로 점수를 정해 주었다. 학생들은 웃으면서 답을 썼다. 옆 친구를 기웃거리며 뒤늦게 이름을 알아보려는 학생들도 있었다. 기억나는 일 중의 하나는 어떤 여학생이 내 이름을 한자로 '李星鎬'라 쓸 줄을 모르니까, 자기 딴에 꾀를 내어서 '異性好'라고 창작(?)한 경우가 있었다. 덕분에 이름 한 개를 더 얻었지만. 어떻든 많은 수의 학생들이 선생님 이름도 제대로 기억하지 못하고 있었는데, 하물며 함께 수강한 학생들의 이름을 기억하지 못하는 것은 더욱 당연한 일인 듯싶었다.

'가르친다'라는 어휘는 타동사다. '배운다'라는 어휘도 타동사다. 타동사에는 목적어가 있게 마련이다. 그렇다면 가르친다, 배운다라는 타동사의 목적어는 무엇인가? 영어, 국어, 수학, 정치경제, 음악 등의 교과목인가? 아니면, 그것을 도구로 삼아 가르치고 배우는 선생님과 학생들인가? 분명 우리는 '사람'을 가르치고 '사람'을 배우는 것이다. 선생님은 '학생'이라는 사람을 가르치는 것이고, 학생은 '선생님'이라는 사람을 배우는 것이다. 영어를 가르치고 영어를 배우는 것이 아니다. 물론, 국어 문법적으로 이야기해서, '선생님은 학생들에게 영어를 가르친다'라고 표현을 할 수 있으며, 이때 '학생들에게'는 간접목적어(또는 부사어), '영어를'은 직접목적어(또는 목적어)라고 설명하는 사람도 있을 성싶다. 나는 여기서 그러한 문법적 논쟁을 하자는 것이 아니다. 더욱이 문법도 잘 모른다. 내가 강조하고자 하는 것은 가르친다거나 배운다고 할 때, 그 의미의 본질을 교육적 관점에서 따져 보고자 하는 것뿐이다.

교육의 대상은 사람이다. 국어, 영어 등은 교육의 내용이다. 문제는 사람을 가르치고 배우는 교육의 본질에서, 사람이 교육의 주체가 되지 못하고, 가르치고 배우는 내용이 교육의 주체가 되고 있는 데 있는 것이다. 즉, 교실에서 사람이 모여 서로 가르치고 서로 배우는 것이 학교교육임에도 불구하고, 사람들은 무시된 채로 오로지 가르치고 배우는 내용인 교과목이 주인 행세를 하고 있다는 것이다. 선생님도, 학생들도 가르치고 배우는 교과서를 신주단지처럼 모시고, 모두가 그것의 노예가 되고 있는 것이다. 그 속에서 사람이 누구인가는 상관이 없는 것이다. 가르치는 선생님이 남자인지, 여자인지, 박ㅇㅇ 선생님인지, 김ㅇㅇ 선생님인지 아무런 관계가 없다. 그저 누구든지 들어와서 우리에게 영어만 가르치면 된다는 식의 그릇된 생각이다. 또 배우는 학생이 김ㅇㅇ인지, 이ㅇㅇ인지도 상관없다. 그저 모여 앉은 학생들을 향해 진도계획에 따른 내용을 가르치면 그만이라는 식의 생각이 무의식중에, 습관적으로 깃들어 있는 것은 아닌가 하는 것이다. 그렇기에, 학생들은 선생님을 보고 따라 배워야 할 하나의 인격체로 보는 것이 아니라 영어로, 수학으로, 즉 하나의 교과목으로 보는 것 아니겠는가? 또 수많은 잡무에 시달리며, 그것도 일주일에 20시간이 넘게 드나들며 가르쳐야 하는 피곤한 선생님들도 교실 안에 꽉 들어찬 수많은 학생 하나하나를 사랑하며 가르쳐야 할 하나의 인격체로 보기는 어려웠던 것이 사실일 것이다.

요즘 쉽게 듣는 교육용어 가운데 '인간교육'이란 말이 있다. 그것은 여러 가지 의미를 함축하고 있다. 사람을 가르치라는 뜻도 들어 있을 터이고, 제대로 된 사람을 길러 내자는 뜻도 들어 있을 것이다. 교육은 본래가 사람을 위한 것이다. 사람에게만 적용되는 용어이다. 개나 돼지, 소 등 동물에게는 적용되지 않는다. 우리는 '개교육' '소교육'이라 하지 않는다. '개훈련'이라고 한다. 개는 훈련을 시키는 것이지 교육을 시키는 것이 아니며 교육과 훈련은 근본적으로 다른 성질의 일이다. 물론 사람을 가르치고 길러 내는 데에도 '훈련'적인 성격의 일이 필요한 경우도 있다. 그러나 사람을 가르치고 길러 내는 일에는 근본적으로 교육의 성격이 그 본질을 형성한다.

그럼에도 불구하고 그동안의 우리네 교육은 동물훈련에 가까우리만큼 교육부재의 현상을 띠어 왔다. 오죽하면 '인간교육'이란 용어가 만들어지고 사용되었겠는가? 1972년에 미국의 라이머(E. Reimer) 교수는 「학교가 죽었다」라고 설파하였지만, 우리네 교육에서는 학교가 죽은 것이 아니라, 학교 속에, 교실 속에 있는 선생과 학생이라는 사람이 죽어 가고 있다고 표현함이 더 타당하리만큼, 교육에서의 인간성이 무너져 내리고 있는 것이다.

그런가 하면, 학부모들도 어쩔 수 없이 남들처럼 비뚤어질 수밖에 없는 교육풍토 속에 노예가 되어 버려, 부모로서의 인간다움을 상실하고는, 그저 자녀들을 무한경쟁 속으로 몰아넣는 채찍을 휘두르고 있음을 우리는 부인할 수 없다. 남들이 모두 다 과외를 시키고 학원을 보내는데, 나만 안 보내면 불안하기 그지없고, 또 나 혼자 교육의 본질이 어떻고 얘기해 보았자 소용없는 짓이고 보면, 나도 그저 남들처럼 보낼 수밖에 없는 것 아닌가 하는 것이 많은 학부모들의 생각이다. 결국 가정교육에서의 선생님으로서의 부모의 지위와 역할을 포기한 지 오래된 우리네 부모들은, 그저 학교교육의 들러리로서, 어떻게 하면 내 자식이 그 끝없는 경쟁에서 일찍이 승자의 위치를 점유할 수 있겠는가만을 생각하고 있는 가운데 우리는 가정에서도 인간성이 무너져 내리고 있음을 본다.

학교교육의 근본적인 문제는 이렇듯 학교든 가정이든 교육현장에서, 교육의 과정에서 주체가 되어야 하는 '사람'을 상실하고 있다는 것이다. 따라서 한국의 교육개혁은 그렇게 복잡하고 거창한 구호로 미화될 필요가 없다. 그저 '사람'을 가르치고 배우자고 하면 된다. 교실 속에서 가르치는 선생님과 배우는 학생들이 상호 존엄한 인격체로 만나서, 서로의 삶을 가르치고 배우면 되는 것이다. 그렇게 하기 위해서는 우리 모두가 지식(교과서)의 굴레로부터 하루속히 해방될 수 있는 현명한 방안들을 찾아내고 그것을 행동으로 실천해야 할 것이다. 그리고 그것이 곧 우리의 시급한 교육개혁임을 우리 모두 깊이 인식해야 할 것이다.

선생님, 저기에도 있어요

내가 평소 오랫동안 잘 알고 지내는 초등학교 교장선생님 한 분이 있다. 이따금 만나면, 서로서로의 학생들에 대해 물어본다.

「그래, 요즘 초등학교 아이들은 어떻습니까? 매우 똑똑하지요?」

「그래, 요즘 대학생들은 어떻습니까? 아직도 옛날처럼 데모 많이 합니까?」

그러면서 우리 둘은 같은 교직의 길을 걷는 기쁨과 아픔, 보람과 회한을 나눈다.

그러던 어느 날, 나는 교장선생님이 엄청나게 큰 비애에 젖어 있는 것을 발견하였다. 얘기는 이러하였다. 교장선생님은 학생들에게 무엇인가 행동으로 직접 시범을 보이면서 가르침을 주어야겠다고 생각했다. 이 생각 저 생각 끝에, 우선은 점심시간을 이용하여 운동장의 쓰레기 줍는 일을 해보기로 마음을 정한 것이다. 어느 맑은 날 점심시간, 학생들은 여느 때처럼 좁은 운동장에 나와서 이렇게 저렇게 집단을 이루어 뛰어놀고 있었다. 수업이 끝난 저학년 아이들도 있었고, 아직 오후 수업이 남은 고학년 학생들도 많았다. 커다란 까만 비닐 주머니를 왼손에 쥐고, 집게를 오른손에 쥔 교장선생님은 아이들 틈바귀로 돌아다니면서 이런저런 쓰레기를 주워 담았다. 그리고 마음속으로는 자신의 이러한 행동이 어린아이들에게 큰 교훈이 될 것이라고 기대하였다. 이를테면 어린아이들이 자신을 따라서 줍는 일에 동참하거나, 「아! 우리가 이렇게 함부로 버리면 안 되겠구나」하며 그동안 생각 없이 운동장 여기저기에 쓰레기를 버린 행동을 뉘우치게 될 것이라는 기대를 품었던 것이다.

그러나 어린아이들의 행동은 교장선생님의 그러한 기대가 착각이었음을 이내 증명해 주고 말았다. 세 부류의 어린아이들로 반응이 갈라졌다. 한 부류의 아이들은 교장선생님이 다가가자 놀던 자리를 피해서 운동장 밖으로 아예 나가거나(아마도 집에 가기 위해서였을 것이다), 아니면 운동장 저쪽으로 피해서 계속 놀거나, 또는 교실로 들어가 버리는 것이었다. 즉, 그 장면을 피하려는 학생들이 많았던 것이다. 물론 이들 중에는 속으로 좀 미안하고 잘못했음을 느끼는 어린아이들도 섞여 있었을 것이다. 두 번째 부류는 교장선생님이 쓰레기를 줍건 말건 아무 상관을 하지 않는 아이들이었다고 한다. 이들은 그저 조금 자리를 비킬 뿐, 그냥 그곳에서 계속 놀더라는 것이다. 그저 힐끔 한번쯤 쳐다보고는. 혹 개중에는 그분이 교장선생님인 줄 모르는 아이들도 섞여 있었는지 모른다. 전체 조회시간에 그저 저만치서 바라다본 교장선생님이었고, 조회시간마다 너무 지루하게 얘기하는 재미없는 선생님, 그래서 별로 주의 깊게 보지 않았던 선생님이었으니까, 그가 교장선생님인 줄 모르고 그랬을지도 모른다. 하기야, 그가 교장선생님인 줄 알았어도 아이들의 행동은 똑같았을지도 모른다. 또 그가 교장선생님이 아니고 학교의 궂은일을 맡아 관리해 주는 아저씨라고 했어도, 아이들의 행동은 어떻든 마찬가지였을 성싶다.

다음으로, 세 번째 부류 아이들의 반응은 앞의 두 부류의 아이들과 전혀 달랐다. 처음 두 부류의 아이들은 그런대로 교장선생님이 이해가 되는 반응을 보였던 것이다. 그러나 이 세 번째 부류의 아이들은 그렇지 않았고, 그래서 그만큼이나 교장선생님의 실망이 컸는가 싶다. 이 아이들은 교장선생님이 쓰레기 주머니와 집게를 들고 자신들이 있는 쪽으로 다가오자, 교장선생님 뒤로 따라붙으면서 어디에 쓰레기가 버려져 있는가를 가르쳐 주더라는 것이다.

「선생님, 저기에도 있는데요, 여기도 있고요…….」

아이들은 아무런 미안한 감도 느끼지 않고, 퍽이나 자연스럽게 자신에게 일러 주더라는 것이다. 물론 교장선생님은 그들을 불러모아 놓고 그러는 것이 아니라고, 너희들도 같이 줍자고 얘기했다. 하지만, 교장선생님은 그날 낮에 느낀 비애를 이내 가슴속에서 떨쳐 내지 못한 것 같다.

「어찌 보면, 그것이 모두 우리 어른들의 책임 아니겠우. 어찌 우리가 그 아이들만을 나무랄 수 있겠우.」

그러면서 교장선생님은 지난 30여 년의 교단 생활에 대한 끝없는 허탈감에 빠져드는 듯했다.

그러면 도대체 무엇이 문제가 돼서 우리네 아이들이 그렇게까지 되었을까? 가정교육이 잘못되어서 그런 것일까? 그 초등학교가 위치하고 있는 지역은 서울 안에서도 전체적으로 사회·경제적 지위가 매우 높은 지역인데, 부모들이 못 배워서 그런 것도 아닐 터이고, 그러면 선생님이 잘못 가르쳐서 그런 것일까? 아니면, 학교에서는 제대로 가르쳤는데, 사회에서, 세상에서 그들의 그러한 옳은 배움을 모두 망쳐 놓았기 때문일까? 왜 그렇게 되었을까?

만약, 아이들에게 다음과 같은 시험문제를 냈다고 가정해 보자.

* 교장선생님께서 운동장에서 쓰레기를 줍고 계실 때, 그 옆에서 뛰어놀던 다음의 어린이들 중 어떤 어린이가 가장 착한 어린이일까요?

  가. 못 본 체하고 그냥 계속 뛰어노는 어린이.
  나. 「여기도 있다, 저기도 있다」 하면서 쓰레기가 있는 곳을 가르쳐 드리는 어린이.
  다. 그 자리를 피해 다른 곳으로 가버리는 어린이.
  라. 교장선생님보다 먼저 솔선해서 줍는 어린이.

그러면 우리네 어린이들은 정답을 맞힐까, 못 맞힐까? 몇 학년쯤의 어린이들이 대체로 모두 정답을 맞힐까? 글자를 아직 모르는 어린 네 살, 다섯 살배기 어린아이한테 말로써 문제를 내주면 맞힐까, 못 맞힐까? 어떻든 초등학교 1학년 이상이면 모두 다 맞힐 성싶다. 굳이 학교에서 교과목을 통해 가르치고 배우지 않았어도 어린이들은 그러한 것쯤이야 스스로 깨닫고 아는 것 아니겠는가? 미국에서, 한때 유행하였던 책에서 '내가 정말 알아야 할 모든 것은 유치원에서 배웠다'라고 하지 않았는가? 유치원만 다녔어도 그러한 세상살이의 기본적인 행동은 터득하지 않았을까?

몹시 비애스러워하는 교장선생님에게 나는 내가 겪은 경험을 얘기해 주었다. 그것은 그에게 조금이나마 위로가 되었으면 하는 뜻도 서려 있었고, 우리 모두 참으로 잘못 가르치고 있다는 연대책임을 나 자신도 몹시 느끼고 있음을 말해 드리고 싶어서였다.

내가 봉직하는 대학에서 학생처장이라는 행정보직을 맡고 있었을 때의 일이다. 당시 총학생회에서는 우리나라 학생운동의 바람직한 방향설정을 위해 참으로 많은 선도적 노력을 기울였다. 즉, 총학생회 간부들은 종전의 무조건적 정치투쟁 일변도에서 벗어나, 학생문화의 새로운 창출이라는 큰 뜻에서 수많은 창의적인 발상을 하였다. 그리고 작은 일에서부터 변화하는 학생운동의 모습을 보여 주기 위해 노력했다. 그중의 아주 작은 한 가지가 '연세사랑운동'이었다. 그리고 또 그러한 운동의 여러 가지 활동 중 하나가 '백양로 살리기 운동'이었다. 백양로는 학교정문에서 본관까지 이르는 교내의 중앙도로이다. 옛날에는 그 길가에 백양나무가 빽빽이 있었기에, 백양로라 이름 붙여진 큰길이다. 지금은 은행나무가 양 옆으로 쭉 서 있다. 가운데 차도가 있고, 양 옆의 꽤 넓은 인도가 마련되어 있다. 이 길을 깨끗이 하자는 운동이 '백양로 살리기 운동'이었다. 즉 길가 곳곳에 버려진 담배꽁초나 쓰레기를 줍고 학생들이 현수막이나 포스터를 내걸 때 이용되었던 은행나무에 아무렇게나 박혀 있는 대못이나 압정, 은행나무를 친친 감고 있는 철사를 떼어 내는 일 등을 하자는 운동이었다.

학생들이 제안한 기특한(?) 일이라서 학교 측에서도 적극 동참하기로 하였다. 매월 첫 번째 수요일 아침 8시, 여러 명의 총학생회 간부들, 총장, 부총장, 학장, 교무처장, 학생처장, 총무처장 등 여러 명의 교무위원 교수들, 그리고 학생처와 총무처에 근무하는 직원들, 의료원(세브란스병원)에서 일부러 나온 여러 선생님들이 모두 학생회관 앞에 모였다. 그러고는 나누어 받은 비닐 주머니와 집게를 들고 정문으로 내려가서 한 시간 동안 본관 앞까지 백양로를 걸으면서 쓰레기를 줍는 일을 한 것이다.

'아침 8시'는 학교를 오는 수많은 학생들로 백양로가 하루 중 가장 붐비는 시간이다. 그 틈을 헤집고 적을 때는 30여 명, 많을 때는 80여 명의 학생과 교직원들이 쓰레기를 줍는다. 그리고 그 옆으로 수많은 학생들이 지나치며 등교한다. 그렇다면 이때 학생들은 어떤 반응을 보였을까? 초등학교 교장선생님이 운동장에서 쓰레기를 주울 때 어린아이들이 보인 반응과 무엇이 달랐을까? 한 가지 반응밖에 없었다. 거의 모든 학생들이 그냥 지나쳐서 교실로, 도서관으로 들어가는 것이었다. 모두가 바쁘다는 듯이 총총걸음으로 그냥 지나가는 것이었다. 그냥 지나가기가 미안해서라도 동참하는 학생이 있을 법한데 거의 없었다. 자기네 대학의 총장님인 줄이야 모두 훤히 알고 있을 터인데 인사를 하는 학생들도 거의 없었다. 수업시간에 만나는 몇몇 학생들이 겸연쩍은 인사를 할 뿐이었다. 속으로 너무 언짢다 싶어서, 한번은 내가 가르치는 수업시간에 학생들에게 '백양로 살리기 운동'의 취지를 설명해 주고 동참해 줄 것을 부탁했다. 그리고 여느 때처럼 농담도 섞었다.

「자네들, 다음 주 수요일 아침 8시에 안 나오면, 이번 학기 학점취득은 어려울 거야.」

그 농담이 효과가 있었는지 그래도 그 다음 주엔 내 과목을 수강하는 많은 학생들이 동참해 주었다. 개중에는 유독 내 앞에서만 와서 줍는 장난기 섞인 친구들도 있었지만.

이 얘기를 듣고 난 교장선생님은 그제서야 피식 웃음을 지었다. 내가 처음에 교장선생님 이야기를 듣고 피식 웃었듯이. 그리고 우리 두 사람은 모두 똑같은 물음을 서로에게 던지고 말았다.

「도대체, 왜 요즘 아이들은 그럽니까? 무엇이 문제입니까?」

정말 무엇이 문제일까? 우리가 학교에서, 가정에서, 거리에서 무엇을 어떻게 가르쳤길래, 그리고 그들은 무엇을 배웠길래 그렇게 행동하는 것일까? 우리 어른들이, 우리 부모들이, 우리 선생님들이 그들을 나무랄 수가 있는 것인가?

학교의 교실 벽을 보라. 그곳에는 한 주간의 꽉 짜여진 수업시간표가 걸려 있다. 그것은 정규 수업시간표이다. 그러나 그것도 모자라서 밤에 별도의 자율학습시간까지 마련해 놓고 학생들을 가르친다. 중·고등학교 학생들만 그렇게 공부를 많이 하는 것은 아니다. 초등학교 아이들도 수없이 많은 공부를 한다. 학교에 갔다 오면 서너 군데씩의 학원을 다니며 많은 것을 배운다. 어찌 그뿐이랴. 각종 학습지를 신문처럼 매일 집으로 배달시켜 공부를 하고 있지 않는가? 그렇게 우리네 학생들은 무거운 가방을 메고 다니며, 이른 새벽부터 밤늦게까지 오나가나 그저 공부만 해대는데, 왜 학생들의 행동은 그런 것일까? 가르쳐야 할 것을 제대로 가르치지 못해서일까? 아니면, 아는 것과 행동하는 것은 별개의 문제라고 누군가가 일러 주어서 그런 것일까?

사람은 느끼고 생각하는 데 따라 행동하는 것이다. 그런데 우리는 행동의 원천이 되는 느낌과 생각을 제대로 가르치지 못했기에 그렇게 된 것은 아닐까 생각해 본다. 그저 어떤 지식을 머리로만 가르치고 배우게 했을 뿐, 그 지식을 가슴으로 느끼고 몸으로써 행동하도록 가르치고 배우게 하지 못한 것은 아닐까 생각해 본다. 이를테면 협동이 무엇인지 지식으로는 가르쳤지만, 협동의 느낌이나 행동은 가르치지 못한 것이다. 교육은 머리만을 크게 하는 것이 아니다. 가슴도, 마음도 키워야 한다. 그런데 우리는 쓸데없이 수많은 지식만을 가르치고 배우도록 하다 보니, 미처 가슴으로 느끼고 마음으로 생각하는 기회를 선생님도, 학생들도 갖지 못한 것은 아닌가를 한번 따져 보아야 할 것 같다.

오, 주님! 내가 교실에 들어갈 때에

나에게 힘을 주시어 유능한 교사가 되게 해주소서.
나에게 지식 이상의 지혜를 주시어
내가 준비한 지식을 아는 데 그치지 않고
나에게서 배우는 학생들의
삶의 중요성을 깨닫게 해주소서.

나에게 그들을 설득시킬 지혜를 주시어
냉담한 그들의 얼굴이
당신께 대한 관심으로 피어나게 해주소서.
당신께 큰 관심이 없는 젊은이들 가슴속에
내가 이 관심을 불러일으켜야 되겠나이다.

배반자의 쌀쌀한 얼굴도 마다 않으신
당신의 그 친절을 나에게도 주시어

가면 뒤에 숨어 있는 고독한 영혼을 보게 해주소서.

나에게 당신의 그 인내를 주시어
실패해도 낙심 말게 해주소서.
그들에게 당신을 전하기 위해서는
이 땅 위에 오셔서
완고한 인간들 가운데서 일하다 가신
당신을 본받아야 되겠나이다.

나에게 당신의 그 겸손을 주시어
당신께서 아버지께로 사람들을 인도하신 것같이
나도 사람들을 당신께로 인도하게 해주소서.

당신께서 은총을 내려 주시지 않으면
나는 아무도 당신께로 인도할 수 없사오니
결코 혼자서 하겠다는 생각을 말게 하소서.

나에게 통찰력을 주시어
나는 어른이라는 것과
이 젊은이들은 나만큼 자제력도 없으며
그 원하는 바도 다르다는 것을
올바르게 인식하게 해주소서.
학생들을 훈육하되
언제나 친절을 잃지 않게 해주소서.

가르치면서도 배우게 해주소서.

모든 지식을 다 갖추고 있더라도 사랑이 없으면
나에게 아무 유익이 없사오니
사랑을 꼭 실천해야 된다는 것을
배워 알게 해주소서.

젊은이들이 나에게서
당신의 모습을 찾아볼 수 있게 될 때에
나는 가장 훌륭한 교사가 된다는 것을
배워 알게 해주소서.
젊은이들에겐 천국에 이르는 길을 제시해 주면서도
나 자신은 그 길에서 벗어나는 일이 없도록 해주소서.

주여,
마지막으로
내가 받을 최대의 보상은 여기에서가 아니라
저 세상에서라는 것을 깨닫게 해주소서.
이 땅 위에서 당신을 빛낸 공로로
내가 가르친 학생들과 함께
나는 천국에서 별처럼 빛나리라는 것을 알게 해주소서.
아멘.

　나는 위에 적은 어느 교사의 기도문을 주기도문 다음으로 좋아하
고, 또 주기도문 다음으로 자주 외운다. 주기도문도 그렇지만, 나는
이 교사의 기도문을 외우면서, 그 속에 담겨진 많은 의미를 언제나
새롭게 느끼면서, 진정한 교사의 길이 무엇인가를 새삼 깨닫게 된다.
　위에 적은 교사의 기도문 속에는, 우리가 학교에서든 가정에서든

어떻게 젊은이들을 가르쳐야 하는가, 또는 진정한 전인적 교수행위가 무엇을 의미하는가가 곳곳에 함축되어 있다.

첫째로, 교사나 부모는 지식으로만 학생이나 자녀들을 가르치는 것이 아니며 또한 자기가 갖고 있는 지식만을 그대로 그들에게 전달해 주는 것은 교육이 아니다. 그렇기에 교사나 부모가 많이 안다고 해서, 많은 지식을 가졌다고 해서, 또는 많이 공부했다고 해서 학생이나 자녀들을 잘 가르치는 것은 아니다. 오늘날 우리네 학교교육의 근본적인 문제는 교사가 갖고 있는 지식의 저장소에서 지식을 꺼내어, 학생들의 머릿속으로 주입시키는 데 있는 것이다. 흔히, 오늘의 학교교육을 또는 교사를 비난하는 표현 가운데 하나가, 교육이 단순한 지식의 은행거래체제로 이루어지고 있다는 것이다. 이는 곧 우리네 교육이 마치도 은행에 돈을 넣었다 꺼냈다 하는 식으로 이루어지고 있음을 비난하는 것이다.

교육에는 지식 이상의 힘이 필요하다. 그 힘은 단순한 지적인 능력만이 아니다. 그 힘에는 교사의 열정 어린 태도와, 또 교사의 전문적인 수업능력까지도 포함된다. 전인적 교수행위는 바로 그러한 다양한 힘을 교사가 갖추고 있을 때 비로소 가능해짐을 이 기도문은 일깨워 주고 있다.

둘째로, 교육은 학생들에게 적절한 자극을 가하여 죽어 있거나 잠들어 있는 학생들의 머리와 가슴을 일깨우는 것이다. 그리하여 그들 스스로 배움의 의미를 깨닫게 하고, 그들 스스로 각자의 삶의 의미와 중요성을 깨닫게 하는 것이다. 이런 의미에서 볼 때 교사의 역할은 그저 학생들에게 시동을 걸어 주는 일일 수도 있다. 아니면, 교사의 역할은 학생들에게 오히려 곤혹스러움을 느끼게 하고, 그 속에서 학생들 스스로 그 곤혹스러움을 해결해 보려는 관심과 의지를 갖도록 하는 일일 것이다.

우리네 교실 안에 수많은 학생들이 배움에 대한 아무런 의미도, 보람도, 기쁨도 느끼지 못하고 그냥 앉아만 있음을 우리는 간과해서는 안 될 것이다. 냉담해질 대로 냉담해진 그들의 마음을 우리는 읽을 수 있어야 한다. 때로는 같은 반 학우들에게, 때로는 부모와 선생님들에게까지 향한 그들의 증오심과 적개심을 우리는 읽을 수 있어야 한다. 그리하여 그들이 배움에 대한 관심과 희망을 느낄 수 있도록 하여야 한다.

셋째로, 교사는 결코 학생들에 대한 가림이 없어야 할 것이다. 그가 어떤 학생이든, 교사는 친절해야 하며, 사랑으로 대하여야 한다. 흔히, 우리는 그릇된 선입관, 왜곡된 지각성향을 갖고 있다. 이를테면 사는 동네가 달동네나 그저 그런 동네라고 해서 그 아이들이 공부를 못할 것 같다, 라고 지레짐작을 하는 경우가 있다. 또는 아버지의 직업이 어떻다 해서, 또는 생김새가 어떻다고 해서 그 아이가 공부를 못할 것이라는 왜곡된 예언을 한다. 뿐만 아니라 그 아이가 한번 실수를 했다고 해서, 또는 한번 공부를 못했다고 해서, 점수가 나빴다고 해서 그 아이를 접어 두고 그저 그런 아이로 낙인찍어 버리는 경우도 있을 수 있다. 전인교육을 위해서는, 교사는 결코 그러한 얄팍한, 또는 성급한 그릇된 예언에 빠져 들어서는 안 된다. 사랑, 친절, 열정, 격려, 그 모두는 결코 어떤 학생에게도 가림 없이 베풀어져야만 한다. 그 어떠한 경우에도, 교사는 결코 쉽게 학생들을 포기해서는 안 된다. 물론 부모들 역시 자신의 자녀를 쉽게 포기하는 어리석음을 범해서는 안 될 것이다.

넷째로, 교사는 그 어떤 사람의 경우보다도 명민한 통찰력을 지녀야 한다. 그리하여 겉으로 드러난 모습만을 보고 판단하지 말고, 학생들 가슴속에 내재되어 있는 것을 읽고 느낄 수 있어야 하는 것이다. 훌륭한 의사는 곧 훌륭한 진단자이어야 하듯이, 교사나 부모들 역시 훌륭한 진단자이어야 한다.

다섯째, 교사나 부모는 가르치면서 배우려는 자세를 잃지 말아야한다. 우리네 어른들은 모든 것을 다 알고, 어린이들은 아무것도 모른다고 단정해서는 안 된다. 우리네 부모들도 자녀들로부터 느끼고 배우는 것이 많다. 교사 역시 마찬가지다. 학생들로부터 느끼고 배우는 것이 많다.

그럼에도 어떤 교사들은 그저 그들이 배우는 학생들이라는 이유만으로, 어떤 부모들은 그저 그들이 어리다는 이유만으로 너희들이무엇을 알겠느냐 하는 태도로 그들을 무시하고 소외시킨다. 그러나교사가 학생들을 가르치면서 세심하게 그들의 행동을 관찰할 때, 교사는 많은 것을 새롭게 느낄 수 있는 것이다. 또한 우리가 이미 경험하여 잘 알고 있듯이, 가르치는 가운데 자신이 갖고 있는 지식에 대한 보다 새로운 의미를 깨닫는 경우가 많다. 흔히 목사님들이 말씀하시듯, 그들이 설교를 하는 가운데 교인들보다 먼저 더 큰 의미를깨닫고 은혜를 받듯이 말이다. 교사들 역시 가르치는 가운데 학생들보다 더 큰 배움을 갖게 된다는 것을 결코 잊어서는 안 될 것이다.배우려고 하는 그 마음가짐은 반대로 더 훌륭한 가르침을 가져온다는 것을 잊어서는 안 될 것이다.

여섯째, 교사와 부모는 그 자신이 젊은이들이 따라 배워야 할 대상임을 늘 인식하고 있어야 한다. 이미 앞에서 이야기한 바 있지만, '가르친다'와 '배운다'라는 타동사들의 목적어는 사람인 것이다. 교사는학생이라는 사람을 가르치고, 학생들은 교사라는 사람을 배우는 것이다. 그렇기에 교사의 모습은 곧바로 학생들에게 나타나야 하는 이상적인 모습 그 자체가 되어야 하는 것이다. 부모의 모습도 마찬가지다.

이를테면, 도덕적 의식을 키우려고 할 때, 교사의 모습 그 자체가 가장 도덕적이어야 한다. 학생들에게 창의력을 키워 주려고 한다면, 교사의 모습 그 자체가 창의적인 인간의 모습이어야만 한다. 학생들에게 도덕을 이야기하고 창의성을 이야기하면서도 교사 자신은 비도덕적이고 비창의적이라고 한다면, 결국 학생들은 교사의 그러한 잘못된 모습만을 배우게 된다는 것을 우리는 깨달아야 하는 것이다.

끝으로 일곱째, 교사가 학생을 가르치고, 학생을 인도하고, 학생을 사람으로 성숙시켜 내보낼 때, 교사는 그들에게 아무런 경제적, 물질적 보상도 기대하지 말아야 한다. 흔히들 부모가 자식들에게 무엇인가를 해주었을 때, 그들에게 아무런 보답을 기대하지 않듯이 말이다. 교사는 어디까지나, 언제까지나 학생들에게 베풀어 주는 일만 할 뿐이다. 결코 교사와 학생 간의 교호적인 거래, 특히 무엇인가 보상을 주고받는 관계가 형성될 수는 없는 것이다. 오늘날 우리네 한국교육에서 우리가 서둘러 이루어 내야 할 일은 옛날 우리네 조상들이 세워 놓았던 흐뭇한 '사제 간의 정'을 회복하는 일이다. 온통 사랑으로 맺어졌던 사제 간의 정이 오늘날 우리네 사회에서 자꾸만 시들어 가고 폐멸되는 까닭은 무엇인가?

교사가 학생을 위해서 무엇인가를 해주었을 때, 학생들은 그것을 물질적으로 보답하려 하고 또 교사는 그러한 것을 기대한다면, 그 거래에서 진정한 가르침과 배움이 형성될 수 있겠는가? 우리네 교육 현장에서 항상 문제가 되어 왔던 돈봉투의 거래도 바로 그러한 거래 의식에서 비롯된 것은 아닌가 다시 한 번 이 기도문을 통해서 짚어 보는 것이 좋을 듯싶다.

가르친다는 일, 그것은 무한한 봉사와 희생이어야 한다. 계산이 없는, 계산할 필요가 없는, 어찌 보면 십자가를 지고 골고다 언덕을 올랐던 예수의 형상이 가르치는 과정에서 조금이라도 나타날 수 있을 때 진정한 전인교육은 가능하지 않겠는가?

제2장

자유로운 선택이 있는 가정교육

야, 너 세수하고 밥 먹고 공부하래

초등학교 5학년과 6학년에 다니는 연년생 두 아들을 둔 어느 엄마가 토요일 오후 외출을 하게 되었다. 큰아이는 마침 집에 있었는데, 작은아이가 집에 없었다. 학교 운동장에서 친구들과 놀고 온다고 했으니까 좀 늦을 모양이다. 저녁시간에 아이들만 두고 나가는 것은 별로 좋은 일이 아니다 싶었지만 그날은 어쩔 수가 없었던 엄마는 아이들끼리 먹을 저녁을 미리 챙겨 놓았다. 밥은 밥통 속에 있으니, 저희보고 퍼서 먹으라고 하면 된다. 김은 구워서 밥상에 놓았고, 불고기도 프라이팬에 해놓았으니 데워서 먹으면 된다. 동생이 늦으면, 먼저 먹으라고 했다. 배고프면 조금도 못 참는 큰아이의 성격으로 보아, 동생이 올 때까지 기다리지 않을 성싶어 그러라고 했다.

「은준아, 엄마 좀 나갔다 올게. 아버지도 오늘 늦으신다고 했는데, 아무래도 너희끼리 저녁 먹고 있어야 할 것 같다. 동생하고 싸우지 말고, 네 동생 아냐. 낳긴 엄마가 낳았는데, 왜 때리긴 네가 만날 때리니? 제발 싸우지 말고, 엄마가 밥상 다 차려 놓았으니까 밥

퍼서, 불고기 데워서 너희끼리 먹어. 배고프면 너 먼저 먹든가. 그리고 명준이 들어오면, 세수부터 하고 밥 먹고 공부하라고 해. 엄마가 그랬다고 해. 혹시 아빠한테 전화 오면, 엄마 방금 전에 나갔다고 해. 자 엄마 갈게. 문 잠그고 있어. 야, 참, 너희 불고기 데워 먹을 때 가스 조심해. 나중에 위의 밸브도 꼭 잠가야 돼! 알았지?」

선머슴 같은 사내아이 둘만 남겨 놓고 잠시 집을 비우는 엄마의 마음은 편하지가 않은 모양이다. 서로 싸우지 말 것, 밥을 먹을 것, 화재를 조심할 것 등등 챙기는 일이 한두 가지가 아니다. 또 아빠한 테서 전화 오면 금방 나갔다고 하라는 것이 애교 섞인 거짓말인 줄은 큰아이가 이해하길 바랐을 것이다. 애들만 두고 어딜 저녁 늦게 돌아다니냐는 아빠의 꾸중을 엄마가 들을 것이 분명하다는 걸 큰아이 정도면 알아차리고 도와줄 것이라고 믿은 것이기에, 그것이 아이들 교육상 크게 나쁜 거짓말이 아니라고 생각했을지도 모른다.

하여간 엄마는 나갔다. 큰아이는 혼자서 텔레비전도 보고 컴퓨터 게임도 하고 숙제도 했다. 그러나 동생은 이내 들어오질 않았다. 그래도 동생이 들어오면 함께 밥 먹어야지 했던 형은 동생이 늦어지니까 약도 오르고 배도 고팠다. 또 혼자서 심심하기도 했다. 워낙 밖에서 친구들과 놀기를 좋아하는 동생에 대한 시기심도 은근히 갖고 있었던 형이었다. 형은 결국 혼자서 밥을 먹어 버렸다. 그리고 조금 있다 동생이 들어왔다.

「야, 너 이리 와봐.」

「왜?」

「오라면 오지, 왜는 왜야.」

「가만 있어 봐, 더워 죽겠어.」

「이리 와봐 글쎄.」

「글쎄 말해, 다 들려.」

「너 엄마가 뭐라고 그러셨는지 알아? 세수하고 밥 먹고 공부하랬어. 나, 말했다. 너 나중에 못 들었다는 소리만 하면 죽어.」

「알았어, 걱정 마.」

동생은 알았다고 대답했지만, 세수고 밥이고 간에 급하게 텔레비전 앞으로 갔다. 토요일 저녁에 방영되는 자기가 좋아하는 프로그램이 있었는가 보다. 아이는 밥이야 나중에 먹어도 되니까, 우선 텔레비전부터 볼 심산이었다. 텔레비전 프로그램이 거의 끝날 무렵에, 엄마가 돌아왔다.

「얘들아, 엄마 왔다.」

엄마는 소파에서 벌떡 일어난 작은아들을 보고 물었다.

「너, 세수했니?」

「아뇨.」

「밥은?」

「아직 안 먹었어요.」

「형은 어디 갔어?」

「몰라요, 자기 방에 있나 보지요?」

「엄마가 왔는데 나와 보지도 않냐, 가서 형 오라고 해!」

「형, 엄마가 오래.」

「네, 왜요?」

큰아이가 엄마 앞에 섰다.

「엄마가 아까 뭐라고 했어.」

「……」

형은 대답이 없다. 무엇을 묻는지 모르겠다는 표정이다.

「명준이 들어오면, 세수부터 하고 밥 먹고 공부하라고 말하라고 했지? 그런데 왜 안했어?」

「음, 아까 말했는데……」

그러곤 동생을 쳐다보았다. 그러자 엄마는 이번에는 작은아들을 보고 따진다.

「그런데 왜 안 했어, 덥지도 않니? 얼굴이 그게 뭐야.」

「형이 언제 세수하라고 했니?」

「야, 내가 아까 말했잖아? 너 생각 안 나, 신발 벗고 들어올 때 내가 말했잖아? 이게 거짓말하네, 청문회라도 열어 봐야 되겠네…….」

그러자 엄마는 두 아들을 한꺼번에 야단치기 시작했다.

우리는 살아가면서 서로 숱한 대화를 한다. 주제가 있어서 자기 의견을 주고받는 대화도 있지만, 살아가면서 그냥 주고받는 대화도 많다. 또는 누군가의 메시지를 전달해 주는 대화도 많다. 그러나 실상, 그런 식의 대화는 대화라고 보기 어려울지도 모른다. 대화에 있어서 사실 중요한 것은 무엇을 말하느냐가 아니고, 어떻게 말하느냐이다. 그 '어떻게' 말하느냐에는 두 가지 방식이 있다. 하나는 양적인 대화이고, 다른 하나는 질적인 대화이다.

양적인 대화는 그저 메시지를 전달한다는 의무에서 기계적으로 말을 하는 것이다. 「엄마가 그러시는데, 너, 세수하고, 밥 먹고, 공부하래, 나 말했다」와 같은 식의 대화이다. 또는 서로 지나치다가 별로 할 말이 없을 때 무심결에 던지는 대화도 그러한 양적인 대화에 속할 때가 많다. 「식사하셨습니까?」「안녕하십니까?」 등이 그렇다. 학교에서 왔다 갔다 하다가 학생들을 만난다. 그러면 학생들은 인사를 하면서 선생님께 묻는다. 「선생님, 안녕하세요?」「그래, 잘 지냈니?」「어디 가세요?」「응, 저기.」「왜요?」「응, 그냥!」 그러곤 지나쳐 간다. 그렇지만 그 학생은 어째서 선생님께 어디 가느냐고 물었을까? 더욱이 가는 이유까지 물은 이유는 무엇일까? 별 뜻 없이 물어본 것이다. 그래서 선생님도 그저 별 뜻 없이 얼버무렸고, 또 학생은 그러한 선생님 대답에 따지고 들지도 않았다. 이러한 식의 대화가 바로 양적인 대화이다.

이에 비하면 질적인 대화는 양적인 대화처럼 메시지를 전달한다 해도, 그 속에 말하는 사람의 '마음'이, '정'이 실려 있는 대화이다. 즉 질적인 대화는 입으로만 말하는 것이 아니고 마음을 함께 실어 말하는 것이다. 여자든 남자든 서로에게 사랑을 고백할 때 말하는 것을 보면 질적인 대화가 무엇인지를 쉽게 알 수 있다. 어떤 여자가 사랑을 고백할 때, 남자에게 곽금남 시인의 〈당신 앞에선〉이란 시를 외웠다고 하자.

거울 한 번 더 보고, 머리 한 번 더 빗고
숨도 크게 쉬어 보지만, 그래도 당신 앞에선
고개 한번 못 들고, 두 손 모은 채
자꾸만 작아지다, 울고 말아요.

시를 그저 책 읽듯이 읽지는 않았을 것이다. 눈으로 보고, 가슴으로 느끼고, 머리로 생각하고, 코로 숨도 크게 쉬면서 그리고 입으로는 외웠을 것이다. 이를테면, 온 마음으로 온몸으로 외웠을 것이다. 질적인 대화란 바로 그런 것이다.

저녁 식사 시간에 식탁을 차려 놓고 아내는 남편과 아이들을 불러 모은다.

「자, 식사하세요!」

이때 이것이 질적인 대화가 되기 위해서는 아내의 마음속에는 「우리 남편 식사하시고 건강하시고 오래 사시고, 우리 아이들, 기특한 우리 아이들 밥 잘 먹고 건강하고 공부 잘해야지. 아, 행복한 우리 가정. 그래, 내가 정성껏 마련한 식사다」 함을 가슴 깊이 느끼고 생각하면서 목소리를 모아, 「여보, 식사하세요」 「애들아, 밥 먹어라!」 해야, 그것이 질적인 대화이다. 만약에 그 반대로, 「아이고 지겨워, 밥 안 먹고 사는 방법은 없나. 허구한 날 해대는 사람 따로 있고 먹어 대는 사람 따로 있는 세상. 자, 빨리들 식사해라. 나도 얼른 치우고 설거지한 다음 연속극 보아야 하는데」 하는 마음을 품고 「자, 식사하세요」 하면, 그 소리는 웬지 찌그러지고 깨어지고, 밥맛 떨어지게 하는 여운을 남긴다. 그것이 바로 양적인 대화다. 앞서의 예에서도 형이 동생에게 그저 기계적으로 메시지를 전달하는 양적인 방식으로 말하지 않고, 동생에 대한 형의 사랑과 정을 듬뿍 담아서 말했다면 어떻게 되었을까? 동생은 분명 세수하고 밥 먹고 공부했을 것이다.

지금 우리 사회에서는 모두들 서로 간의 대화가 빈곤하다고 한다. 너무도 바빠서 서로 제대로 이야기도 못 나누고 산다는 것이다. 집에 가서도 식구들마다 제각기 바쁘다. 그러다 보니 대화가 이루어지기 어렵다. 옛날처럼 저녁이면 온 식구가 마루에 앉아 밤하늘을 바라보며 옹기종기 이야기를 나누던 일을 지금은 전혀 찾아볼 수 없다. 학교에서도 그렇다. 선생님과 학생들 간에 대화의 시간이 없다. 선생님도 바쁘고, 학생들도 바쁘다. 회사에 가서도 그렇고, 거리에서도 그렇다. 동네 슈퍼마켓에서도 그렇다. 그저 스쳐 지나가면서 모른 척 안 할 만큼의 이야기만 주고받는다.

그러나 삶의 과정에서 진짜 문제가 되는 것은 대화가 양적으로 빈곤하다는 것이 아니다. 바쁘면 어쩔 수 없다. 문제는 단 한마디를 주고받아도 그것이 얼마나 질적인가 하는 점이다. 겉치레적인, 때우기식의, 책임을 면하기 위한 양적인 대화가 대부분이라는 데 문제가 있다. 이를테면, 「안녕하세요」라는 인사 한마디를 던져도, 정말 상대방이 안녕하셨는지, 그전에 보니까 좀 안색이 좋지 않았는데 별일 없었는지, 정말로 걱정되어서 안부를 물어보고 싶은 마음이 가득 차서,

「안녕하세요」 하는 질적인 대화를 하여야 하는 것이다.

학교에서 선생님이 공부를 가르칠 때도 마찬가지이다. 한마디를 아이들한테 해줄 때, 선생님이 얼마나 그 한마디를 질적으로 하느냐가, 백 마디를 귀가 닳도록 양적으로 하는 것보다 더 중요하고, 또 그 영향도 더 크다.

요즘의 가족은 옛날에 비하여 규모가 작아졌다. 그래도 옛날에는 대가족제도라 우선 집 안에 들어오면 식구가 많았다. 그중 한두 사람하고는 온종일 말 한마디 주고받지 않아도 괜찮았다. 얘기를 나눌 상대가 많았기 때문이다. 그러나 요즘은 퍽이나 단출하다. 기껏해야 엄마, 아빠, 그리고 한두 명의 자녀, 그러니까 셋, 넷, 많아야 다섯 식구가 함께 산다. 이를테면, 가족 구성원 간의 교호접촉이 퍽이나 단순해졌다. 따라서 대화의 양도 그만큼 줄어든 셈이다. 그나마 양도 줄었는데, 그것마저 의미 없는 형식적인 대화라고 한다면, 우리네 가슴속의 정을 어떻게 나누고 키우겠는가? 마음이 가득 실린 대화, 느낌이, 정이 가득 찬 말 한마디, 그것이 아이들의 가슴을 따뜻하게 해줄 것임을 우리네 부모들이 알아주었으면 좋겠다. 그리고 부부간에도 마찬가지다. 피로해서, 지쳐서 들어온 남편에게, 아내가 던지는 단 한마디에라도 마음이 실려 있다면 남편은 피곤함을 쉽게 잊을 것이다. 그 반대로, 온종일 집안일하고, 애들 거두고, 그래서 때로는 자신이 자꾸만 작아지는 것 같은 아내에게 남편이 던져 주는 마음이 실린 말 한마디는 아내에게 생기를 불어넣어 주고 생존의 의미를 느끼게 해줄 것임을 부부가 서로 알아주었으면 좋겠다. 그리고 선생님들께도 나는 그러한 것을 똑같이 주문하고 싶다.

답안지에 제 이름 썼나 봐주세요

시험감독이 끝나고 좀 시간이 지난 다음, 으레 한두 명의 학생이 찾아온다.

「선생님, 제가 답안지에 제 이름을 썼는지 모르겠어요. 한번 봐주세요.」

시험을 끝내고, 교문 밖으로 저만치 갔다가 돌아온 학생임에 틀림없다. 교문을 걸어 나가면서 생각해 보니까 이름을 쓴 것 같기도 하고, 안 쓴 것 같기도 해서, 그냥 집으로 가기엔 뭔가 찜찜해 되돌아온 학생이다. 확인해 보니 이름을 또박또박 잘 썼다. 확인이 끝난 학생은 찾아와서 확인해 본 것이 큰 죄라도 되듯 미안해하고 겸연쩍어하며 되돌아간다. 이러한 일은 출석을 부르고 수업을 끝낸 다음에도 늘 있다.

「아까, 제가 대답을 크게 못해서 결석으로 처리되지나 않았나 해서 그럽니다. 한번 확인해 주세요.」

어찌 보면, 대학생답지 못한 행동이라고 할 수도 있다.

그러나 이러한 종류의 행동은 어른들에게서도 다양하게, 빈번하게 나타난다. 모처럼 남편과 함께 영화구경을 간 아내는 극장 앞에 이르러서는,「여보, 내가 아까 다리미 코드 빼는 것 봤지요?」한다. 다리미 코드를 빼고 나왔는지 그냥 나왔는지가 영 생각이 안 난다는 것이다. 그냥 두고 나왔으면 큰일이다 싶으니 영화가 제대로 눈에 들어올 리가 없을 터이고, 그래서 옆집으로 전화 걸어서 우리집에 좀 내려가 보라고, 별일 없느냐고 하는 정도의 확인이라도 하지 않으면 안 되는 경우도 있다.

모든 사람이 그런 것은 아니겠지만, 주변에 그러한 식의 불안한 심리를 느끼는 사람이 꽤나 많음을 본다. 이러한 현상은 사회가 복잡해지고, 사람들의 일상생활이 바빠지면서 더욱 심해지고 있다. 사실, 요즘 사람들치고, 애나 어른이나, 남자나 여자나 바쁘지 않은 사람이 없다. 그래서 수첩을 안 갖고 다니는 사람이 없다. 크건 작건 간에 수첩을 갖고 다니면서, 그 속에다 온갖 것을 적어 둔다. 너무도 복잡하고 바쁜 생활 속에서 모든 것을 전부 기억할 수도 없거니와, 또 일을 분명하고 정확하게 처리하기 위해서라도 수첩을 갖고 다닌다. 경우에 따라서는 서로 간의 일을 확실히 처리한 근거로 삼기 위해서라도 수첩을 갖고 다닌다.

책상 앞에 붙여 놓은 달력만 해도 그렇다. 달력이 실내공간의 장식품으로 걸려 있는 시대는 지나갔다. 모든 것을 시간의 흐름 속에서 분명하게 계획하고 차질 없이 처리하기 위해서 달력도 몇 달치를 한꺼번에, 한눈에 볼 수 있도록 걸어 놓고, 또 그곳에다 일일이 메모도 해두지 않는가?

더욱이 요즘 사회의 두드러진 특징의 하나는 정교화된 사회라는 점이다. 옛날에 소달구지를 타고 다닐 때처럼 엉성한 사회가 아니다. 우주선을 보라. 얼마나 작은 수많은 부품들이 정교하게 조합되어 있는가? 아마 그것은 요즘 생산되는 자동차와 10년 전쯤 생산되던 자동차를 비교해 보아도 알 수 있다. 따라서 요즘의 사회에서는 모든 일 처리를 정교하게 하지 않으면 안 된다. 엉성하게 일을 처리했다가는 큰코다치기 십상이다. 한치의 실수도 허락해서는 안 된다. 고속도로에서 시속 100킬로미터가 넘는 빠른 속도로 운전하다가 단 몇 초만 한눈을 팔면 어떻게 되겠는가? 그러나 옛날 소달구지를 타고 다닐 때는 몇 분씩 한눈을 팔아도 큰 문제가 없지 않았는가?

요즘에는 그래서 시간의 단위까지도 미세화되고 있다. 옛날에는 어디서 만날 약속을 해도 그저 2시쯤 만나자고 해도 서로 큰 문제가 없었다. 그러나 요즘은 2시 10분에 만나자고 말한다. 10분이 더 지나가고 안 지나가고가 매우 중요한 의미를 지니게 된다. 일을 하다가 한 10분쯤 시간 여유가 생기면 옛날에는 그저 어정버정 보내다가 다음 일로 넘어갔다. 그러나 지금은 시간의 단위가 초단위로, 초도 너무 길다 싶어 1/10초, 1/100초로 다루어지고 계산되고 표기되지 않는가? 지난번 동계올림픽 때 쇼트트랙 경기에서 금메달과 은메달의 기록 차이는 0.02초 아니었는가? 그것은 요즘의 고도화된 정보통신, 과학기술의 발전이 1초의 길이를 그만큼 길게 만들어 놓았기 때문이다.

이토록 복잡하고 정교한 사회에서 살아가다 보니, 사람들은 급해지게 마련이다. 특히 우리나라 사람들이 더욱 그렇다. 남에게 뒤처질까 봐, 실수할까 봐 두렵다. 불안하다. 마음의 여유가 없다. 심리적으로 편하지가 못한 것이다. 즉 심리적으로 자유롭지 못한 것이다. 따라서 그러한 상태에서는 무엇인가를 깊이 있게 생각할 여유를 갖지 못한다. 판단이 빠르고, 의사결정이 빠르다. 창의적으로 무엇인가를 끈기 있게 생각해 낼 겨를도 없다.

이러한 현상이 교육현장에도 그대로 나타나고 있는 데 대하여 우리는 우려하지 않을 수가 없다. 특히, 창의적 사고력을 키우려고 한다면, 교육현장에서 우리가 알게 모르게 경험하는 심리적 자유의 구속을 경계하여야 할 것이다.

교실수업에서 교사가 학생들에게 질문을 던질 때 교사는 학생들에게 질문을 던진 다음, 얼마나 여유 있게 학생들의 응답을 기다리는가? 미국의 초등학교 교실에서는 교사가 질문을 던진 다음, 학생의 응답을 기다리는 평균시간이 7~8초라고 한다. 이에 비하여 우리나라 초등학교 교실에서는 평균 2~3초간을 기다린다고 한다. 이를테면,「영철이! 임진왜란은 몇 년에 일어났지?」영철이는 선생님의 느닷없는 질문에 엉거주춤 일어서면서 머뭇댄다. 이미 2~3초가 지났다. 선생님은 더 이상 기다리지 않는다.「그러면, 미경이! 몇 년에 일어났지?」미경이도 어물쩡대다 2~3초를 흘려 버렸다. 그러면 선생님은 이내 이 학생 저 학생을 손가락으로 지명하면서,「너는?」「너는?」하고 재촉한다. 그러한 와중에서 학생들은 당황해하고, 알고 있어도 제대로 답을 하지 못한다. 일반적으로, 질문 형식의 수업에서는 교사가 여유를 갖고 길게 질문하면, 학생들도 여유를 갖고 길게 답한다. 사고는 그러한 과정에서 보다 깊이 있게 진전되고 키워지는 것이다. 그런데 우리네 교실에서는 모든 것이 너무도 바쁘다. 배워야 할 것도 많고 가르쳐야 할 것도 많아서 그런지, 선생님이나 학생 모두가 여유가 없다. 그 속에서 아이들은 창의적 사고는커녕, 불안한 마음만 키우는 것이 아닌가 싶다.

텔레비전 방송국의 청소년이나 학생들을 대상으로 한 인기 있는 프로그램 중의 하나가 퀴즈게임이다. 학생 다섯 명 정도를 일렬로 쭉 앉혀 놓는다. 그리고 대답을 하고자 하는 학생은 각자 앞에 놓여진 버저를 누르게 되어 있다. 게임은 경쟁적으로 이루어지기 때문에, 남보다 먼저 버저를 눌러야 한다. 그래서 아이들은 모두 오른손을 버저에 올려놓고, 질문을 읽어 가는 진행자의 목소리를 주의 깊게 듣는다.

「자, 이번엔 사회과목 문제입니다. 30점짜리입니다. 문제를 잘 들으세요.……조선조 때 우리나라는 여러 번의 외침을 받았습니다. 임…….」

여기까지 읽었는데, 어떤 학생이 요란스럽고 잽싸게 버저를 눌렀다. 「스톱」이라고 소리치면서. 이에 놀란 진행자가 그 학생에게 답을 요구한다.

「네, 두 번째에 앉은 ○○중학교 ○○군, 정답은?」

「1592년입니다.」

「네, 맞았습니다. 아니 그런데 어떻게 그렇게 맞혔어요? 대단히 놀랐습니다. 그래요, 임진왜란은 1592년에 일어났지요. ○○군, 학교자랑 한번 하시지요.」

「네, 저희 ○○중학교는, 산수가 수려한…….」

그러나 만약 학생의 답이 틀리면, 진행자는 점잖게 꾸짖는다.

「아! 틀렸습니다. 문제를 끝까지 들으시고 차분히 대답하세요.」

그러고는 틀린 죄로 30점을 오히려 뺀다.

그렇다면 문제를 아직 다 안 읽었는데 「임……」까지만 듣고, 그것을 「임진왜란은 몇 년에 일어난 것이냐」까지 추측을 해서 정답을 맞힌 것이 정말 공부를 잘하고, 사고를 잘하는 우수한 학생이란 뜻인가? 오히려, 그것이 화투 놀이의 하나인 '섯다' 게임에서 한 끗을 갖고 모험을 거는 일과 무엇이 다른가? 여유라고는 눈곱만큼도 주어지지 않은 그러한 식의 게임은 어쩌면 어른들에게는 오락으로 괜찮을 듯싶다. 그러나 한창 생각을 키우고, 계발하여야 할 어린 학생들에게는 아무리 생각해 보아도 적합한 게임이 아닌 듯싶다. 그러한 게임에서 학생들이 배울 수 있는 것은 어떤 단서를 갖고 추측하는 능력이나 아니면 배짱을 부려 보는 정도 아니겠나 싶다.

겨우 유치원에 다니는 다섯 살짜리 어린 딸을 놓고, 어느 날 엄마가 산수를 가르치고 있었다. 남보다 무엇인가를 좀 더 빨리 가르쳐 주고 싶은 엄마의 욕심은, 유치원 아이에게 걸맞지 않은 어려운 산수를 가르치고 있었다.

「자, 순영아, 엄마가 산수 가르쳐 줄게. 이것 봐, 어제 엄마가 가분수는 분자가 분모보다 큰 것이라고 말했지. 그러니까 13/7은 가분수란 말야. 그러면, 오늘은 그것을 대분수로 고치는 방법을 가르쳐 줄게. 우선 순영아, 13/7에서 13안에 7이 몇 개 들었나 생각해 봐. 그래서 그것을 13/7 = 하고 거기다 써봐, 몇 개나 들었니?」

이때까지 엄마는 미소를 머금고 무척이나 부드러운 목소리로 딸아이에게 설명했다. 순영도 턱을 손으로 괴고 앉아서는 엄마의 자상하고 따뜻한 설명을 듣고 있었다. 순영은 엄마가 무엇을 요구하는지 알아들었다. 그래서 순영은 손가락 10개를 펴들고, 자기 딴은 계산을 하기 시작했다. 그러다 보니, 시간이 좀 걸릴 수밖에. 그러나 엄마는 순영에게 그러한 여유를 주지 않는다.

「야, 순영아, 아니 그것이 뭐가 어렵다고 손가락은 펴들고 난리니? 내 말은 13 안에 7이 몇 개 들었느냐 말야? 1개 들었어, 2개 들었어?」

엄마의 목소리는 커졌고 다분히 신경질적이다. 이에 순영이 눈에는 눈물이 한 방울 맺혔다. 이를 바라다본 엄마는 다시금 소리를 지른다.

「야, 이것아, 울기는 왜 울어? 누가 때리기라도 했니, 네 엄마 죽었니? 아니 왜 울어. 몇 개 들었어, 응?」

아이는 묵묵부답이다. 마음대로 울지도 못한다. 다시금 엄마의 목소리만 크게 터져 나온다.

「바보야! 몇 개 들었어? 1개 아냐, 1개.」

「1개야.」

아이는 울먹이면서 대답을 했다.

「이제는 13/7=1 했지. 다음에는 7을 제외하면 몇 개 남아? 그것을 13/7=1 □/7 하고, □ 속에다 그것을 쓰면 돼. 몇 개 남았어?」

엄마의 계속되는 고성으로 아이는 겁에 질려 있다. 어쩌면 매 맞을 단계에 와 있는지도 모른다고 애는 생각했는가 보다. 순영은 순발력(?)을 발휘해서 「1 빼고 3 남았어」라고 한다. 순영은 13에서 7을 한 개 뺀다는 것은 1자를 빼는 식으로 생각했는가 보다. 즉 13 중에서 앞의 1자를 빼면, 3이 남지 않는가 싶었다. 이러한 순영의 대답에 엄마는 경악한다. 쥐고 있던 연필을 내동댕이치면서 「어이구 답답해. 답답해서 못 가르쳐, 속이 터진다니간. 하여튼 씨는 못 속여!」 순영의 아버지까지 욕을 먹는다.

교육, 특히 자라는 어린이나 청소년들을 위한 교육은 보다 심리적으로 자유로운 여유 속에서 이루어져야 한다. 그래야만 그토록 우리가 목메어 기대하는 창의력도 키우고, 그들이 성장한 다음 심리적으로 좀 더 여유로운 삶을 살아갈 수 있도록 돕게 될 것이다.

시키지 않는 짓은 왜 하니?

수년 전 어느 텔레비전 방송국에서 방영한 주말연속극 중 〈사랑의 굴레〉라는 것이 있었다. 고두심 씨가 매우 개성 있는 여주인공역을 했고, 상대역은 노주현 씨였던 것으로 기억난다. 또 기억나는 것은 큰 개 한 마리가 등장했던 일이다. 어떻든 그 연속극은 아내를 포함하여 많은 기혼 여성(아주머니)들에게 인기가 있었던 것으로 안다. 방송은 저녁 8시부터 한 시간 동안이었다. 아내는 이 연속극을 빠짐없이 보기 위해, 언제고 저녁 8시 이전에 저녁 식사를 끝내려고 노력하였다.

그런데 그날은 어쩌다 저녁 식사 준비가 늦었다. 저녁 8시가 다되어서야 식탁에 식사 준비가 되었다. 아내는 두 아이와 나보고 먼저 식사하라고 하면서 밥상을 차려 주고는 소파에 가 앉았다. 연속극을 보기 위해서였다. 나 역시 그 연속극을 보아 왔던 터라, 얼른 밥을 먹고는 텔레비전 앞으로 다가갔다. 그러나 아내는 애들에게 대해서만은 인색했다. 「너희들은 봐야 별 소용이 없으니, 들어가 공부나 하라」는 것이었다. 큰녀석은 그만큼 커서 그런지, 공부 부담이 있어서 그런지, 원래가 그렇게 연속극 따위를 보려고 하지 않았다. 그러나 작은아이는 자기 엄마를 닮아서 그런지 연속극을 좋아했다. 그러나 엄마한테 눈치가 보여서 마음 편히 텔레비전 앞으로 오질 못했다. 또 그때만 해도 초등학교 6학년이었던가, 뭐 그렇게 뼈 빠지게 공부를 하지 않아도 될 성싶었을 때였다.

그러한 애 마음을 아는 나였기에, 나는 식탁에서 일어나면서 작은아이보고, 「야, 해석아, 아버지하고 텔레비전 보자. 밥 다 먹었으면 이리 와」 하면서 애를 데리고 애 엄마 옆으로 다가가 앉았다. 애가 가운데 앉고, 그 옆에 아내와 내가 앉았다. 아이는 아버지 빽으로 와 앉은 셈이다. 그러다 보니, 자기 엄마 쪽보다는 내 쪽으로 더 바싹 붙어 앉아서 연속극을 보기 시작했다.

그러자 아내는 연속극을 보면서도, 이따금 곁눈으로 작은아이를 째려보았다. 뭐라고 분명하게 얘기를 안 해서 잘 들리지는 않았지만, 자기 혼자 무어라고 중얼거리면서 이따금 혀도 차고 입을 비죽 내밀기도 하였다. 이를테면, 「들어가 공부나 하지, 뭐 애들이 저런 것을 본다고 와 앉았나. 똑같다니까, 데리고 오는 아버지나 따라붙어 앉아 있는 저 녀석이나…… 에이, 에이」라고 중얼거리는 듯했다. 애에 대한 아내의 차가운 곁눈질 눈총은 쉬지 않고 간헐적으로 계속되었다. 그러나 아이는 그러한 엄마의 눈총에 아랑곳하지 않는 것 같았다. 아니면 둔해서 그것을 의식하지 못하였던가?

좀 시간이 흘렀다. 연속극의 내용 전개상, 사실 아이들과 함께 보기엔 다소 민망스러운 장면이 연출될 조짐이 보이는 대목에 이르렀을 때였다. 아내는 갑자기 큰소리로 작은아이한테, 「해석아, 그렇게 앉아 있지 말고, 부엌에 가서 밥상에 있는 물통 좀 냉장고에 넣어! 꼭 먹을 땐 찬물을 찾으면서, 먹었으면 채워서 도로 냉장고에 넣어 놓아야 할 것 아냐. 누구보고 넣어 놓으라고 먹고는 그냥들 놔두니. 가 넣어놔.」 엄마의 불호령에 아이는 꼼짝없이 일어섰다. 그렇지 않아도 가시방석에 앉은 기분으로 연속극을 보고 있던 아이는 그나마라도 하고 나서 보면, 들어가 공부 않고 연속극을 볼 수 있는 면죄부가 되지 않을까 싶어서, 아주 씩씩하고 기꺼운 음성으로 「네, 알았어요」 하고는 냉큼 일어섰다. 물을 따라 물통을 채워 냉장고에 잘 넣고, 작은아이는 다시금 내 곁으로 돌아와 앉았다. 이때, 사실 엄마의 속마음은 아이가 물통을 넣고, 「엄마, 저 들어가서 공부할게요」 하는 것이었을지도 모른다. 그러나 아이는 엄마의 그런 속마음을 알 리가 없었다.

다시금 시간이 조금 흐른 다음, 엄마는 애한테 또 큰소리로, 「해석아, 가서 김치도 넣고 와」 하는 것 아니겠는가? 이 두 번째 심부름에 아이는 기분이 좀 언짢아진 모양이다. 아마도 속으로는, 「아이참, 아까 한번에 말하지. 그러면 두 번 걸음 안 해도 되는데……」라고 생각했을지도 모른다. 어떻든 아이는 별로 기분 좋지 않은 투로 「알았어요!」 하고 대답을 한 다음 일어나서 김치를 냉장고에 넣고, 또다시 내 곁으로 와 앉았다. 벌써 연속극이 시작된 지 30분이나 지났기에, 이제는 아이도 포기하고 그냥 자기 방으로 들어가 버렸으면 좋겠다 생각했지만, 아이는 끝까지 보고 싶었나 보다.

그리고 2~3분쯤 시간이 흐른 다음, 엄마는 세 번째로 아이를 불렀다.

「해석아, 콩장도 뚜껑 덮어서 냉장고에 넣어.」

이 세 번째 말에 아이는 견디지를 못했다. 아이도 엄마만큼 목소리가 커졌다.

「아이 씨, 아니 한꺼번에 말하면 되잖아요. 하나씩 시키고 있어. 콩장 말고 뭐 또 넣어요? 지금 다 한꺼번에 말하세요. 다 넣을게요.」

아이는 분하다는 듯이, 약이 올라서 씩씩거렸다. 엄마는 마치도 애가 그렇게 나올 것이라고 예측이나 한 듯, 싱긋 웃음까지 머금는 것 같았다. 그러고는 애의 불만에 응답하기를, 「너, 지금 뭐라고 했니? 아이 씨, 씨가 뭐야! 말버릇이 그게 뭐야. 엄마가 시키면 네 알았습니다 해야지. 더 넣을 것 없어, 그게 모두 뭐야!」 애는 이내 부엌으로 갔다. 냉장고 문을 쾅 닫는 소리가 아이의 분한 감정의 강도와 비례하여 높아졌다. 그리고 아이는 이제 더 이상 내 곁으로 돌아오지 않았다. 엄마와 아버지에게 눈길 한 번 안 주고는 휑하니 지나쳐서 자기 방으로 들어가 버렸다. 역시 문 닫는 소리가 우리 귀에 몹시 크게 들려왔다.

그래도 명색이 교육학을 전공하는 아버지인데, 그냥 이렇게 내버려 둘 수가 없었다. 나는 아이한테 갔다. 들어가 보니, 책을 펴놓긴 했는데 그것은 그냥 펴놓은 것일 뿐, 아이는 분통만을 책 위에다 쏟아 놓고 앉아 있었다. 나는 아이 뒤에 서서 어깨를 한 손으로 주물러 주었다. 그러곤 말을 건넸다.

「야, 우리 이해석이 화나셨구먼.」

아이는 아무런 대꾸가 없다.

「야, 남자가 뭐 그런 것 같고 그렇게 화를 내니?」

아이는 책장을 요란스럽게 앞뒤로 넘길 뿐 아무런 반응이 없었다. 화를 풀어 줄 요량으로 나는 아이에게 농담을 했다.

「야, 엄마가 세 번씩이나 시켰다고 해서 네가 그러는 모양인데, 야, 그까짓 세 번 갖고 뭘 그래. 야, 여기 평생 그러고 사는 사람도 있어!」

이때, 아이는 웃음 반 분통 반이 섞인 음성으로 아버지에게 대답을 했다.

「그것은 아버지 팔자야!」

「그래, 아버지 팔자다. 그러니까 너도 이 다음에 네 색시를 잘 얻어야 되는 거야. 어떻든 화 풀어, 공부 안 되면 일찍 자든가!」

그리고 등을 두드려 주었다. 돌아서서 나오다가 나는 한마디쯤 더 해주어야겠다고 생각하고 다시금 말문을 열었다.

「해석아, 그런데 아버지가 한마디 더 하고 싶은 것이 있다. 가만히 생각해 보면, 세 번씩 시킨 엄마에게도 문제가 있겠지만 난 네게 더 큰 문제가 있다고 생각해. 만약 내가 너라면 나는 너처럼 행동하지 않았을 거야. 너 처음에 엄마가 뭐 넣고 오라고 하셨니? 물통 넣고 오라고 하셨지? 물통 넣으러 갔을 때 왜 김치, 콩장이 눈에 안 보였니? 엄마가 시키지 않았어도 네가 좀 자발적으로, 확산적으로 못하니? 김치도 넣고, 콩장도 넣고. 그것뿐이니, 빈 그릇은 설거지통에 갖다 넣고. 그리고 난 다음에 와서 텔레비전을 보면, 네가 이미 그렇게 한 줄도 모르는 엄마는 널 쫓아 버릴 심산으로, 다시금 김치도 넣고 오라고 하실 거야. 그러면 너는 아주 진득하게, 벌써 넣었습니다 하면 쫓겨도 안 가고 연속극도 보고 화도 안 나고 할 것 아니었니?」

그러자 아이는 기다렸다는 듯이 즉각 내게 응답하기를, 「저도, 그런 것쯤은 다 알아요」 하는 것 아닌가?

「알면 그렇게 하지 왜 안 했니?」

「만약에, 김치까지 제가 알아서 넣으면, 엄마가 나중에 뭐라고 그러실 줄 알아요? 엄마는 또 야단치세요. 시키지 않는 짓은 왜 하냐고? 그리고는 다시 소리치시기를 '꺼내놔, 그것은 그냥 버리려고 한 거야. 잘난 척하네, 시키는 공부는 안 하고. 공부를 그렇게 해봐.' 그러실 거예요.」

아이의 대답에 나는 할 말이 없었다. 그리고는 그냥 아이의 방을 나왔다. 그 사이에 연속극은 끝났고, 아이 엄마는 혼자서 밥을 먹고 있었다. 그리고 나는 시작된 9시 뉴스를 보기 위해, 다시금 소파에 가 앉았다.

창의적 사고라는 개념은 여러 가지 의미를 함축하고 있다. 즉 어떠한 사람이 창의적이냐? 어떻게 할 때 창의적인 사고력이 계발되는가? 그 답에는 여러 가지가 있다. 그중의 하나가 바로 '자발적'이고 '확산적'인 사고이다. 창의력은 어떤 일을 자발적으로 할 때 생기고 나타난다. 남이 시켜서 할 때, 하기 싫은 일을 마지못해 할 때는 창의력이 발휘되기 어렵다. 하고 싶은 일을 스스로 할 때, 즉 내면적으로 동기가 형성되어서 할 때 창의력을 나타내게 되고, 그 속에서 창의력은 더욱 커지는 것이다. 또한 창의력은 어떤 사물이나 현상을 인식할 때, 그 주어진 사물, 주어진 현상만을 좁다랗게 인식해서는 발휘되기가 어렵다. 시야를 넓히고, 지각의 장을 넓혀야 창의력이 생긴다.

그럼에도 우리는 이러한 성질의 창의력을 키울 수 있는 기회를 무의식중에 억제하고 방해하는 것이 아닌가 생각될 때가 많다. 아이들이 자기들 스스로 무엇인가를 자발적으로, 확산적으로 행하고자 할 때, 어른들은 무의식중에 그것을 억제하고, 금지시키고, 막을 때가 많다고 생각한다. 이를테면, 「시키지 않는 짓은 왜 하니?」「잘난 척하지 말아」「지금은 네가 그런 것 할 때가 아냐?」「나중에 실컷 할 수 있어」 등등 수없이 많은 표현으로 아이들의 자발적인 사고와 행동에 찬물을 끼얹는 것은 아닌가 생각해 본다.

이 책의 뒷부분에 가서 더 얘기하겠지만, 창의력이란 하루 아침에 책을 통해 공부해서 얻어지는 힘이 아니다. 그것은 긴 세월을 두고 생활습관 속에서, 삶의 과정 속에서 조금씩 형성되는 것이다. 집 안의 생활 속에서, 거리에서, 운동장에서, 친구들과의 사귐 속에서, 학교생활 속에서 조금씩 습득되고 형성되는 것이다.

그렇다고 할 때, 우리가 진정 자녀들이, 우리의 학생들이 창조적으로 생각하고 행동하는 힘을 키워, 훗날 자신들의 삶을 창조적으로 이끌고, 이 나라 이 사회를 창조적으로 이끌어 나가도록 하려 한다면, 우리는 평소에 그러한 힘을 키울 수 있도록 좀 더 신경을 써야 할 것이다. 아이들을 그저 어른들이 시키는 대로만 하도록 길들여서는 안 된다. 그들 스스로 훨훨 날 수 있도록 하여야 한다.

인간은 노예가 아니다. 노예가 아님은 우리가 무엇인가를 스스로 해낼 수 있을 때 자명해진다. 회사에서의 일도 그렇다. 윗사람이 시키는 일만 하러 다니는 사람은 직장생활에서 삶의 보람을 느끼기가 어렵다. 스스로 일을 만들어 낼 때, 그는 생존의 의미를 더욱 크게 느낄 것이다. 우리 모두 가정에서든, 학교에서든, 일터에서든 생존의 의미를 창조를 통해 얻을 수 있도록 서로 도와야 할 것이다.

49 빼기 19는 49, 17 빼기 3은 17

중학교 1학년에 다니는 소년은 학교에서 산수를 아주 못하는 아이로 낙인찍혀 있었다. 얼마나 못했는지는, 그가 '49 빼기 19는 49, 17빼기 3은 17' 하는 식으로 셈을 하였다는 데서 아주 잘 드러나 있었다. 하도 못해서, 선생님은 이제 아예 포기한 상태였다. 그에게 수학을 가르친다는 것은 불가능한 일이라고 믿었다. 학교 선생님뿐만 아니라 그의 엄마도 포기했다. 그저 학교에 열심히 다니는 것만으로 만족해야 했다.

그러나 그 소년 자신은 그렇게 생각하지 않았다. 그는 늘 '49 빼기 19는 30이 될 수 없고 49이어야 한다'고 믿었다. 그리고 왜 다른 사람들은 그것을 30이라고 말하는지에 대해 의문을 품었다. 그는 그의 고민을 일기장에 이따금 적어 놓았다. 그를 이해해 주는 사람은 아무도 없었다. 일기장에서 자신과 그냥 대화하는 것이 그가 할 수 있는 전부였다.

그러던 어느 날, 그 소년의 아버지는 우연히 책상 위에 펼쳐진 아들의 일기장을 보게 되었다. 그리고 아들의 고민을 알았다. '49 빼기 19는 49'라고 쓰여져 있는 아들의 셈법을 그는 보았다. 아마, 우리네 보통 가정에서 중학교 1학년에 다니는 아들이 그렇게 공부를 못하고 있음을 발견한 아버지가 있었다면, 그는 분명 아들보다는 엄마를 불러 댔을 것이다. 그리고 「당신 도대체 뭐 하는 여자야! 응? 애가 저 지경이 되도록 뭐 했어?」 하고 소리 질렀을지도 모른다. 또는 그 반대로, 아들이 그 지경이 될 때까지 모르고 있었던 아버지에 대한 어머니의 비난이 거세게 일었을 것이다. 「돈만 벌어 오면 다예요? 자식은 엄마 혼자 키우라고 어디 쓰여 있어요? 당신은 입이 열 개라도 말할 자격이 없는 사람이에요!」 하는 애 엄마 쪽의 비난이 일었을지도 모른다.

기가 막힌 일이었다. 49 빼기 19는 49라니. 아버지는 그 이튿날 아침 일찍 아들을 깨워 함께 산책을 나갔다. 그리고 아버지는 산책 길에서 무겁게 입을 열었다.

「아들아, 아버지가 어제 네 일기장을 보았다. 일부러 훔쳐본 것은 아냐. 아버지가 무엇을 찾으러 네 방에 들어갔다가 우연히 보게 되었어. 책상 위에 일기장이 펼쳐져 있더구나. 하여튼, 네 허락 없이 일기장을 들여다본 것을 용서하렴. 그런데 아버지는 네게 한 가지 궁금한 것이 있다. 너의 셈하는 방법 말이다. 49 빼기 19는 49라고 했고, 17 빼기 3은 17이라고 했더구나. 어떻게 해서 답이 그렇게 되냐?」

이러한 아버지의 의외의 물음에 아들은 너무도 기뻤고 신이 났다. 더욱이 아버지는 야단을 치는 것이 아니었다. 언젠가 학교에서 선생님이 물으시길래 한번 자기 생각을 얘기했더니, 기막히다는 듯 비웃음을 당한 적이 있었기에, 아버지의 따뜻한 질문에 아들은 더 기뻤다.

「아버지, 그래요. 49 빼기 19를 49라고 하면 모두 웃어요. 틀렸다는 거예요. 한심하다는 거예요. 49 빼기 19는 30이고, 17 빼기 3은 14래요. 저도 알아요. 그러나 저는 아무리 생각해 보아도 49 빼기 19는 49가 되어야 한다고 느껴져요. 아버지도 잘 생각해 보세요. 뺀다는 것의 의미가 무엇이에요? 뺀다, 빼 버린다, 빼는 것은 결국 그 자체가 없어지는 것 아니에요. 49에서 19를 뺀다, 그러면 19라는 그 자체가 없어지는 것 아니에요. 결국엔 19는 없어지고 49가 그냥 남는 것 아니에요. 그러니까 빼기에서는 그 빼어지는 수가 무엇이든 간에 답은 본래의 수인 49가 그대로 존재하게 되는 것 아니에요?」

아들의 설명을 다 듣고 난 이 아버지는 얼굴에 큰 미소를 지었다. 그것은 환희에 가까운 미소였다. 우리네 보통 아버지 같았으면, 「참, 한심한 놈이구먼. 너는 싹수가 벌써 노랗구나」라고 했거나, 아니면 아예 묻지도 않았을 것이다. 어떻든 기쁨에 찬 이 아버지는 입을 다시 열었다.

「참으로 기쁘구나. 너와 같이 기가 막히게 사려 깊은 아들을 두었으니. 그래, 네 얘기가 맞는 것 같다. 아버지도 네 생각이 옳은 것 같은 느낌이 든다. 그런데 아버지가 한 가지 일러 줄 것이 있다. 이 세상 모든 사람이 다 너처럼 똑똑한 것이 아니거든. 모두가 너처럼 차원이 높은 생각을 하는 것이 아냐. 그래서 학교라는 것이 있고, 학교에서는 이 세상의 보통 사람들이 서로 의사소통을 할 수 있는 최소한의 약속을 배우는 것이란다. 그래야 사회의 질서가 유지되거든. 그 약속이 바로 49 빼기 19는 30이란 것이야. 모두들 그렇게 약속하는 거야. 그러니까 너도 세상 사람들과 어울려 살 때는 49 빼기 19는 30이라고 해야만 돼. 그러나 너 혼자서 연구하고, 너 혼자서 생각할 때는 49 빼기 19는 49라고 해도 돼.」

아버지의 설명에서 아들은 세상에는 두 가지 종류의 지식이 있다는 것을 알았다. 이를테면 하나는 그 적용범위가 넓은 보편적 지식이고, 다른 하나는 특수한 경우, 특수한 사람만이 생각하는 특별한 지식이 있다고 생각한 것이다. 그리고 그 아이는 훗날 학교에 가서 다른 아이들과 함께 산수를 할 때는 49 빼기 19는 30이라고 했다고 한다. 이 소년이 바로 훗날 유명한 경제학자가 되었던 존 스튜어트 밀(J. S. Mill)이다.

우리는 흔히 아이들과 대화를 하거나, 아이들의 놀이나 학습에 관하여 물어볼 때, 그 과정에 대하여서는 관심이 없다. 바쁜 세상에 뭐, 그러한 과정까지 시시콜콜 따지냐는 식이다. 그저 결과만 알면 된다는 것이다. 그래서 아이가 학교에서 돌아오면, 엄마는 결과만 묻고 따진다.

「너, 오늘 받아쓰기 시험 보았지?」

「응.」

「몇 개 틀렸니? 2개? 3개? 아니, 다 맞았니?」

「아냐, 3개 틀렸어.」

「그럼, 2개 틀린 아이들도 있니?」

「응.」

「몇 명인데.」

「다섯 명쯤 될 거야.」

「그럼 1개 틀린 아이는?」

「잘 몰라. 손 들어 보라고 했는데, 한 여섯 명쯤 들었나 봐.」

「그럼, 다 맞은 애도 많았겠구나.」

「한 세 명쯤 되나 봐!」

엄마의 얼굴은 붉어지고, 언성은 올라갈 대로 올라가 버린다. 그리고 한심한 듯 애를 쳐다보며 소리친다.

「그럼, 네가 몇 등했다는 얘기야! 꼴도 보기 싫어, 저리 가! 그러길래 엄마가 뭐랬니, 응? 어젯밤에 텔레비전 그만 보고, 들어가서 공부하라고 했지? 에이 에이, 네가 누굴 닮아서 그러겠니, 할 수 없는 일이지. 그저 어른이고 아이고 노는 데만 정신이 팔려 갖고서…….」

엄마는 무엇을 어떻게 틀렸는지에는 관심이 없다. 그저 몇 개 틀렸고, 몇 점 받았고, 몇 등 했는가 하는 결과에만 관심이 있다.

어떤 학생이 공부를 잘하는가 하는 것은 여러 가지 방법으로 알 수 있다. 그중의 하나는 학생이 질문을 해오는 방식을 보면 안다. 예컨대, 어떤 수학문제를 놓고 학생이 질문을 할 때 공부를 잘하는 아이는 그 문제를 논리적인 문제풀이 과정에 따라 차근차근 풀어 보이면서, 자신이 더 이상 진전을 시키지 못하는 부분에 가서 그것만을 질문한다. 그러나 공부를 못하는 아이들은 그 문제의 답이 얼마냐고 통째로 물어본다. 그 과정에 대한 숙고가 없다.

공부를 가르치는 사람에게도 그것은 마찬가지다. 잘 가르치는 선생님은 그 과정 하나하나를 설명해 주고 이해시킨다. 그러나 가르칠 줄 모르는 사람은 자기가 그냥 혼자 풀어서 답만을 가르쳐 준다. 과정에 대한 설명은 없고 결과만 제시해 준다.

이러한 과정을 무시하고 결과만을 따지는 습성은 어른들의 세계에서도 널리 퍼져 있다. 주말이 되어, 혼자서 밤 낚시를 다녀온 남편에게, 아내는 혼자서 갔다온 것에 대한 불만까지 섞어서 퉁명스럽게 물어본다.

「그래, 밤새껏 낚시해서 몇 마리나 잡았우?」

「잘 안 물려, 잔챙이 몇 마리 잡았었지만 그냥 다 놓아주었어.」

그러면 아내는 혼자서 중얼거린다.

「낚시도 할 줄 모르면서 밤 낚시는 무슨 얼어 죽을 밤 낚시야. 뭐,

고기 못 잡아서 죽은 귀신이라도 붙었나, 허구한 날 낚시야.」

낚시를 어떻게 즐기다가 왔는지 그 과정에는 관심이 없다. 그저 결과만 따져 묻는 것이다. 물론 이는 꼭 고기를 못 잡아 왔기 때문에 해대는 볼멘소리만은 아닐 것이다. 주말을 혼자서 보낸 여자로서의 불평도 섞여 있었을 것이다.

회사 같은 곳에서도 마찬가지이다. 부하직원이 윗사람에게 어떤 일을 처리한 것을 보고하려 할 때, 윗사람은 으레 「결과만 말해. 그래, 계약했어, 안 했어?」 하고 최종적인 답만 말하라고 한다. 과정이야, 너희들이 알아서 하는 일이고, 나는 결과만 알면 된다는 식이다.

이토록 무슨 일에서든 결과가 중요하게 여겨진다. 시험에 붙고 떨어지는 것은 결국 정답을 얼마나 맞혔느냐로 판가름 난다는 것이다. 과정이 제 아무리 좋아도 소용없다는 것이다. 1년간 참으로 성실히, 열심히 공부했는데 입학시험에 떨어지면 그 결과만으로 1년의 긴 과정에서의 성실성과 노력은 그저 아무런 의미가 없는 것으로 판정되는 것이다.

그러나 정말 그런 것인가? 사람들이 살아가면서 진정한 의미와 보람 또는 기쁨을 느끼는 것은 그 결과 때문인가? 아니면 그 과정 때문인가? 삶의 의미는 과정에서 찾는 것이라고 생각한다. 등산을 갔을 때도 산꼭대기를 올라갔다, 정복했다는 데 의미가 있다기보다는 산에 오르는 그 과정이 훗날 더 오래 기억되고 보람 있는 것으로 느껴지는 것은 아닐까? 오르는 과정에서 맑은 계곡에 앉아 정다운 사람과 나누었던 커피 한잔, 대화 한마디, 아름다웠던 경치가 더 큰 기쁨으로 오래 간직되는 것 아닌가?

그렇기에 나는 젊은이들이 결혼할 때 부모가 집도 사주고, 차도 사주고 온갖 살림도 사주는 것을 별로 좋지 않게 생각한다. 그저 시작할 수 있는 최소한의 생필도구만을 사주면 어떨까 생각한다. 왜냐

하면 그것은 자녀들로 하여금, 자기들끼리 살아가면서 갖추고 장만해 가는 그 과정에서의 기쁨을 누릴 수 있는 기회를 부모가 빼앗는 듯싶어서 좋지 않게 생각하는 것이다.

삶이 하나의 긴 과정이듯, 가르치고 배우는 것 역시 하나의 긴 과정이다. 결국, 과정에 충실한 사람은 좋은 결과를 얻게 된다. 그러나 과정이야 어떻게 되었든 간에 좋은 결과만을 추구할 때는, 좋은 결과를 얻기가 어렵다. 설혹 좋은 결과를 얻었어도 그것을 오래 향유하지 못하고, 그것이 좋은지도 잘 모른다. 그렇기에 우리는 작은 일에서든 큰일에서든 과정에 의미를 두고, 과정 하나하나에 최선을 다하는 것이다. 이를테면, 긴 인생에서 우리가 하루하루의 삶에 최선을 다하듯이, 부모님들이나 선생님들에게 부탁하고 싶은 것은 자녀나 학생들의 과정에 좀 더 깊고 세심한 관심을 기울여 주는 일이다. 묻고 대화할 때, 결과보다는 과정에 관하여 묻고 대화해 주면 좋겠다. 마치도 밀의 아버지가 49 빼기 19는 어떻게 해서 49가 되는지 그 과정을 아들에게 물어보았듯이, '몇 개나 틀렸는지'가 아니고 '무엇을 어떻게 해서 틀렸는지'를 알아보고 함께 이야기하는 것이 더욱 중요하고 의미 있는 것이다.

교복을 입지 않아서 공부 못하는 아이 있더냐?

사람의 행동은 대체로 그 사람의 성격을 나타낸다. 그래서 우리는 어떤 사람의 행동을 보면 그의 성격을 대충 짐작할 수 있다. 또 성격을 알면, 그가 어떻게 행동할 것인가를 짐작할 수도 있다.

어린 자녀 둘을 가진 어떤 젊은 부부가 모처럼 휴가를 얻어 설악산으로 여행을 가게 되었다. 두 사람은 여행계획을 치밀하게 세웠다. 교통체증이 심할 것을 염려하여, 이른 새벽에 떠나기로 했다. 아침 식사는 7시쯤 곤지암에 있는 '할머니집'에서 소머리국밥으로 하기로 했다. 남편은 그전에 몇 번 가보았지만 아내는 처음이었다. 남편은 아내에게 좋은 별미를 맛보게 할 수 있는 값진 기회라고 생각했다. 이리하여 부부는 새벽 5시에 집을 나섰다. 차 안에서의 간식감으로 빵과 사과 몇 개, 그리고 커피를 준비해 갖고 떠났다. 아이들은 아직도 잠이 안 깨어, 그냥 차 뒤 좌석에 서로 엉켜서 잠이 들었다. 운전을 하는 남편 옆 자리에 앉은 아내도 처음에는 남편에게 이런저런 얘기를 하다가는 역시 잠이 들어 버렸다. 그러나 길은 올림픽대로에서부터 막혔다. 올림픽대로를 빠져나가는데 벌써 7시가 되었다. 중부고속도로에 들어섰을 때는 8시가 다되었다. 이때 동쪽에서 비추는 강한 아침 햇살에 아내가 잠에서 깨어났다. 남편에게 미안했다. 그토록 긴 시간을 운전하느라고 몹시 피곤할 터인데, 아침도 못 먹었으니 허기는 졌을 테고, 차는 밀리고, 그런데 옆에서 잠만 쿨쿨 잤으니, 미안할 수밖에. 그래서 아내는 말을 건넸다.

「여보, 힘들지요, 아침도 못 먹었는데. 여보, 곤지암까지 가려면 아직도 한참 가야 할 텐데, 우리 여기 어디서 그냥 커피하고 빵으로 아침을 때웁시다. 꼭 곤지암 가서 소머리국밥을 먹어야 되남!」

이러한 아내의 말에 남편들은 그 성격에 따라 두 가지 방식 중 한 가지로 대답한다.

예컨대, 성격이 꽤나 꼼꼼하고 원칙론적이며, 융통성이 없는 고지식한 성격의 남편들은 소리를 지른다.

「시끄러워, 곤지암에서 먹기로 했잖아. 곤지암에서 먹기로 했으면, 거기 가서 먹어야지. 사람 그렇지 않아도 신경질 나는데 건드리지 마. 그냥 잠이나 더 자!」

그야말로 한마디로 일축해 버린다. 그런가 하면 성격이 좀 유연하고 융통성이 있는 남편은, 「야! 그러자. 정말 배고프다. 소머리국밥이고 뭐고 간에 우선 아무 데서나 뭐 좀 먹자. 이러다가 설악산 못 가도 그만이지」라고 말할 듯싶다.

날이 어두워지면서 베란다에서 빨래를 걷어 들인 꼼꼼한 성격의 아내는 어디론가 없어져 버린 양말 한 짝을 찾느라고 저녁 내내 이리저리 왔다 갔다 한다. 결국은 그것을 찾아내야만 직성이 풀린다. 그런가 하면 어떤 아내는, 「에이그, 모르겠다. 나중에 어디서 나오겠지」 하고 그냥 넘어가 버리는 편안한(?) 성격을 그대로 행동으로 보인다.

이러한 성격에 따른 특성은 선생님들의 가르치는 행동이나, 학생들이 공부하는 행동에서도 그대로 잘 나타난다. 성격이 지극히 꼼꼼하고 내성적인 선생님의 수업과 성격이 유연하고 외향적인 선생님의 수업은 그 분위기부터가 몹시 다르다. 마찬가지로 학생들의 공부하는 방법이나 태도 역시 그 성격에 따라 천차만별하다.

　어떤 학생은 교과서에다는 밑줄 정도만 쳐놓고 노트정리를 깔끔하게 하면서 공부를 하는가 하면, 어떤 학생은 교과서가 곧 노트가 되는 학생도 있다. 또 어떤 학생은 학교에서 필기해 오는 공책 따로 있고 집에 와서 정리해 두는 공책이 따로 있는가 하면, 어떤 학생은 공책 한 권에 모든 것을 다 적어 갖고 다니기도 한다. 공부하는 시간도 제각각이다. 어떤 학생은 새벽녘에 공부가 잘된다고 하는가 하면, 어떤 학생은 초저녁에 공부가 잘된다고 한다. 낮보다는 밤을 더 좋아하는 학생은 대낮에도 커튼을 치고 불을 켜놓은 채 공부한다. 또 어떤 학생은 무언가를 먹어 가면서 공부를 하는가 하면, 귀에다 리시버를 꽂고 음악을 들어 가면서 공부하는 학생도 있다. 그에 반해 예민한 학생은 방 밖에서 텔레비전 소리가 조금만 들려와도 신경질을 부리고 공부를 못한다고 소리친다. 그야말로 공부하는 습관이나 그 태도가 각자의 독특한 성격에 따라 제각각이다.

　여기서 중요한 것은, 이렇듯 각각의 성격에 따라, 또는 각자가 개발한 자기 나름대로의 공부방식에 따라 내보이는 독특한 학습행동을 어른들이 인정해 주어야 한다는 점이다. 즉, 개개인 특유의 학습습관을 인정해 주고, 격려해 주고 지원해 주어야 한다는 것이다. 그럼에도 어른들은, 특히 부모나 선생님들은 학생들의 학습습관이나 행동을 인정해 주지 않고 자기들이 생각한 '최선'의 방식대로, 자기들이 경험하였던 방식대로, 무턱대고 바꾸려 하거나 잘못되었다고 꾸짖는다.

공휴일이었다. 모처럼 도시락을 싸는 일에서 해방된 엄마가 늦잠을 즐기고 일어나 보니, 중학교에 다니는 아들녀석이 벌써 일어나 책상에 앉아 공부를 하고 있었다. 그런데 녀석은 교복으로 깔끔히 갈아입고 앉아 있지를 않는가. 이를 본 엄마는 이내 아들에게 조금은 언성을 높여 말을 건넸다.

「너, 오늘도 학교에 가니?」

「아뇨.」

「그런데 왜 교복을 입고 앉았니?」

「그냥요.」

「집에서 공부할 거면 뭣 하러 교복을 입고 앉았니?」

「……」

아들은 대답이 없다. 어쩌면 대답할 필요가 없다고 생각했는지도 모른다. 그 녀석은 자기 딴엔 교복으로 갈아입고 앉아 있으면, 마음이 그만큼 정돈되고 또 쉽게 침대에 눕지도 않을 테고, 그래서 그만큼 공부가 잘될 것 같아 일찍 일어나 세수하고 교복으로 갈아입은 것이다. 하기야, 어른들도 그렇지 않았는가? 예비군복을 입고 있으면 그저 아무 데나 앉고 드러눕지만, 넥타이를 매고 양복을 입으면 아무 데나 앉거나 눕지는 않았던 것을 생각해 보면, 우리는 아이의 마음을 쉽게 이해할 수 있을 성싶다. 이를테면 '교복'이라는 도구를 이용하여, 마음을 다스리고 행동을 다스려 보려고 한 것이다. 그러나 이러한 아이의 자기 나름대로의 행동통제방식과 학습습관을 이해하지 못하는 엄마는 이내 묵묵부답인 녀석에게 소리를 지른다.

「교복 벗어놔. 오늘 더러워지면 빨아 입을 수도 없고, 내일 입고 가야잖아! 빨기는 쉬운 줄 아니?」

「교복 입고 앉아 공부하면 공부가 잘되는 것 같아서 그래요.」

「아니, 교복을 입지 않아서 공부 못하는 아이 있더냐? 남들은 아무렇게나 입고도 공부만 잘하더라. 공부도 제대로 못하는 주제에……. 뭐 교복을 입어야 공부가 잘돼! 시끄러워, 벗어놔. 엄마가 저번에 사다 준 바지와 티셔츠 입으면 되잖아!」

「……」

이러한 부모의 횡포(?)는 실상 따지고 보면 수없이 많다. 창 밖의 햇볕이 너무도 따사로워 자꾸만 밖으로 끌어내는 유혹을 견디기 위해 커튼을 치고 작은 전등을 켜고 앉은 아이에게 「전기값은 누가 거져 내주니!」 하고 소리치는 엄마. 일찍 자고 일찍 일어나서 공부하겠다고 들어가는 아들을 향해 「야, 너 일찍 일어나서 공부하는 것 한번도 못봤다. 일찍 일어난다 소리 말고 지금 더 공부하다가 자!」 하고 소리치는 아버지. 우리는 수도 없이 알게 모르게 아이들의, 자녀들의 각기 특성 있는 학습습관이나 방법에 대하여 횡포를 부려온 것이 아닌가 한번쯤 생각해 봄이 좋을 듯싶다. 물론 그러한 횡포가 꼭 집에서만 일어나는 것은 아니다. 학교에서도 얼마든지 일어날 수 있고 또 실제로 일어나고 있음을 부인하기는 어렵다.

이러한 횡포의 본질적인 문제는 자녀들의 비뚤어진, 잘못된 학습습관이나 태도를 바꾸어 주려는 데 뜻이 있는 것이 아니라, 그것이 어른들의 편의를 추구한다는 데서 심각성을 느낀다. 교복을 빨아 주는 일이 귀찮아서, 일찍 잠을 깨워 주는 일이 귀찮아서, 때로는 부모의 과거 습관에 비추어 볼 때 그것이 바람직하지 않았다 해서, 무조건 아이들의, 아이들 나름대로의 방법을 무시해 버린다는 데 문제가 있는 것이다. 아이가 밥부터 먹고 공부하겠다 했을 때, 엄마가 밥을 주었는가? 오히려, 「지금 몇 신데 밥을 달래니? 그저 하라는 공부엔 관심없고, 먹을 궁리만 하니, 엄마 얼굴에 밥줘 하고 써 있냐? 그저 엄마만 보면, 밥, 밥, 밥 달라고 하니, 공부를 좀 그렇게 해라, 응」 하고 면박을 주지는 않았는가? 물론, 나는 여기서 아이들을 제멋대로 하도록 내버려 두는 것이 좋다고 하는 것은 아니다. 잘못된 버릇은 고쳐 주어야 한다. 때로는 힘을 사용해서라도 고쳐 줄 필요가 있다. 내가 여기서 강조하는 것은 아이들 스스로가 공부를 하기 위해, 어쩌면 생존을 위해 터득하고 개발해 낸 그의 특성 있는 방법까지, 아이들이 어리다고 해서 무조건 몰아붙여 무시하는 일이 없길 바라는 것뿐이다. 아이들을 좀 더 이해하는 쪽에, 아이들의 편의를 생각해 주는 입장에 어른들이 서주었으면 하는 바람뿐이다. 물론, 그 반대로 아이들이 어른들의 입장도 이해할 필요가 있음을 인정한다.

아이가 자기 방에 들어갔다. 식구와 함께 텔레비전을 보다가 공부하겠다고 들어간 것이다. 더 이상 눈총이 따가워 앉아 있길 못하고 들어간 것이다. 그러나 조금 있다가 아이가 방문을 빼꼼 열고 나왔다. 왜 나왔느냐 하는 엄마의 다그침에, 「응, 물 먹으러 나왔어!」 하고는 냉장고 문을 두어 번 열어 보곤 다시금 제 방으로 들어갔다. 5분도 안 되어서, 아이는 다시금 또 나왔다. 이번에는 화장실을 핑계로 나왔다. 엄마의 혀 차는 소리가 아이의 귀에도 들렸다. 「하여간 10분을 못 앉아 있다니깐!」 이번에는 10분쯤 지났을 성싶다. 아이는 또 방문을 열고 소리친다. 「누가, 저 불렀어요?」 부르긴 누가 불렀는가! 그냥 한번 나와 보고 싶었던 게 틀림없다. 「아무도 부른 사람 없어. 들어가, 들어가서 좀 진득하니 앉아 있어 봐. 무슨 사내자식 궁둥이가 그렇게 가볍냐!」 아이는 방문을 쾅 닫고 들어가 버렸다. 그러곤 이번에는 무슨 핑계로 나가 볼까 생각 중일지도 모른다. 아니나 다를까, 또 나왔다. 이번에는 형한테 지우개 좀 빌리기 위해서 나왔다고 한다. 「저는 왜 지우개가 없나, 꼭 형에게 빌려야만 하나?」 엄마의 퉁명스러운 질책은 아이가 들락날락할 때마다 꼭 따라붙었다.

이를 바라다본 아버지는 안 되겠다 싶어 아이를 불러냈다. 얼마나 핑곗거리 찾기에 궁하겠느냐 싶어서, 아버지가 불러내 준 것이다.

「야, 해석아, 이리 나와 봐. 아빠가 뭐 할 말이 좀 있는데, 나와 봐.」
아이는 큰소리로 「네」 하면서 나왔다. 꼭 그때 불러서 할 말이 아닌
데도 불러냈다. 아버지 생각으로는 물론 주의를 집중하지 못하는 아
이에게 주의를 집중하도록 야단치는 일도 중요하지만, 때로는 오히
려 아이 편에 서서 아이의 마음을 이해해 주는 쪽이 더 좋겠다고 느
꼈기 때문이다. 30분 정도 놀아 주고, 놀도록 하고, 아이가 스스로
이젠 들어가 보자 하는 마음을 먹을 때까지 기다리는 것이 더 좋겠
다고 생각한 것이다.

　아이들은 다 제각기 저 나름대로의 방식을 갖고 있다. 그것을 그
들은 용케도 잘 만들어 낸다. 그것을 무조건 나무라거나 거부할 수
만은 없다. 다 자기 생긴대로 행동하는 것 아닌가? 아이의 성격대로
그가 꾸밈없이 행동하는 가운데서 스스로 진실함을 터득하도록 돕
는 수밖에.

엄마, 바닷물은 왜 짜?

초저녁이다. 초등학교 2학년에 다니는 아들과 4학년에 다니는 아들 형제가 빨래해서 말린 옷가지를 개키고 있는 엄마 곁에서, 두어 달 전쯤에 해수욕 다녀온 이야기를 하고 있었다. 이때, 작은아들 녀석이 엄마에게 느닷없이 물었다.

「엄마, 엄마, 그런데 바닷물은 왜 짜?」

잠시 머뭇거리던 엄마는 웃으면서 답을 말해 주었다.

「왜 짜긴? 그냥 짠 거야.」

「그냥 짜다니? 그런 답이 어디 있어?」

「물은 오랫동안 고여 있으면 짜지는 거야!」

「응…….」

작은아이는 알았다는 듯 힘없이 대답을 하였다. 그러나 이때 큰아이가 엄마에게 일격을 가했다. 그 녀석도 정답은 모르는 듯했다. 그러나 분명히 알고 있는 것은 엄마의 그러한 대답이 틀렸다는 것이었다. 4학년이 되어서 그런지, 제법 사내티가 나는 큰아들이 엄마에게

빈정대는 말투로 일격을 가한 것이다.

「응, 오랫동안 고여 있으면 짜진다 이거지, 오래 고여 있으면 짜지는군요. 그러면 저기 베란다의 양재기 물도 벌써 며칠되었는데 짜졌겠네. 야, 너 나가서 손으로 찍어 먹어 봐. 짜졌을 거야. 이젠 간장 사올 필요 없네요. 그냥 맑은 물 받아서 오래 놓았다 쓰시면 되겠네요.」

「이 녀석이!」

엄마는 짐짓 뒤로 물러서는 듯 보였다. 큰아들 말이 하나도 틀림이 없었기 때문이다. 하긴, 애들이라고 해서 그냥 무책임하게 대답한 것이 잘못이었다. 차라리 그냥 모른다고 했으면 될 것을. 그래도 엄마는 애써 위신을 지키려 했다.

「그게 숙제냐? 선생님이 알아 갖고 오라고 하시든?」

「아니, 그냥 내가 궁금해서 물어본 거야!」

「들어가, 들어가서 숙제나 해. 시키는 공부는 안 하고 쓸데없는 것은 왜 물어봐. 그런 것은 크면 그냥 나중에 다 알게 돼.」

「……」

「아니, 들어들 가라니까, 왜 이러고들 앉았어!」

「밥 먹고 들어가려고……」

「밥은 아직 시작도 안 했는데, 밥 먹으려면 아직 멀었어. 먹을 궁리만 말고 들어가. 들어가서 공부하고 있으면, 밥 다되었을 때 엄마가 부를게.」

아이들은 입을 삐죽대며 일어섰다. 괜스레 물어보았다가 욕만 먹었다 싶은 얼굴 표정이었다. 아이들은 이처럼 엄마한테, 아버지한테 이따금 질문을 할 때가 있다. 궁금한 것이 많은 때의 아이들인지라 하나도 이상할 것이 없다. 그런데 이러한 때, 부모들의 행동은 대개 귀찮고 피곤하다는 핑계로, 또는 잘 모른다는 이유로 아이들의 호기심을 그 출발에서부터 억누른다.

「엄마, 올챙이가 얼마 만에 개구리가 되는 거야?」

아이의 물음에 엄마가 소리친다. 「나도 몰라. 전과 찾아봐!」 나중엔 「별것을 다 묻네!」 하고 윽박지르기도 한다. 그런가 하면, 「글쎄, 한 1년 걸리나」 하고 참으로 얼토당토않은 대답을 했다가 아이들한테 무안을 당하는 엄마도 있다.

「물어본 내가 잘못이지. 에이그, 밥이나 주세요.」

어린 시절에는 대체로 호기심이 많다. 그것은 그만큼 세상을 모르기 때문이다. 또 그만큼 세상을 알고 싶기 때문이다. 아이들이 무엇인가 알려고 할 때, 부모의 바람직한 행동은 우선 그러한 호기심을 더욱 높여 주는 일이다. 호기심을 결코 꺾어서는 안 된다. 그 다음에는 비록 엄마가 그 질문에 대한 대답을 안다 해도 금방 답을 말해 주는 것이 아니라 아이가 스스로 생각을 해보도록 유도하는 것이 좋다. 답을 찾아가는 과정을 인도해 주는 것이 좋다. 엄마가 비록 답을 모른다 해도, 그냥 한마디로 「엄마는 그런 것 몰라!」 하고 단정적으로 답해 버려 아이의 호기심을 그 자리에서 멈추게 해서는 안 된다. 바닷물은 왜 짠가? 그러면 우선은 「야, 그것 참 좋은 질문이다. 글쎄 왜 짤까? 엄마도 잘 모르겠는데, 아마 옛날에 학교에서 배웠을지도 모르지. 그런데 엄마가 나이를 먹고 보니 잊어버렸을 거야. 하지만 엄마하고 함께 답을 생각해 보자. 도대체 왜 짤까? 가만 있어 봐. 어디서 찾아보면 그 답을 알아낼 수 있을까? 너, 백과사전은 뒤져 봤니? 한번 가져와 봐.」 이를테면 이런 식의 대화를 통해, 엄마는 아이의 호기심을 높여 주고, 그 답을 찾아가는 과정에 함께 참여하면서 아이들이 탐구하는 태도와 기능을 스스로 세워 나가도록 함이 중요하다. 어찌 보면, 그 과정에서 아이들이 키우게 되는 탐구능력은 그 문제의 정답을 알아맞히고, 기억하는 일보다 더 중요한 것이 될 수도 있는 것이다.

앞에서도 이야기하였듯이 공부를 잘하는 아이와 공부를 잘 못하는 아이를 구별하는 한 가지 좋은 방법은 아이들의 질문을 잘 들어보는 일이다. 공부를 잘하는 아이들은 대체로 어떤 문제의 해결 과정을 물어본다. 그러나 공부를 잘 못하는 아이들은 어떤 문제의 답만을 물어본다. 공부를 잘하는 아이들은 자기가 무엇을 모르는지 정확히 알고 있어 그 부분에 대해서만 묻고 공부를 못하는 아이들은 자기가 무엇을 모르는지 모르기 때문에 그냥 통째로 물어보는 것이다.

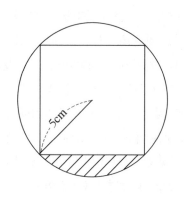

예컨대, 옆 그림과 같은 수학문제가 있다고 하자. 반지름이 5cm인 원 안에 정사각형 하나가 꼭 차게 그려져 있다. 그리고 네 군데에 반달 모양으로 남는 것 중, 하나인 빗금 친 부분의 넓이를 구하는 문제가 있다고 하자.

어떤 아이가 이 문제를 놓고 풀려고 하는데, 그 아이는 비교적 공부를 잘 못하는 아이였다. 그러면 그는 이리저리 궁리 끝에 쉽게 포기하고는 아버지에게 묻는다.

「아빠, 이거 되게 어렵다. 아빠가 한번 풀어봐! 빗금 친 부분의 넓이가 얼마야?」

물론, 아버지도 이 문제를 풀지 못하는 경우도 있겠으나, 어떻든 아버지가 풀 수 있다고 할 때 아버지는 아이에게, 「야 종이 가져와 봐, 그게 뭐가 어려워」 하면서 풀기 시작했다. 그동안 아이는 볼펜을 엄지손가락 위에 올려 놓고는 기술적으로 돌리고 있었다. 아버지가 풀고 있는 것을 물끄러미 바라다보면서. 드디어 아버지가 풀었다.

「야, 7.125제곱센티미터다.」

「응, 7.125구나. 그러면 ㉮번이 답이네. 알았어. 인제, 내가 할게.」

이렇게 끝났을 때, 정말 그 아이는 이 문제를 푼 것인가! 문제를 푸는 방법을 알았는가? 공부 못하는 아이의 질문은 그저 '답'을 알고자 했고, 또 그것을 풀어 준 아버지도 그저 '답'만을 이야기한 것이다.

그러나 이에 비하여 공부를 잘하는 아이는 질문 자체가 틀리다. 풀이 과정을 물어보는 것이다. 자기가 시도하였던 풀이 과정을 아버지에게 설명한다.

학습지도를 잘하는 아버지는 아이가 그 풀이 과정을 내보이지 않을 때, 오히려 「넌 어떻게 해보려고 했는데, 어디 그것부터 설명해 봐!」 하고 요구한다. 어떻든 아이는 자기가 '선생님'이라도 된 듯이 아버지에게 자기가 생각하였던 풀이 과정을 설명해 나간다.

「아버지, 지금 여기 빗금 친 부분 넓이를 구하려면, 제 생각에는 우선 원의 넓이를 먼저 구해야 할 것 같아요. 그 다음에는 그 안에 들어가 있는 정사각형의 넓이를 구하고, 그래서 원 넓이에서 정사각형 넓이를 뺀 다음에 그것을 넷으로 나누면 되는 것 아닌가 싶어요. 그래서, 제가 이것을 수식으로 만들어 볼게요. 빗금 친 부분을 S라고 하고, 정사각형 변의 길이를 a라고 하면, S는 우선 원의 넓이 πr^2 빼기 정사각형 넓이 a^2 다음에 나누기 4, 그러니까 $S = (\pi r^2 - a^2) \div 4$ 하면 되는 것 아니에요? 그런데 여기서 π는 3.14고, r은 반지름 5cm로 나와 있으니까 $S = (3.14 \times 5^2 - a^2) \div 4$가 되는데, 제가 모르겠는 것은 a, 즉 정사각형의 한 변의 길이를 어떻게 구하느냐 이거에요.」

이렇게 그 풀이 과정을 길게 설명한 아이, 즉 자기가 무엇을 모르는지 정확하게 알고 있는 아이가 참으로 공부를 잘하는 아이이다.

여기서 우리가 생각해 둘 일은 두 가지이다. 하나는 아이가 마치도 선생님인 것처럼, 누구를 가르치듯 설명하는 일이다. 이는 스스로 깨닫는 방법으로 매우 좋은 방법이다. 가르치다 보면, 설명하다 보면 스스로 깨닫는 경우가 많다. 왜 우리네 어른도 그런 경험을 하지 않던가. 처음에는 그런 얘기를 할 생각이 안 났는데, 또는 그러한 예를 들 생각이 안 났는데 말하다 보니까, 생각이 나서 하게 되는 경우가 있지 않던가? 어쩌면 내가 그러한 좋은 예를 들 수 있었나 하고 스스로 놀라울 만큼 좋은 생각이 떠오르는 경우가 있었을 것이다.

아이들도 마찬가지다. 스스로 설명하고 스스로 가르치다 보면, 그 답을 스스로 찾는 경우가 많다. 그래서 어떤 아이는 그토록 길게 설명을 하다가는 도중에, 「아아, 내가 알았어, 내가 알았어. 그러니까 이 정사각형의 변의 길이는 피타고라스 정리($c^2 = 5^2 + 5^2 = 25 + 25 = 50$)를 이용해서 구하면 되겠구나!」 하고 소리칠 때가 있다. 아버지가 여기까지 한 일은 아무것도 없다. 도와준 것이 아무것도 없다. 그저 아이의 설명을 열심히 들어주었다는 사실 한 가지뿐이다.

여기서 또한 중요한 다른 하나는, 아버지가 도중에 끼어들지 않고, 끝까지 들어주었다는 사실이다. 아이가 설명할 때, 아이들은 생각하느라고 다소 더듬거릴 수도 있다. 그런데 이때 아버지는 아이의 그러한 더듬거림을 못 참고, 중간에 끼어드는 수가 있다. 말을 가로막는 수가 있다. 「야, 뭘 꾸물대. 아니, 원의 넓이는 πr^2 아냐. 우선 그것부터 써야지」 하는 식으로 말이다. 그러면 이 순간부터 아이는 아버지의 사고에 끌려가기 마련이다. 스스로 생각하고, 스스로 답을 찾는 노력은 포기한다. 그저 아버지의 눈치만 보고, 아버지의 설명에 귀를 기울인다. 시키는 대로 따라할 뿐이다. 적으라는 대로 적고, 소리치며 설명하는 아버지를 향해, 속으로 「괜히 물어보았다」 싶은 생각만 할지도 모른다. 공부는 아이가 하는 것이지, 아버지가 하는 것이 아니다. 아버지는 그저 아이가 공부하는 데 옆에서 지켜보아 주고 격려해 주고 조언을 해주는 일을 하는 것이다.

만약, 아버지도 어떻게 풀어야 좋은지를 모른다면, 아버지는 아이와 함께 이렇게도 시도해 보고, 저렇게도 시도해 보는 노력을 기울이는 것이 바람직하다.

「야, 이렇게 구하면 안 되니?」

「아냐, 아빠, 그러면 또 이것을 구해야잖아.」

「그래, 그러면 이렇게 해보면 안 되나?」

그러다 보면, 아버지와 아이는 문제를 푸는 방법에는 한 가지 방법만 있는 것이 아니라는 것까지 터득할 수도 있다. 예컨대, 앞의 그림에서 빗금 친 부분의 넓이를 구하려면, 우선은 원의 넓이를 구한 다음 그것을 넷으로 쪼개 놓고, 그것에서 두 변의 길이가 각각 5cm인 이등변삼각형의 넓이를 구해서 빼면 더 쉽게 빗금 친 부분의 넓이를 구할 수 있다는 것도 알아낼 수 있게 될 것이다. 즉, $(\pi r^2 \div 4) - (r^2 \div 2) = \{(\pi \times 5^2) \div 4\} - (5^2 \div 2) = \{(25 \div 4) \times \pi\} - (25 \div 2)$ 해도 됨을 알아낼 수도 있는 것이다.

공부를 잘한다는 것은 무엇을 의미하는 것인가? 정답을 많이 외우고 있는 아이가 아니다. 즉, 지식을 많이 기억하고 있는 아이가 아니다. 그 지식을, 그 답을 찾아갈 줄 아는 아이다. 결과만을 받아 적는 아이가 아니라, 그 결과에 이르는 다양한 과정을 탐색하는 아이다. 그것을 스스로 찾아갈 줄 아는 아이가 참으로 공부를 잘하는 아이다. 그렇기에 우리는 아주 쉬운 수학문제도 그냥 암산으로 풀기보다는 귀찮아도 그 과정을 차근차근히 써 내려가면서 풀어보는 것이 좋다. 아무리 급해도 생쌀을 그냥 먹을 수는 없다. 전기밥솥에 스위치를 켜서 밥을 하고, 김이 나도 좀 뜸을 들인 다음 먹지 않았는가? 우리는 우리네 아이들이 그러한 과정을 스스로 탐색해 나가도록 도와

주어야 할 것이다. 비록 그 과정이 좀 지리하고 시시해 보이고 견디기 어렵다 해도, 근본적으로 집에서 아빠, 엄마와 함께하는 학습이나 학교에서 선생님하고 함께하는 학습이 바로 그러한 과정의 탐색이어야 할 것이다. 우리는 그것을 '공부하는 방법을 공부한다(Learn How to Learn)'고 표현한다.

오늘 저녁은 뭐 해 먹을까?

　많지도 않은 우리 집 식구지만, 온 가족이 그래도 비교적 한가롭게 함께 모여 앉는 시간은 일주일 중 주일날 오후 5시쯤부터 시작되는 저녁시간이다. 평일날은 제각기 네 식구가 일에 바빠서 좀처럼 시간을 맞추기가 어렵다. 주일날은 네 식구가 제각기 소속된, 또는 관계된 예배를 보고 집에 돌아오면 대체로 오후 5시가 된다. 이때부터 우리는 함께 일요일 저녁 텔레비전도 보고, 저녁 식사도 함께하게 된다. 따지고 보면, 교회를 다니는 사람들에게는 일요일 하루가 어떤 때는 더 피곤할 수도 있다.

　그날도 주일이었다. 아이 둘과 나는 교회를 비교적 일찍 다녀왔다. 그래서 이미 우리 셋은 텔레비전 앞에 앉아서 프로야구경기를 보고 있었다. 가장 늦게 교회에서 돌아온 아내가 5시 조금 넘어 집 안으로 들어섰다. 몹시 피곤한 기색이었다. 하긴 가장 일찍 교회에 갔다가 온종일 예배 보고, 찬양하고, 여전도회 월례회하고 돌아왔으니. 아내는 텔레비전을 보고 있는 우리 세 사람 사이를 비집고 털썩

주저앉았다. 옷 갈아입을 기운도 남아 있지 않은 듯싶었다.

「애들아, 너희들 오늘 저녁 뭐 먹고 싶으냐?」

엄마의 지친 표정에다, 텔레비전에 넋 나간 듯한 아이들의 표정이 묘한 조화를 이룬다. 아이들은 엄마의 물음에 대답이 없다. 들었는지 못 들었는지 반응이 없다. 그러자 엄마가 재차 아이들에게 물었다. 이때 애 엄마 생각으로는 아이들 입에서 「엄마, 우리 그냥 피자나 시켜 먹자」 하는 정도의 소리가 나오길 기대하는 눈치였다. 피곤도 하고, 밥하기도 귀찮고, 그냥 뭐 간단히 때웠으면 했던 모양이다. 여자가 나이를 먹으면 제일 먼저 귀찮아지는 것이 밥하는 일인 듯싶다. 게다가 지쳐서 피곤할 때는 더욱 그런가 보다. 뭐 해 먹으면 좋을지 아이디어가 없어서, 정말 생각이 나질 않아서 물어본 것은 아닐 것이라고 생각했다. 엄마의 두 번째 물음에, 그제서야 아이들은 응답을 해왔다.

「야, 오늘 저녁은 뭐 해 먹을까?」

「응, 엄마, 뭐라고?」

「오늘 저녁은 너희들 뭐 먹고 싶으냐 말야?」

두 아이 중, 그 당시 초등학교에 다니고 있었던 작은아들 녀석이 먼저 자신의 아이디어를 내놓았다.

「엄마, 김치 신 것 많다고 했지. 그것으로 우리 만두나 만들어 먹자. 난 엄마가 직접 만들어 주는 만두가 제일 맛있어. 사다 먹는 만두는 맛이 그래.」

그러자 이 말을 들은 엄마의 눈빛이 그 작은아이에게 집중되었다. 시간을 재보진 않았지만, 엄마는 분명 3~4초 동안은 아이를 빤히 째려보았다. 그러고는 불쑥 내뱉었다.

「뭐 만두? 누가 만들어? 네가 만들 테냐? 더워 죽겠는데 누가 만들어? 더욱이 여름에 만두는 무슨 만두니? 만두 같은 소리하고 앉아 있네!」

아이는 무안해했다. 괜스레 말 꺼내서는, 가만히나 있으면 욕(?)이나 안 먹었을 텐데. 그러자 큰아이가 입을 열었다.

「야, 만두는 무슨 만두야. 넌 어디서 생각해 낸다는 것이 그런 생각뿐이냐. 엄마, 그러지 말고, 칼국수나 해 먹자. 왜 칼국수 있잖아. 외할머니집에 갔을 때 외할머니가 밀가루를 떡 덩어리처럼 만들어 갖고, 상 펴놓고 야구방망이 같은 것으로 넓게 밀어서 썰어 끓여 먹었던 칼국수 말야. 엄마는 만날 슈퍼에서 봉지에 들어 있는 것 사다가 끓여 주는데, 그것은 라면보다 맛 없어. 엄마도 한번 만들어 봐.」

이 말을 들은 엄마의 눈빛은 더욱 예리해졌다. 아마 5초 동안은 아이를 째려본 듯했다. 그러고는 이내 큰아이에게 말했다.

「야! 그것은 더 귀찮아. 더운데 누가 그 짓을 하고 앉았니, 않으니 죽는다. 다 그만두고, 엄마가 김치볶음밥 해줄게, 그것으로 그냥 먹자. 너희들은 텔레비전 그만 보고 들어가 공부나 해. 쓸데없이 먹을 궁리나 하고 앉아 있지 말고!」

그러고는 휑하니 일어섰다. 엄마가 아이들에게 「무엇을 해 먹으면 좋겠는가?」 하는 질문 속에 내포되었던 것으로 믿었던 아이들의 선택권은 그냥 엄마의 말 한마디에 수포로 돌아갔다. 어쩌면 엄마의 그 질문은 처음부터 아이들에게 선택의 기회를 주기 위한 것도 아니었고, 또는 아이디어를 구하려는 것도 아니었을지 모른다. 그저 뭐 저녁을 어떻게 간단히 때울 수 없겠는가 하는 식구들의 동정 어린 협조를 구하기 위한 질문이었을지도 모른다.

실상 따지고 보면 집 안의 일상생활에서 우리네 부모들은 자녀들에게 선택과 결정의 기회를 전혀 주지 않는다. 겉으로는 꽤나 아이들을 위하는 것 같고 꽤나 민주주의적이고 수용적인 부모로 보이기는 해도 가만히 냉정하게 생각해 보면 그렇지 않은 것임을 얼마든지 쉽게 이해할 수 있다.

이를테면 옷 입는 것 하나만 해도 그렇다. 어떤 아이가 오늘은 이 옷을 입고 학교에 가겠다 하면 엄마는 그것을 벗어 놓으라고 한다. 대신 어저께 입은 것 오늘 한번 더 입으라고 한다. 명분은 '빨아 대는 일도 쉽지 않다'는 것이다.

어떤 아이가 일요일에 삼촌집엘 놀러 가려고 한다. 그 아이 생각으로는 버스를 타고 가다가 중간에 내려서 한군데 들러 갈 속셈이었다.

「엄마, 나, 버스 타고 갈래요.」

이때 엄마는 야단친다.

「지하철 타고 가. 지하철이 더 편해.」

「아니, 잠깐 들를 데가 있어서 그래요.」

「들르긴 어딜 들러! 그냥 지하철 타고 가라면, 지하철 타고 가!」

엄마의 일방적인 결정과 명령이다.

아이들이 공부하다 보면 좀 지치고 지루하고 잘 안 될 때가 있을 것이다. 그때 아이들은 기분전환을 필요로 한다. 시계를 들여다보니 저녁 6시쯤 되었다. 보통은 7시쯤 되어야 저녁을 먹는 집안이다. 그런데 아이 생각으로는 지금쯤 우선 저녁을 먹고 그 다음에 공부를 하면 좋을 성싶었다. 그래서 아이는 엄마에게 「엄마, 나 지금 밥부터 먹을래. 그냥 아무렇게나 먹을게, 지금 저녁 주세요.」 그러면 엄마는 이내 소리친다. 「아니, 지금 몇 시인데 밥을 달라니. 점심 먹은 지 몇 시간이나 지났다고. 네 배 속엔 거지가 들어가 있니. 공부하기 싫으니까 그저 앉아서 먹을 궁리나 하고 있고. 그러니 성적이 그 모양 그 꼴이지. 밥이고 뭐고 시끄러워. 엄마 지금 밥 못 줘. 엄마 빨래부터 걷어 챙겨야 돼. 들어가 문 닫고 공부나 해.」 엄마의 긴 꾸중에 아이는 「알았어요」 하고 힘없이 대답하곤 방으로 들어가 버린다. 그러면서, 「아휴 밥도 내 맘대로 못 먹고……」

　이러한 예는 수없이 들을 수 있을 것이다. 문제는 밥 먹고, 옷 입고 하는 일만이 아니다. 몇 시에 잘까, 언제 공부를 할까, 밥을 국에 말아 먹을까 그냥 먹을까, 숙제를 하고 놀까 놀다가 와서 숙제를 할까……. 수없이 많은 일에서, 많은 경우에서 부모들은 아이들의 선택과 결정의 기회를 언제나 부모들의 도덕적 또는 가치판단적 수준에 따라 빼앗는다. 결국 이러한 과정에서 아이들은 스스로 선택하고 결정하는 힘을 키우지 못한다. 한마디로 자율·자존·자립의 힘을 키우지 못하는 것이다.

　게다가 학교에서까지 아이들의 자율적인 선택과 결정의 기회가 제한된다. 모든 것을 선생님이 선택하고 결정해 준다. 집에서는 부모가, 학교에서는 선생님이 아이들의 모든 것을 참으로 친절하게도(?) 몽땅 선택하고 결정해 준다. 결국 아이들은 자기들도 알게 모르게 의존적인 성향만을 키워 가는 셈이다. 그러면서도 어른들은 아이들을 꾸짖을 때, 「너희들은 독립심이 약하다」「너희들은 너희들 일 하나 스스로 처리 못하니?」 하고 아이들의 연약한 의지를 나무란다. 어른들은 요즘에는 심약한 어린이가 많다는 이야기를 서슴없이 한다. 그러나 누가 우리네 아이들을 참으로 그토록 타율에 의존적인 아이들로 만들어 놓았을까? 그것은 우리네 어른들이 먼저 반성해야 할 것이다.

　어린시절에 그러한 선택과 결정의 기회를 갖지 못하고 성장하면, 그들은 청년이 되고 어른이 되어서도 마찬가지로 스스로를 다루고 관리하지 못하는 어려움을 겪는다. 무슨 학과를 지원할까? 무슨 대학엘 갈까? 어떤 회사에 취업을 할까? 취업을 할까, 유학을 갈까, 아니면 국내 대학원으로 진학할까? 그 남자(여자)와 결혼을 할까? 결국 커가면서 수없이 부딪히는 수많은 선택과 결정에서 그들은 그저 대책 없는 아픔을 겪어야 하는 것이다. 그러곤 어른들이, 부모들이 또는 권위자(선생님, 선배, 목사 등)들이 결정해 주길 기대한다.

오늘 우리네 교육에서 문제가 되는 것의 하나는 창의력을 키우지 못한다는 점이다. 즉, 창조적으로 생각하는 힘을 키우지 못한다는 것이다. 창의력은 하루아침에 발견되고 키워지는 것이 아니다. 그것은 오랜 시간에 걸친 삶의 습관을 통해 길러지고, 계발되는 것이다. 모든 것을 어른들이 선택하고 결정해 주는 삶의 습관 속에서는 결코 어린이들의 창의적 사고력은 키울 수가 없다. 더욱이 창의력이 단순히 책을 통해 공부해서 얻어지는 힘이 아니라고 할 때, 일상생활에서의 부모들의, 선생님들의 지배적이고 권위적인 일방적 선택과 결정은 자녀들의 창의적 사고력을 억제하는 가장 큰 요인이 된다. 부모와 선생님은 지금 당장 어린이들에게 내어 줄 수 있는 최대한의 범위에서 선택과 결정권을 돌려줄 수 있기 바란다. 그래야만 어린이들은 그 선택과 결정의 과정에서 창조적으로 사고하는 지적 능력과 정서적 태도 그리고 심리사회적 기능을 스스로 발견하게 되는 것이다.

인간의 삶은 어찌 보면, 순간순간의 선택과 결정으로 이어져 있다고 하겠다. 그것은 남녀노소, 지위나 신분의 고하, 빈부의 차이, 학식의 유무를 막론하고 모든 사람에게 마찬가지이다. 다르다면, 선택하고 결정해야 하는 주어진 상황여건이 다를 것이며, 선택하고 결정하는 방식에서 개개인이 독특한 특징을 갖게 되므로, 서로 간에 다른 결과를 가져오게 된다는 점일 것이다.

이러한 삶에서 삶의 의미는 결국 어떤 일에 대하여 내가 주체적으로 선택하고 결정할 수 있다는 데서 찾을 수 있을 것이다. 만약에 누군가가 나의 생활 하나하나를 전부 사전에 선택하여 결정해 놓았다면, 그리고 나는 그것을 기차가 궤도를 따라 달리듯 따라만 가면 된다면, 나의 생활의 의미는 어디에서 찾을 수 있을 것인가? 결국, 불확실한 순간순간의 미래, 그리고 보이지 않는 삶의 먼 미래를 그려 보면서, 그리하여 오늘 이 순간 하나하나를 소중하게 생각하면서 신중하게 선택하고 결정해 나갈 때, 나는 나 나름대로의 보람과 의미를 찾는 것이 아니겠는가? 그렇기에 한 개인이 선택하고 결정을 내린다는 것은 그만큼 고귀하고 신성한 책임이며 권리라고 말할 수 있다.

그러한 권리와 책임을 부모들이나, 선생님들이 「사랑하기 때문이다」라는 미명으로, 「다칠까, 깨질까, 실족할까 걱정되기 때문이다」라는 미명으로 빼앗고 억제해서는 안 될 것이다. 그것은 어쩌면 자기들의, 어른들의 편익을 감추고 위장한 것일 수도 있다. 선택과 결정, 그것은 개개인의 생존권리이다. 그 권리가 가정에서, 학교에서, 사회에서 개개인의 책임으로 회복될 수 있을 때, 우리의 삶은 그만큼 보람으로 풍요로워지고, 사회도 나라도 정의로운 풍요로 가득 차게 될 것이다.

우리 아빠는 역시 최고야!

저녁이 점차 깊어갈 시간이다. 밤 9시. 텔레비전에서는 제각기 종합뉴스를 전하기 위한 채비를 갖추고 있었다. 생각 없이 켜놓은 어느 방송에서 아름다운 목소리의 캠페인이 들려왔다.

「어린이 여러분, 일찍 자고 일찍 일어나는 건강한 어린이가 됩시다.」

초등학교 1학년짜리 아들과 그보다 두 살 아래인 여섯 살짜리 딸아이는 각기 엄마, 아빠 옆에 앉아서 물끄러미 텔레비전을 보고 있었다. 자기들을 두고 하는 텔레비전의 설득과 권유에는 아랑곳없이, 그들은 마치도, 「엄마 아빠가 어디 몇 시에 어떻게 자나 보자!」 하고 기다리는 듯 눈을 초롱초롱 뜨고 앉아 있었다.

바로 그때였다. 아버지가 두 아이를 향해, 특히 큰아이를 향해 입을 열었다.

「우리 창훈이는 늘 9시만 되면 잔단 말야. 야! 여보, 저것 좀 봐. 들어가 자려고 일어나잖아! 여보 얼마나 착해. 텔레비전에서 일찍 자고 일찍 일어나라는 얘기는 뭣 때문에 한담. 우리 창훈이는 그런 얘기 안 해도, 저렇게 9시만 되면 일찍 들어가 자는데…….」

창훈이는 일어섰다. 그리고 동생도 따라 일어섰다. 창훈이는 내심으로는 아마도 아버지를 원망하면서 일어섰을 성싶다.

「씨, 내가 언제 9시만 되면 잔다고 그랬는가? 언제 내가 들어가 자려고 일어서려 했는가? 뉴스 끝나면, 나 뭐 볼 것 있어서 기다리고 있었던 것인데……. 참, 되게 치사하다, 남의 속도 모르고, 아주 은근슬쩍 뒤집어씌우기는……. 알았어. 그래 들어가 잘게!」

뭐, 이 비슷한 생각을 속으로 하면서 일어섰을지도 모른다. 그리고 그렇게 일어나서 자기들 방으로 들어가는 아이들을 보면서, 아버지는 아이들 엄마에게 이렇게 말했을지도 모른다.

「역시, 아이들은 칭찬을 해주고 달래주는 것이 제일 좋은 방법이야. 그냥 무조건, 들어가 자라고 소리치고 야단치기보다는 그렇게 슬쩍 칭찬해 주니까 모두 일어나잖아. 당신도, 애들 다룰 때 나처럼 해보라고. 그냥 언제고 빽빽 소리만 지르지 말고!」

그후 얼마간의 세월이 흘러 여름이 되었다. 30도를 넘는 후텁지근한 어느 토요일 오후 3시쯤, 직장에서 돌아온 아버지는 엘리베이터가 설치되어 있지 않은 5층 아파트의 맨 꼭대기인 5층의 자기 집까지 땀을 뻘뻘 흘리면서 걸어 올라왔다. 짜증이 날 만큼, 비에 젖듯 온몸이 땀으로 흠뻑 젖었다. 그때 문을 열어 준, 그 초등학교 1학년 아들 녀석이 아버지에게 다가서며 반갑게 인사를 하였다.

「아빠, 지금 오는 거야! 아빠, 더웁지? 우리도 더워 죽겠어! 그런데 참, 우리 아빠는 역시 최고야! 우리가 더운 줄 알고, 아이스크림 사왔잖아! 야, 신난다!」

물론, 아버지 손에 무엇인가가 들려는 있었지만 그것은 아이스크림이 아니었다. 예나 다름없는 그의 서류가방이었다. 그리고 아이가 그것을 아이스크림이라고 생각했을 리도 없었다. 납작하니 얇은 서류가방인데 그 안에 무슨 아이스크림이 들어 있을 수 있겠는가? 아이는 분명, 아버지에게 한 수 걸어온 것이다.

「그래, 이러는데도 아빠가 나가서 아이스크림을 사다 주지 않을 수는 없겠지! 최고라는데…….」

아버지는 아이의 그러한 속셈을 읽었는 듯싶다.

「그래? 그럼, 너희 아빠가 최고지! 최고야! 그래 아이스크림 사올게!」

아버지는 겸연쩍어, 다시금 뒷걸음쳐서 밖으로 나와 5층에서 내려왔다. 그리고 아이스크림을 사들고 다시 5층을 향해 올라갔다. 아이들은 그렇게라도 해서 사다 준 아버지에게 참으로 고마워하는 듯했다. 맛있게 아이스크림을 먹었다. 그리고 그 옆에서 아버지는 무엇인가 찜찜해 하면서 아이들을 바라다보고 있었다.

그는 무엇 때문에 찜찜했을까? 자기 싫어하는 아이를 일찍 자는 아이라고 억지로 칭찬해서 잠자리에 들게 한 아버지나, 씩씩거리고 5층까지 올라온 아빠를 최고라고 치켜세워서 억지로 밑으로 다시 내려가 아이스크림을 사오게 한 아들이나 피장파장이라고 해서 찜찜했는가? 서로 속이고 서로 속아 주고, 온통 가식 속에서 지내온 것에 대하여 그 아버지는 찜찜해 한 것인가?

칭찬과 벌, 이 두 가지 행동기제는 사람들의 성취동기를 강화시켜 주는 데 있어 막강한 힘을 지니고 있는 것으로 많은 심리학자들이 보고하고 있다. 사실 그렇다. 우리는 어른이고 애고, 칭찬을 받거나 때로는 벌을 받으면서, 어떠한 일에 대한 자아내적인 또는 자아외적인 성취동기를 강화시켜 온 것이 사실이다.

상대방의 좋은 점이나 잘한 일을 찾아내서, 그것을 칭찬해 주는 일은 확실히 서로 간에 매우 기쁜 일이다. 특히, 칭찬하는 사람이나 칭찬받는 사람 모두가 칭찬에 대해서 솔직하고 순수하고 겸허한 마음을 가지고 있을 때, 칭찬은 성취동기를 강화시켜 주는 데 있어 매우 힘이 있는 기제로 작용한다. 그러한 현상은 벌을 가할 때도 마찬가지이다. 벌을 주는 사람이나 벌을 받는 사람 모두가 그 벌에 대하여 솔직하고 순수하고 겸허한 마음을 가지고 있을 때, 벌은 그 본래의 의미를, 또는 가치를 유지하게 된다. 이러한 순수한 칭찬과 벌은 심리학자들의 보고처럼 서로 간의 관계를 이어 주고, 하고 있는 일이나 다가오는 미래에 대하여 보다 적극적이고 긍정적인 자세를 갖추도록 하는데 의미 있게 작용하는 것이 사실이다.

그러나 문제는 칭찬과 벌이 바람직스럽지 못한 어떤 특정한 목적으로 의도적으로 계획된다는 데 있다. 즉, 칭찬을 해주는 사람이 칭찬을 받는 사람의 행동을 의도적으로 어떠한 방향으로 바꾸기 위해서 칭찬받을 만한 일이 아닌데도 가식적으로 칭찬을 해주는 바람직스럽지 못한 의도로 이루어질 때 그것은 칭찬을 하지 않는 것보다도 못한 결과를 가져오기 쉽다. 우리네 어른들도 모두 그러한 경험을 여러 차례 했을 것이다. 이를테면, 별로 아름답지 못한 여자에게 그 자신이 아름답지 못하다는 것을 잘 알고 있는데도, 「참으로 당신과 같은 미인을 본 적이 없다」고 말한다면, 그 사람이 그것을 어떻게 받아들이겠는가? 기쁨으로 받아들이겠는가, 아니면 조롱으로 받아들이겠는가, 또는 무슨 부탁이 있어서 입에 발린 소리를 하는 것으로 생각하겠는가? 별로 고맙게 해준 일도 없는데, 무척 고맙다고 인사를 해올 때나, 속으로 괘씸하게 생각하고 있는 줄 뻔히 알면서도 저를 그토록 생각해 주셔서 고맙다고 인사를 해올 때, 그러한 칭찬과 인사를 받는 사람은 정말 그렇게 인사를 해온 사람의 의도대로 마음을 바꿀 것인가? 칭찬이 진정한 의미의 격려가 되고 동기강화제가 되기 위해서는 칭찬받을 만한 가치가 확실히 있을 때 이루어져야만 한다. 그것이 결코 남발되어서는 안 된다. 더욱이 거짓으로, 가식적으로 이루어져서는 안 된다. 요즘의 어린이들은 부모들이 자기들에게 해대는 칭찬이 진정한 의미의 칭찬인지 아닌지 정도는 판별할 수 있을 만큼 영리함을 부모들이 잊어서는 안 될 것이다.

벌 또한 그렇다. 벌도 아껴야 한다. 벌도 진정한 의미의, 순수한 의미의 벌이 되어야 한다. 결코 남발되어서는 안 된다. 아무 때고, 그저 행동을 억제하고 행동을 변화시킬 의도로 벌을 가해서는 안 된다. 칭찬에 못지않게 벌 역시 그것이 가져다주는 긍정적인 효과보다는 부정적인 역효과를 낳을 때가 많은 것이다.

예컨대, 벌은 어떠한 행동을 하도록 촉진시키기보다는 어떠한 행동을 하지 않도록 만드는 데 일시적으로 작용한다. 벌을 통해서 아이들은 무엇을 해야만 하는가, 할 수 있는가를 배우기보다는 무엇을 하지 말아야만 하는가, 멈추어야만 하는가를 배울 뿐이다. 벌은 대체로 부정적인 정서적 반응을 불러일으킨다. 공포, 적개심, 불안, 분노, 짜증 등을 유발한다. 그리고 이러한 부정적인 정서적 반응은 또 다른 벌감을 저지르게 만든다. 예컨대 텔레비전만 보고 앉아 있다고 야단을 맞은 아이는 그것으로 인해 생긴 적개심 때문에, 자기 방문을 요란스럽게 쾅 닫고 들어갈 수 있다. 이를 본 엄마는 누구 앞에서 그 따위로 문을 쾅 닫고 들어가느냐고 또 다른 야단을 치게 된다. 즉, 벌로 인해 또 다른 벌감이 생성된 것이다.

칭찬과 달리 벌은 벌을 주는 사람 그 자신의 감정을 자극하고 고조시킬 때가 많다. 작은 일로, 별로 대수롭지도 않은 일로 야단을 치기 시작한 엄마는 자신 속에서 증대되는 분노의 감정으로 인해 아이에게 점차 더 큰 야단을 친다. 그러고는 옛날에 이루어졌던 잘못된 일들까지도 기억해 내면서 아이를 세차게 몰아친다. 이처럼 벌은 감정의 연쇄적 상승을 초래하고, 결과적으로 원래 의도했던 벌의 의미는 죽어 버리고, 벌을 주는 부모와 벌을 받는 아이 사이의 감정적 대립의 앙금만을 만들게 된다는 데서 문제가 되는 것이다.

칭찬과 벌. 이 두 가지는 부모들이 어린아이들의 성취동기를 강화시켜 주고, 행동의 변화를 촉진하는 데 매우 쉽게 동원하는 보편적 기제들이다. 하루에도 크건 작건 간에, 그러한 칭찬과 벌이 수없이 교차되어 아이들에게 가해진다. 그러나 그러한 칭찬과 벌이 본래의 의미대로 그 가치를 발휘하지 못하고, 거꾸로 역작용을 해서 부정적 결과만을 초래한다면, 우리는 결국 안 하느니만 못한 결과를 가져오는 것이다. 특히, 부모들이 그러한 칭찬과 벌을 어린아이의 입장에서 생각하는 것이 아니고 자신들의 편익만을 추구하기 위해서, 자신들의 입장에서만 생각해서 하는 것이라고 한다면 칭찬과 벌의 위해는 더욱 배로 커짐을 부모들이 알아주었으면 좋겠다. 착하다고 해서 일찍 자는 어린애로 만들지 말고, 일찍 잠자리에 들어서 착한 어린아이로 칭찬을 받는 어린애가 되도록 하여야만 할 것이다. 엄마를 화나게 만들었다고 해서, 엄마에게 불편을 끼쳐 주었다고 해서 야단을 치지 말고, 어린아이가 그것이 자신의 생각에도 옳지 못한 행동이었음을 스스로 인정할 수 있도록 하는 꾸중이어야 할 것이다.

우리가 타고 다니는 교통수단에는 어떤 것이 있나

아주 오래전, 프랑스에 처음 갔을 때의 일이다. 프랑스에 갔으니 프랑스 음식을 제대로 한번 먹어 볼 요량으로, 일행과 함께 제법 근사한 프랑스 식당을 찾아들어 갔다. 내 생각으로는, 뭐, 미국에서 먹어 본 양식과 별반 차이가 있겠느냐 싶어서 그저 메뉴를 보고 적당한 것 하나를 골라잡았다. 실상, 외국에 가서 그 나라 메뉴를 보고 음식을 고르기란 지극히 어렵다. 그렇기에 나는 외국어를 어느 정도나 잘할 수 있는가를 측정하는 한 가지 방법은 그 나라에 가서 그 나라 음식을 얼마나 어떻게 잘 주문할 수 있는가를 보면 되는 것 아닌가 하는 생각을 해보기도 했다. 어떻든, 내용은 잘 모르지만 그저 대충 보고 아무것이나 먹어 보자는 심산으로, 그러나 제법 비싼 음식을 주문한 것이다.

음식이 차례대로 하나씩 나오기 시작하였다. 네 가지쯤 음식을 먹었을 성싶다. 보기에도 근사했고, 맛도 있었다. 그리고 다섯 번째쯤 엔가 아이스크림 비슷한 것이 나왔다. 나중에 알았지만, 그것은 아이스크림이 아니고 셔벗이라는 것이었다. 어떻든 내 눈에는 아이스크림 비슷해 보였고, 또 맛도 시원한 것이 그러했다. 그러면서 나는 속으로 「야, 벌써 후식 나왔네. 그러고 보니 정말 되게 비싼 음식이구면. 그래 이것이 전부란 말인가?」 말도 제대로 통하지 않는 데다 또 촌놈처럼 일일이 따지고 물어보기도 그렇고 해서 그냥 할 수 없다, 돈이나 내고 나가자 하고 나비넥타이 맨 웨이터를 향해 계산서를 갖다 달라고 했다. 그러자 그 사람은 퍽이나 난처한 얼굴로 내게 무엇인가 설명을 하려고 했다. 알아듣고 보니, 아직도 음식이 다섯 가지는 더 나올 것이라는 얘기다. 그래서 기다리고 앉아 있으려니 아니나 다를까, 음식이 계속해서 푸짐하게 나왔다. 시간을 두고 하나씩 차례대로 나왔다. 잘 먹었다. 그러나 그래도 내가 궁금했던 것은, 그러면 왜 중간에 셔벗인지 뭔지 하는 것을 주었느냐 하는 것이었다. 훗날 알아보니 그것은 디저트가 아니고, 앞에 전채로 먹은 음식의 맛이 혀에 남아 있을 터인데 그것을 씻어 내지 않으면 뒤에 나오는 음식의 맛을 제대로 알 수 없게 되니 그것을 씻어 내는 방법으로 셔벗을 주었다는 것이다. 듣고 보면 그럴싸한 명분이었고, 또 그들의 멋이었지만 속으로는 우리네야 뭐, 그런 식으로 혀에 묻은 것을 씻어 내면서 먹지 않으면 음식 맛을 모를까 봐 그러느냐 하는 시큰둥한 냉소도 품었다.

　서양 사람들의 식사하는 방법은 매우 순차적이고, 체계적이고, 논리적이다. 하나씩 차례대로 나온다. 우선 수프 같은 것으로 위를 적셔 놓고 전채가 있어 그것으로 입맛을 돋우어 내고, 또 야채 샐러드와 같은 가벼운 것, 위에 크게 부담이 되지 않는 것을 먼저 위 속에 넣어 위가 작동할 수 있도록 준비운동을 시키고, 그래도 그런 음식의 찌꺼기 맛이 남아 있을까 봐 셔벗으로 씻어 내고 그 다음 메인코스인 고기 같은 것을 먹고, 끝에 가서 과일, 커피 등을 먹는 식으로

픽이나 순차적이고, 논리적이고 체계적이다.

이에 비하여, 우리네는 어떠했는가? 물론, 우리네 식사방식도 이 제는 많이 바뀌긴 했다. 커다란 한정식집엘 가면 서양 사람들처럼 우리네도 하나씩 차례대로 공급받아 먹기도 한다. 또 가정에서 식사할 때도, 그런 식으로 하나씩 놓고 식구들이 둘러앉아 자기가 먹을 만큼 덜어다가 순서껏 먹기도 한다. 그러나 전통적인 방식은 그렇지가 않았다. 밥이고, 국이고, 여러 가지 반찬을 모두 식탁에 차려 놓는다. 미처 준비가 덜되었는데, 즉 갖다 놓을 것을 다 갖다 놓지 않았는데, 밥상에 미리 와 앉아 있으면 그것은 예의 바르지 못한 행동인양 생각되었다. 완전히 다 갖추어 놓은 다음에 「자 이제 준비되었어요, 모두 오세요」 하고 부를 때까지 기다렸다. 그리고 식탁에 모여 앉으면, 우리는 각자 자기들이 정한 순서대로 총체적으로, 통합적으로 식사를 했다. 밥도 한 숟갈 먹고, 국도 한 숟갈 떠먹고, 반찬도 이 것저것 몇 가지씩 집어 먹는가 하면, 또 어떤 식구는 양반이고 뭐고 간에 내 식대로 먹는다 싶어, 밥그릇을 왼손으로 들어 통째로 국에다 쏟아 집어넣는다. 그러고는 숟가락으로 몇 번 짓이긴 다음 그냥 퍼먹는다. 그 위에다 김치라도 얹어 가면서 그냥 먹는다. 먹다 보면, 국의 색깔은 김치 때문에 벌겋게 변해 버린다. 아이들은 국에다 밥을 통째로 말아 갖고는 그 위에다 김치 몇 쪽을 얹어 아예 식탁에서 일어선다. 왜냐하면 지금 텔레비전에서 재미난 쇼 프로그램을 방영하기 때문이다. 텔레비전을 보기 위해 국그릇 하나에다 모든 것을 다 담아 갖고는 소파에 앉아서 먹는다. 그러면 엄마는 야단친다. 달리 야단치는 것이 아니라 혹시 소파나 카펫에 흘릴까 염려되고, 만에 하나 쏟을까 염려돼서 야단치는 것이다.

우리네 식사방식은 서양 사람들처럼 순서를 따지고 논리적이고 체계적이질 못했다. 반대로 총체적이고, 통합적이었다. 그러나 우리는 그런 식의 생활 속에서 우리 나름대로의 독특한 생활태도도 키웠다. 사물을 이해할 때 우리는 부분보다는 전체를 조명했고, 또 서로 간의 관계 지음도 배웠다. 예컨대, 가운데다 찌개 한 그릇 또는 냄비째로 놓고, 이 사람 숟가락 저 사람 숟가락이 교대로 들락날락하면서 공동 운명체적으로 끈끈한 관계형성도 이루었고, 또 한 그릇 속에 담긴 음식을 서로 제각기 퍼먹으면서, 내가 이만큼만 먹어야지, 내가 너무 먹으면 다른 사람이 먹을 수가 없지 않겠느냐 하는 어림짐작의 계산을 통한 관계적 사고도 배웠다.

사고 유형은 여러 가지로 분류할 수 있겠지만, 이렇듯 크게 나누어 보면 분석적이고 체계적인 사고와 통합적이고 총체적인 사고, 두 가지로 나눌 수 있을 성싶다. 그리고 이 두 가지 중에서 전자의 것이 서양 사람들의 특징적인 인습이라면 후자의 것은 동양 사람들, 특히 우리나라 사람들의 특징적인 모습이 아니겠는가 생각될 때가 많다. 이러한 특징적인 차이는 위에서 적은 식사습관이나 방식에서만 찾아볼 수 있는 것은 아니다.

예컨대, 딸아이가 선을 보고 왔을 때, 엄마는 묻는다.

「그래 그 남자가 어떠하더냐?」

서양의 경우였다면, 분명히 조목조목 따져 가면서 얘기하였을 것이다.

「응, 엄마. 신체적으로 보면 키도 크고, 그렇게 뚱뚱하지도 않고, 잘생겼어. 그리고 성격은……. 또 가정은…….」

그러나 우리네 아이들은 어떻게 대답하는가. 보통 가장 흔한 대답으로는 「뭘, 그냥 그렇지 뭐!」이다. 그러면 혹여나 관심이 유별나게 많은 엄마는 꼬치꼬치 캐묻는다. 「키는 크더냐?」「음, 그냥 보통 키야.」그러나 또 어떤 엄마는 묻기를, 「그래 몇 점 정도나 되겠니?」하고 총체적으로 딸아이의 생각과 판단을 요구한다. 글쎄, 우리가 결혼

상대자로서 적합한가 여부를 점수로 계산해 낼 수 있겠는가? 그런데도 딸아이는 별로 복잡한 계산이 필요 없다는 듯이 쉽게 말한다.

「뭐, 그냥 한 70점은 될 것 같아!」

70점이라니, 도대체 그것이 무슨 뜻인가? 그러나 엄마는 묻지 않는다. 이해가 되었다는 태도이다.

「70점, 알았어!」

서양 사람들이 행동(doing)을 내세운다면, 동양 사람들은 느낌(feeling)을 강조하는 듯싶다. 이는 서양 사람들의 텔레비전 드라마나 영화와 우리네 그것들을 비교해 보면 잘 알 수 있다. 서양 사람들의 연속극이나 영화는 사건 위주로 이야기가 전개된다. 짧은 시간에 많은 사건, 많은 인물이 등장한다. 사건들이 얽히고설키면서 겹쳐져 나타난다. 그래서 어떠한 경우에는 정신 차리고 보지 않으면, 그것이 어떻게 저렇게 연결되는가를 이해 못할 때가 있다. 그러나 우리네 영화나 연속극에서는 그렇지가 않다. 사건보다는 사람들의 감정을 소중히 여긴다. 그 극중의 인물이 어떻게 고뇌하고, 어떻게 기뻐하고, 어떻게 슬퍼하고, 어떻게 분노하는가? 시청자들에게, 관객에게 상세히 보여 주려고 애쓴다. 이혼 결심을 한 어떤 여자가 그 이혼을 앞두고 어떤 고뇌를 하고 있을까를 그 여자의 회상을 통해 우리에게 보여 주려고 애쓴다. 그러다 보니 내용이 회상을 통해 다시금 방송되게 마련이다. 그러나 서양 사람들의 경우에는 이혼을 앞두고 고민하는 모습을 그렇게 우리에게 오랫동안 많이 보여 주지 않는다. 그렇다고 그들이 고뇌를 하지 않는 것은 아니다. 그들도 고뇌한다. 그러나 그것은 각자 보는 사람들의 몫으로 맡기고 영화 속에서는, 드라마 속에서는 이내 다른 사건으로 발전된다. 이혼서류에 도장 찍고 보면 어느덧 새 남자를 만나 함께 살아가는 모습이 나온다. 이렇듯 우리는 참으로 서로 다른 사고체계, 인식체계를 갖고 살아가고 있다.

나는 우리네의 그러한 느낌 중심의 통합적이고 총체적인 사고체계, 문화체계가 나쁘다고, 잘못되었다고 생각하지 않는다. 오히려 그것이 사람과 사물을 이해하는 데 있어서는 매우 폭넓고 깊이 있는 전망을 세울 수 있게 한다는 점에서 오히려 서양 사람들의 사고체계보다는 이점이 더 많은 것 아닌가 생각할 때도 많다. 그러나 요즘 살아가면서 느끼는 것은 세상이 하도 복잡하고, 특히 여러 가지 현상들이 다양하게 상호 연계되어 영향을 주고받는 복잡한 모습을 띠게 됨에 따라 우리네 사고도 이제는 좀 더 분석적이고 체계적일 필요가 있는 건 아닌가 생각하게 되는 것이다.

　　사실 옛날의 우리네 사회는 단순한 사회였다. 소달구지를 타고 다닐 때의 우리네 삶의 모습은 매우 단순했다. 조용했고, 여유가 있다 못해 지리했고, 단조로웠다. 사건도 단순했다. 그렇기에 생각도 단순했다. 그러나 지금의 이 우주선 시대는 어떠한가? 참으로 모든 것이 복잡해지고, 다양해지고, 깊어지고, 폭넓어지고, 역동적으로 변하고 있지 않은가? 이러한 삶의 와중에서 우리가 어떤 문제에 부딪히게 되면, 우리는 그러한 문제가 옛날의 그것들처럼 그저 대충대충의 단순한 방식으로는 해결될 수 없음을 절실히 느낀다. 매우 체계적이고, 절차적이고, 분석적인 사고를 필요로 함을 느낀다. 원인을 따져도 그것을 다각적인 측면에서, 원인의 영향 정도에 따라 체계적으로 분석해 내야만, 우리는 그 문제해결에 가장 적절한 해답을 찾을 수 있다. 그것도 한 가지 해답만을 찾아서는 안 된다. 만약을 위해 우리는 제2안, 제3안 등 여러 가지 대안을 갖추어 놓아야만 한다.

　　어린아이들에게 우리가 타고 다니는 교통수단을 한번 열거해 보라고 물었을 때, 우리네 아이들이 가장 보편적으로 대답하는 방식은 그냥「버스, 택시, 기차……」하는 식으로 늘 경험하고 이용하는 교통수단을 열거한다. 그러나 좀 더 분석적이고 체계적으로 생각하는 습관에 젖은 아이들은 그렇게 말하지 않는다. 우선은 교통수단의 유형을 몇 가지 기준으로 나누어 본다. 이를테면, 사용하는 에너지를 기준으로 했을 때 기름으로 가는 차, 가스로 가는 차, 인력으로 가는 차, 전기로 가는 차가 있을 수 있다. 이렇게 볼 때, 기름으로 가는 차에는 무엇 무엇이 있고, 가스로 가는 차에는 무엇 무엇이 있다는 등의 방법으로 말한다. 심지어는 승차자세에 따라서는 입석이 있고, 좌석이 있고, 누워서 가는 침대석이 있을 수 있는 바……, 하는 식으로 매우 다양한 분석을 바탕으로 교통수단을 열거한다. 이러한 방식을 두고 '형태학적 분석'이라고 말한다. 우리는 그것을 무엇이라 부르든 간에, 그러한 식의 보다 분석적이고, 논리적이고 체계적인 사고와 행동을 우리네 아이들이 할 수 있도록 가정에서, 학교에서 어떻게 도와주어야 하는가를 생각해 보아야 한다.

거듭 말하거니와 이제 세상은, 우리들의 삶의 양태는 그리고 우리가 삶의 과정 어디에서고 만나는 모든 문제나 상황은 그렇게 단순하지가 않다는 것이다. 그저 옛날 방식으로 대충대충, 두루뭉술하게만 넘어가기가 어렵다는 것이다. 한마디로 말하면, 요모조모, 부분부분을 따로 떼어서 생각하는 점진적 분화와, 그것을 다시금 전체로 묶는 통합적 조화, 이 두 가지를 우리네는 모두 해낼 수 있는 능력을 갖추어야 한다. 특히, 가정에서 부모들이 자녀들과 대화하고 살아가면서 삶을 배우도록 할 때, 우리는 그 두 가지를 우리네 어린아이들이 갖추어 나가도록 좀 더 세심한 배려를 해야 할 것 같다.

당신, 도대체 집에서 뭐 하고 있었어?

1993년 이른 봄이었다. 대학입시에서의 부정이 연일 신문과 방송에 보도되고 있을 때의 일이었다. 그때 참으로 모두가 걱정과 비탄에 빠져 있었다. 오늘은 또 어떤 대학에서 부정이 터져 나올까? 그동안 소문으로만 퍼졌던 일들이 하나하나 밝혀지면서, 사람들은 이러다가 우리네 대학이 모두 망하는 것 아닌가 하는 걱정도 했다. 제발 이쯤에서 그런대로 멈추고, 아니면 옛날 일은 차라리 불문에 부친다고, 덮어 주겠다고 하면 어떨까 하는 생각까지 한 사람들도 있었다.

그때 나는 그 일을 바라보면서 또 다른 착잡한 마음을 피할 수가 없었다. 그때, 관련되었던 몇몇 학부모들 중, 어떤 아버지는「나는 잘 모르는 일이다. 아이 엄마가 나도 모르게 그렇게 한 것이다」라고 발뺌(?)을 하고 그 학생의 엄마는 지극히 희생적(?)인, 아니면 모성애적인 심성으로「이번 일은 나 혼자서 그렇게 한 것이다. 애 아버지는 전혀 모른다」고 진술한 보도기사를 읽었기 때문이다.

하기야, 그것이 그들 부부의 사랑 철학이라면 누구도 뭐라고 할 수 없다. 더욱이 한 가정이 삶에서, 그야말로 모든 희생을 여자 혼자서 감수하는 것이 우리네의 미덕이고 전통이라고 한다면, 굳이 뭐라고 비난할 수가 없다. 또한, 그렇게 어머니 쪽에서 책임을 져줌으로써, 아버지의 사회생활에 아무런 지장을 받지 않도록 하고자 한다면, 누가 뭐라고 크게 나무랄 수는 없는 것이다.

그러나 허구한 날 기회만 있으면 가장으로서의 아버지의 권위, 남편의 권위를 내세워 오다가 문제가 터지면, 아이의 엄마 또는 아내 쪽으로 책임을 전가시키는 것은 근본적으로 무엇인가 잘못된 생각이 아닌가 싶다. 특히, 그러한 책임전가 밑에는 가정에서의 자녀교육 문제는 전적으로 어머니 쪽의 일이고 책임이라는 식의 그릇된 고정관념이 깔려 있는 것이 아닌가 생각한다.

그렇기에 아버지들은 어쩌다 오랜만에 아이의 성적표를 들여다보고는 아이의 성적이 크게 떨어졌음을 발견하면 이내 아내에게 소리지르는 것이 아닌가?

「당신, 도대체 집에서 뭐 하고 있었어, 응. 뭐 하고 있었길래 애들 성적이 이 모양 이 꼴이 되었느냐 말야.」

아이 엄마에 대한 아버지의 호된 질책은 아내에 대한 비난으로 더욱 높아진다.

「그러니까 내가 늘 그랬잖아. 제발 밖으로만 돌아치지 말고, 애들 공부나 잘 챙기라고. 그저 나돌아 다니는 것만 좋아해 가지고는. 이러고서 어디 밖에 나가서 낸들 일이나 제대로 할 수 있겠어!」

주눅이 든(?) 아내는, 아니 대꾸할 가치조차도 없는 아내는 아무 말이 없다. 그리고 혼자서 속으로 중얼거릴 것이다.

「언제부터 그렇게 애들 공부에 관심이 많았노? 누가 들으면, 정말 애들한테 꽤나 관심 있는 줄 알겠네…….」

자녀의 교육, 자녀의 양육은 전적으로 엄마만의 책임인가? 낳는 일에서부터 갓난아이였을 때 먹이고, 입히고, 씻기고, 기저귀 갈아 채워 주고, 학교에 가게 되면 학교생활을 챙겨 주고, 놀아 주고, 들어 주고, 얘기해 주고, 그 모든 것이 오로지 엄마만의 책임인가? 그러면 아버지는 무엇 하는 사람인가? 밖에 나가서 돈만 벌어 오면 되는 것인가? 그렇다면, 왜 아버지가 집에 있는가? 그야말로 돈만 벌어서 '온라인'으로 부쳐 주어도 되는 것 아닌가? 집에 왜 들어오는가? 잠 자러, 밥 먹으러, 옷 갈아입으러 들어오는가? 흔히, 많은 아버지들의 경우, 가정을 '하숙집' 쯤으로 생각하고 있는 것은 바로 그러한 이유 때문 아니겠는가?

가정에서 부모와 자녀와의 관계, 특히 자녀의 성장과 발전에 미치는 부모의 역할과 영향관계에 대한 학술적인 논의와 연구는 오래전부터 수많은 사람들에 의하여 이루어져 왔다. 아버지와 어머니의 영향 중에서도, 어머니의 역할(mothering)이 많은 사람들에 의하여 더욱 강조되어 왔다. 실상, 심리학적 문헌들을 보면 어머니가 얼마만큼 어머니의 역할을 제대로 하여야 되는가에 대한 연구보고들이 많이 나와 있다. 그럼에도 이따금 보면 아버지의 역할(fathering)에 대해서는 지극히 원초적인 강조로만 국한되어 있다. 중요하다, 필요하다는 이야기들만 강조되어 있지, 보다 구체적인 아버지의 역할에 대해서는 설명이 부족하다.

가정에서 아버지의 역할은 우선 '아버지가 계시다'는 존재 사실만으로도 큰 의미를 갖는다. 아버지가 설혹 자녀교육에 직접적으로 많은 시간을 할애해서 개입을 하지 못한다 해도, 그저 아버지가 계시다는 사실 그 자체만으로도 큰 영향을 미친다. 이를테면, 아버지가 계시다는 것은 자녀들에게 있어 심리적인 안정, 사회적인 안정감을 느끼게 하는 데 큰 영향을 미친다.

또한, 아버지가 가정에서 행하는 모든 일, 모든 사고와 행동은 자녀들에게 있어 '남자'의 모습을 배우고 익히는 데 하나의 중요한, 의미 있는 모범이 된다. 그렇기에 아버지가 계시다는 것은 그것만으로 큰 축복이 된다. 그리고 이러한 존재의 의미 부여는 '어머니'의 존재에도 마찬가지로 적용된다.

그러나 좀 더 구체적으로 따져서 아버지들은 어떻게 가정에서 자녀들에게 아버지 역할을 할 수 있겠는가? 지금은 제법 어른스러워진 모습으로 대학 1학년생이 된 큰아이와, 멋진 구두를 사달라고 졸라 대는 고등학교 2학년에 재학 중인 작은아이, 이 두 아이를 키워온 아버지로서 반성과 다짐의 뜻으로 아버지의 역할을 생각해 본다. 아버지와 자녀와의 관계는, 근본적으로 하나님께서 왜 남자와 여자로 구분 지어서 함께 살게 하고, 함께 자녀를 키우게 하셨는가? 결국 이 세상에 혼자서 모든 것을 갖춘, 소유한 사람이 없다 보면, 사람은 상호 의존적으로 상보적인 관계에서 살도록 되어 있는 것 아닌가? 이런 것들을 생각하면 이해될 수 있을 듯싶다. 남자와 여자, 아버지와 어머니, 그들의 관계는 생물학적인 상보적 관계는 물론 심리·사회적인 측면에서의 상보적인 역할수행 단계에 놓여 있다. 그리고 이것이 곧 가정에서 아버지와 어머니가 '함께' 자녀를 교육하고 돌보는 표면적인 이유이기도 하다.

딱 부러지게, 아주 정확하게 구별되는 것은 아니지만 나는 살아오면서 남자와 여자 사이에 어떤 심리·사회적인 차이가 있음을 느낀다. 그것은 어쩌면 내가 갖고 있는 지극히 옹졸한 편견일지도 모른다는 것을 전제해 두고, 또 나의 그러한 생각이 지극히 부분적으로만 참일 수도 있음을 전제해 두고, 그 몇 가지 차이를 보면 이렇다.

우선, 남자가 지극히 이성적인 측면에서 강하다면 여자는 감성적인 측면에서 남자보다 뛰어나다. 남자들은 나이를 먹어 가면서 더욱 지적이라고 할까, 세상 밖에서 시달려서 그런지 좀 더 지혜스러워지는 면을 보인다. 그런가 하면 여자들은 나이를 먹어 가면서 더욱 정적이고 온화해지고 수용적으로 변화된다. 오래전에 미국 잡지 〈오늘의 심리학(Psychology Today)〉에서 읽은 기억으로는, 어느 실험에서 남자들은 살아가면서 더욱 경쟁적으로 변화되지만, 여자들은 더욱 협동적으로 변화된다는 얘기도 있었다.

대체로 남자들이 분석적이고 사변적이고 숙고적이라면 여자들은 총체적이고, 행동적이고, 표현적이다. 남자들은 이상을 얘기할 때, 여자들은 현실을 생각하는 것이 그렇다. 남자들이 그럴싸한 논리로 따지고 들지만, 여자들은 총체적인 분위기를, 상황을 얘기한다. 특히, 남자들이 크고 넓은 범주에서 거시적으로 생각하면, 여자들은 작고 좁은 범주에서 미시적인 문제들을 생각한다.

남자들이 숙고적일 때, 그 표현방식은 대체로 추상성을 띤다. 이는 많은 생각들을, 많은 메시지를 함축된 한마디에 집어넣는 것을 의미한다. 반면 여자들은 지극히 표현적이고 감정이 풍부해서 그 표현방식이 구체성을 띨 때가 많다. 세심하고 꼼꼼하게 이것저것 챙긴다. 듣는 이에 따라서는 지나치다 할 만큼 같은 의미의 한 가지 메시지를 여러 방식으로 중복하여 길게 표현한다. 속에 들어 있는 감정이 얼굴에 그대로 나타나거나 또는 행동에 그대로 나타나는 것을 남자들보다는 여자들의 경우에서 더 자주 보게 된다.

자정이 넘도록 대학 1학년에 다니는 아들녀석이 집에 들어오질 않는다. 이때, 아버지와 어머니는 똑같이 걱정을 하면서 기다린다. 아버지는 속으로 걱정하지만 겉으로는 별 내색이 없다. 어머니는 겉으로 드러낸다.

「여보, 애가 웬일일까요, 전화도 없고.」

말만으로 그치는 것이 아니다. 창밖을 내다보기도 한다. 아버지는 지그시 앉아, 이미 구문이 되어 버린 신문을 다시 펼쳐 들고 이 생각 저 생각을 하고 있다. 어머니는 아들이 혹시나 아직도 저녁을 못 먹었으면 얼마나 배고플까 생각하면서 부엌에 이것저것을 챙겨 놓는다. 혹시나 수화기가 잘못 놓여져서 아들에게서 전화가 오지 못하고 있는 것 아닌가 하고 수화기를 한번 들었다 놓는다.

밤 12시 반이 되어서 아들이 벨을 눌렀다. 아들이 문에 들어섰다. 이를 기다리고 지켜보던 아버지는 소파에서 일어나 방 안으로 들어가면서 자기의 모든 이야기를 한마디로 전한다.

「늦었구나. 어서 씻고 들어가 자거라.」

한마디, 그 한마디 속에 아버지는 기다리며 걱정했던 속마음, 앞으로는 일찍 다녀라, 놀지만 말고 공부도 해라 하는 모든 뜻을 함축시켜 전한 것이다. 물론 아들이 그것을 알아들었는지는 모르지만. 그러나 어머니는 그렇지가 않다. 아들을 방으로, 화장실로, 부엌으로 쫓아다니면서 질문을 해댄다.

「왜 늦었니? 저녁은 먹었니? 어디에 있다가 오는 거니? 누굴 만났니? 또 미팅했니? 또 술 먹었니? 무엇을 하고 왔니?」

화가 좀 난 듯해질 때, 어머니는 더 거세게 따진다.

「왜 늦으면 늦는다고 전화를 못하니? 전화걸 돈이 없었니? 손가락이 부러졌니?」

어머니는 때로는 그 이튿날 아침 식탁에서까지 계속한다.

「그래 어젯밤에는 왜 늦었니? 오늘 또 늦을 거니?」

어머니의 이 찬찬한 걱정, 이렇듯 구체적인 관심과 걱정, 무궁무진한 표현을 통한 다양한 의문은 아버지의 무뚝뚝하고 추상적인 한마디보다 때로는 가슴속 깊이 따뜻한 느낌으로, 때로는 귀 가장자리에서 맴도는 지겨운 잔소리로 느껴질 때도 있는 것이다.

앞에서도 이야기하였지만, 다시 말해 둘 일은 위와 같은 남녀 간의 차이는 결코 고정적인 것은 아니다. 집안에 따라 어떤 집에서는 아버지가 오히려 지극히 다정다감하고 구체적인가 하면, 어머니가 오히려 지극히 추상적이고 이성적이고 차가운 경우도 있다. 내가 여기에서 강조하고자 하는 것은 자녀에 대한 태도, 자녀를 교육시키고 스스로 알아가는 힘을 키우도록 돕는 데 있어서는 그러한 아버지와 어머니, 양쪽의 역할이 모두 똑같이 중요하고, 균형 있게 상보적으로 이루어져야 한다는 점이다. 아이들 입장에서 보면 늘 그 어느 한쪽, 주로 어머니 쪽으로 발휘되는 역할만을 접하게 된다면 그것은 음식을 편식하는 것 이상으로 아이에게 불리하고 결핍되는 결과를 가져온다는 것이다.

우리가 늘 어머니의 사랑을 인간의 가장 위대한 사랑으로 내세우지만, 아버지의 사랑도 결코 그것에 조금도 뒤짐이 없을 것이다. 어머니만이 아이의 교육을 책임지고, 어머니만이 가정의 일을 도맡아 하는 것은 결코 아니다. 아버지도 아이의 교육을 똑같이 책임지고, 가정의 일도 똑같이 맡아서 해야 한다. 아버지만이 '밖'의 세상에 참여하는 것이 아니고 어머니도 '밖'의 세상에 참여해야 한다.

어머니만이 자녀교육에 관하여 배워야 하는 것이 결코 아니다. 아버지들도 좀 배워야한다. 그렇기에 나는 초등학교에서 운영되는 '어머니교실'에 덧붙여 '아버지교실'도 열어 줌이 좋다고 생각한다. '아버지교실'이 늘어나는 것에 비례하여, 우리네 가정교육은 훨씬 좋아질 것이고 그만큼 제자리로 돌아오게 될 것임을 확신한다.

제3장

살아서 숨쉴 수 있는 학교교육

졸다 깨어나서 보아도 이해되는 연속극

　나는 가끔 텔레비전에서 주중에 방송하는 연속극을 본다. 그리고 주말연속극도 가끔 시간 날 때는 본다. 그리고 이따금 '문예극장'이나 '드라마게임'의 형태로 방영되는 극이나 한국영화들을 본다. 물론, 내가 제일 관심 갖고 즐겨 보는 텔레비전 프로그램은 밤 9시 뉴스나 마감 뉴스이다. '토요명화' 또는 '주말의 명화'식의 형태로 방영되는 외국 영화는, 그것이 정말 '명화'로 많은 사람들로부터 정평이나 있지 않는 한 좀처럼 보지 않는다. 이러한 내 취향에 반하여 아내는 외국영화만을 즐겨 본다. 한국영화는 재미없다는 것이다. 한국드라마에 대해서도 크게 관심을 두지 않는 아내다. 그러나 남편이 보겠다고 하니까, 그리고 남편이 혼자 보면 심심해할 듯해서인지 함께 봐주는 뜻에서 그저 남편 따라서 한국드라마나 한국영화를 본다. 그러면서도 두 사람 사이에 꼭 한번쯤은 작은 실랑이가 벌어진다.

　우선 내가 「야, 오늘 〈벙어리 삼룡이〉 한다, 이거 보자」라거나 「야, 오늘 〈서울의 달〉 하는 날이지. 빨리 틀어 봐, 시작했겠다」라고 말하면 아내는 한마디를 툭 던진다. 「당신 수준에 꼭 맞는 영화야! 야, 빨리 틀어 드려라.」 그러면 큰아이가 싱긋이 웃으면서 틀어 준다. 그리고 옆에 앉아 있는 아내는 한마디 훈계를 더 한다. 「그래, 어째 당신은 교수가 되어 갖고는 그런 연속극이나, 영화를 좋아하우? 좀 고상해질 수는 없우?」 여기다, 연속극을 다 본 다음에 자리에서 일어선 내가 「서울, 대전, 대구 찍고 부산, 붙이고, 터닝」 하면서, 카펫 위를 한 바퀴 돌아 내 서재로 들어가려치면 아내의 한숨 섞인 웃음은 더욱 커진다.

사실, 나는 저녁에 집에 들어가도 마음 편히 쉬질 못한다. 모든 교수들이 다 그럴 성싶다. 언제나 일이 밀려 있다. 원고도 써야 하고, 강의준비도 해야 하고, 자료정리도 해야 하고, 대학원생 논문도 검토해 주어야 하고, 집에 가도 서재에 일이 언제나 잔뜩 기다리고 있다. 그런 나를 보고 아내는 어쩌다 위로하기를, 「그래, 당신은 공부가 지겹지도 않우?」 하고 말한다. 그래서 그런지, 어떻든 잠시 소파에 비스듬히 앉아 텔레비전이라도 볼라치면, 그저 무게 없는 가벼운 것들이 보고 싶어진다. 깊은 생각을 안 해도 되는 내용, 한눈팔지 않고 뚫어지게 봐야 하는 것이 아닌 가벼운 내용의 프로그램을 보고 싶었는지도 모른다. 그런 내 마음에 꼭 알맞는 것이 이를테면 앞서 말한 주말연속극이나 드라마게임식의 단편극이나 한국영화 같은 것들이다. 그렇다고 해서 내가 지금 한국영화나 한국드라마(연속극이든 단편극이든)가 수준이 낮다거나 저질이라고 평하는 것은 아니다.

여기서 우선 말해 두어야 할 것은 한국드라마와 외국영화 간의 차이일 듯싶다. 그리고 더 먼저 말해 둘 일은 이미 앞에서도 잠깐 얘기했지만, 한국, 아니면 동양과 서양 사람 간의 사고와 행동의 차이일 듯싶다. 과학적으로 엄격하게 검증한 것은 아니지만, 이제껏 내가 살아오면서 접촉해 본 경험으로 볼 때, 대체로 한국(동양) 사람은 '느끼는 사람'이고, 미국(서양) 사람은 '행동하는' 사람인 듯싶다. 한국 사람들은 많이 알고 있으면서도, 속으로는 많은 것을 느끼고 생각하면서도 겉으로 표현은 잘하지 않는다. 이를테면 '느낌'이 매우 중요한 사람들이다. 그래서 한국 사람은 남달리 정이 많은 것 같기도 하다. 이에 비해 미국 사람은 별로 아는 것도 없고, 깊이 느끼는 것도 없으면서 겉으로는 굉장히 말이 많다. 말하는 것으로 보면 다 아는 듯싶다. 미국의 대학수업에서 보면 그렇다. 미국 학생들은 가뜩이나 자기네 나라 말이니까 우선 말하기도 쉬운 데다가 또 기질이 그러니까, 그저 알맹이도 없는 얘기를 갖고 마구 떠들어 댄다. 그러나 한국 학생들은 알아듣고, 생각도 많은데 별로 내색을 않는다. 그저 속으로 「자식들, 웃기고 있네」 하는 정도로 치부해 버린다. 물론, 영어를 자유롭게 구사하지 못하는 핸디캡도 겹쳐 있긴 하지만.

이러한 차이는 영화에서도 역시 나타난다. 이를테면, 외국영화는 이야기 전개가 빠르다. 사건 진행이 굉장히 빠르다. 어느 부잣집 딸과 가난한 청년이 서로 좋아하게 되었다 하면, 이 두 사람은 그 다음 장면에서 이미 결혼하여 새 살림을 꾸린 모습으로 나온다. 과정이 생략되고 결과 위주로 빨리빨리 넘어간다. 따라서 미국영화나 드라마를 보다가 화장실에라도 잠시 다녀오면, 그 다음 장면들이 잘 이해가 안 될 때도 있다. 하물며 연속극인 경우, 한두 번 못 보고 나면 그 이해가 더욱 어려워짐은 두말할 나위도 없다.

이에 비하여, 한국의 연속극들은 이야기 전개가 느리다. 그렇게 되는 큰 이유는 극 중에, 영화 중에 '회상' 장면이 자주 나오기 때문이다. 그러니까 그전에 나왔던 장면들을 엮어서 다시금 그 배우의 회상 형태로 보여 주는 것이다. 부잣집 딸과 가난한 청년이 서로 좋아졌다 하면, 그 속에 깔려 있는 온갖 심리적 갈등, 고뇌 등을 시청자들 머리에 맡기지 않는다. 자기네들이 일일이 행동으로 보여 준다. 그것도 마치 어린아이에게 엄마가 무엇인가 일러 주듯이 꼼꼼하게, 세세하게, 몇 번씩 반복해 주면서 이러한 '갈등'이, 이러한 '고뇌'가 있었다고 일러준다. 어찌 보면 시청자들을 무시하는 듯해 보이기도 하지만 사실은 그런 것이 우리네의 기질이다. 즉 많이 느끼고, 많이 아파하고, 많이 괴로워하고, 그래서 쉽게 털고 일어서지 못하는 기질, 헤어지려해도 그놈의 '정' 때문에 뒤를 수없이 돌아보고, 다시금 수없이 되돌아왔다가 떠나는 기질이 우리네의 기질 아닌가.

이러한 기질이 서린 한국드라마나 영화를 내가 좋아하는 이유는 간단하다. 부담이 없어서이다. 심리적 부담이 없다. 빼먹지 말고 꼭 보아야 할 이유도 없다. 시간 나면 보고 시간 없으면 못 보고, 보아도 그만 안 보아도 그만이기에 좋다. 소파에 비스듬히 앉아 보다가는 깜박 잠이 들었다 깨어나도 상관없다. 또 시선은 텔레비전에 가 있지만, 머릿속에서는「그 문제는 맞아, 이렇게 처리해야 하겠구나」「그 원고에서는 아, 먼저 서론에서 이러한 문제를 제기해야겠구나」하는 식의 일에 대한 생각들이 오고 갈 때가 많다. 그래도 연속극의 내용을 이해하는 데는 아무런 문제가 없다. 왜냐하면 곧 다시금 보여 주는 '회상'이 나올 것이고, 또 이야기가 하루 저녁에 진행되어 보았자, 결국 그 속에서 다루는 시간도 '하루 저녁'밖에 안 될 때가 많으니까. 바로 이러한 이유 때문에 나는 편히 쉬고자 할 때, 한국드라마나 한국영화를 보면서 쉰다. 그러면서「교수가 저질스럽게 그런 것을 좋아하느냐」하는 아내의 핀잔을 이겨 내는 나 나름대로의 내면적인 기쁨도 누린다.

나는 우리나라 교육문제를 논의하는 자리에서 여러 번 이런 주장을 했다.

「만약 내게 한국교육의 병을 수술하는 칼자루를 딱 한 번만 쥐어 준다면, 그 칼자루를 어디에다 휘두를 것이냐? 대학입학시험제도를 고치는 일에? 대학의 자율화를 가져오는 일에? 아니다, 모두 아니다. 초등학교, 중학교, 고등학교, 특히 그중에서도 초등학교 어린이들의 학습량을 지금의 절반 이하로 줄이는 일에다 휘두르겠다.」

그러면서 내가 꼭 그 끝에다 붙이는 말은, 우리의 초등학교 교실에서의 수업은 마치도 우리네의 연속극 같았으면 좋겠다는 것이다.

연속극과 같은 교실 수업, 내가 그것에다 비유하는 가장 근본적인 이유는 매우 간단하다. 우리네 학교, 특히 초등학교나 중학교 같은 어린시절의 학교교육에서는 지식보다는 정서, 앎보다는 느낌의 교육을 많이 했으면 좋겠다는 것이다. 지금 우리네 초등학교나 중학교에서 가르치고 배우는 교과서의 내용에는 '개념적 지식'들이 너무 많이 포함되어 있다. 즉, 그 의미를 분명히 이해하고 기억해 두어야 할 지적 개념들이 교과서의 쪽마다, 줄마다 가득 담겨 있다. 따라서 그 많은 개념들을 그 짧은 시간 안에 모두 충분히 제대로 소화하기란 참으로 어려운 일이다. 그럼에도 선생님은 그 많은 개념들을 그 짧은 시간 안에 다 가르치고 학생들은 그 많은 것을 모두 다 받아들이고 외워 간다. 배운 지적 개념 하나하나에 대한 느낌의 기회를 전혀 갖지 못하고 백과사전식으로 외워 가는 것이다. 그러니까 '희생' 하면 그 의미가 무엇인지는 지식으로 설명하고 골라잡기 시험에서 정답을 찾아낼 수는 있어도, 실제로 '희생'을 행하지는 않는다. 왜냐하면 그것을 행하는 데 전제조건이 되는 동기형성의 느낌이 없기 때문이다.

이렇듯 느낌이 무시된 채, 그것을 위한 시간적 기회, 행동적·경험적 기회가 무시된 채, 그저 지식만을 맹목적으로 가르치고 배우니까, 앞에서 이미 얘기한 바 있듯 교장선생님이 쓰레기를 주울 때, 아이들은 제대로의 '느낌'을 발휘하지 못하고 엉뚱한 소리를 하는 것 아니겠는가? 느낌을 가르치기 위해서는 지식을, 개념학습을 줄여야 한다. 시간적으로 줄여야 한다. 즉 그것은 개념학습의 양을 대폭 줄여야만 가능한 것이다. 특히 초등학교, 중학교 시절에는 가장 기본이 되는 중핵적인 개념들만을 질적으로 엄선하여 그 개념에 관한 '앎, 느낌, 행동'을 복합적으로 충분히 가르치는 것이 중요한 것이다. 그저 양적으로만 헤아려서 많은 수의 개념을 가르치려 하지 말고. 그래서 텔레비전 연속극을 볼 때처럼, 학생들이 여유 속에서, 선생님의 가르침을 따를 수 있도록 해야 한다. 혹간 졸다가 깨어나서 보아도 이해되는 연속극처럼, 교실수업도 깜박 졸다가 깨어나 들어도 이해될 수 있을 만큼, 양을 줄이고 느낌을 많이 집어넣으면 좋겠다.

아이들 교과서를 이따끔 들여다보면 아이들은 중요한 부분에 밑줄을 긋고, 각종 형광펜으로 색칠을 하면서 표시해 두고 외운다. 어디에다 밑줄을 긋고, 어디에다 색칠을 했는가? 교과서 한 쪽에 한두 개 정도의 지적 개념(용어)에다 했는가? 아마 한번쯤 들여다본 부모는 알 것이다. 아이들은 한 줄에 2~3개 단어에다 밑줄을 그었다. 그리고 밑줄이 안 쳐진 줄은 한 줄도 없다. 매줄마다 2~3개씩의 단어에 줄을 쳤다. 나중에는 모두 줄을 치게 되니 줄친 의미가 없어져, 이제는 그 위에다 형광펜으로 연두색 칠을 한다. 또 그 다음에는 몇 개를 골라 붉은색 칠을 한다. 결국 나중에는 종이가 찢어지려고 한다. 참으로 안타깝기 그지없는 일이다.

지금은 성균관대학교에 교수님으로 계신 중학교 은사님이 한 분 계신다. 그분은 내가 중학교 2학년 때 영어를 가르치셨다. 그리고 주산까지 가르치셨다. 아마도 주산선생님이 별도로 안 계셨기 때문인가 싶다. 그런데 우리가 아직도 기억하고 있는 선생님의 여러 가지 모습 중 제자 모두가 함께 기억하는 것은 영어수업 중에, 주산수업 중에, 선생님이 들려주셨던 '잔디철학'이니 '연애철학'이니 하는 것들이다. 영어과목과 주산과목과는 아무런 관계가 없는 얘기들이었다. 그러나 선생님은 수업시간 중에 그런 말씀을 들려주셨고, 그 속에서 우리는 '느낌'을 맛보는 기회를 가졌던 것으로 기억된다. 아마, 지금 어느 선생님이 수업 중에 그러시면 학생들은 금방 집에 가서 부모님께 얘기할 것이고, 부모님은 곧바로 교장실로 전화하실지 모르겠다. 수업 중에 왜 쓸데없는 얘기하느냐고, 지금이 어느 때인데 진도는 어떻게 나가려고 그러느냐고…….

학교가 이 세상의 모든 지식을 다 가르치려고 해서는 안 된다. 그럴 수도 없다. 그럼에도 우리네 학교는 마치도 세상 지식을 모두 다 가르치려는 욕심에 눈이 멀어 있는 것 같은 느낌을 받는다. 특히, 우리네 교과서와 시간표를 들여다보면 말이다. 학교는 좀 더 편한 곳이 되었으면 좋겠다. 삶이 이야기되고, 삶을 느끼고, 삶을 준비하는 편안한 곳이 되었으면 좋겠다. 그리고 더불어 즐거운 곳이 되었으면 좋겠다. 텔레비전 연속극을 볼 때처럼.

1592, 1592, 임진왜란 1592

중학교 2학년 어느 날 국사시간이다.

「자, 오늘은 임진왜란에 관하여 공부하겠어요.」

선생님은 흑판을 향해 돌아섰다. 그리고 예쁘고 크게 '임진왜란'이
란 그날의 학습제목을 쓰기 시작하였다. 겨우 '임'자 한 자를 썼는데
등 뒤로 아이들의 떠드는 소리가 들렸다. 선생님은 학생을 향해 고
개만 돌린 채 아이들을 꾸중한다.

「왜들 떠들어! 조용히 해!」

그러곤 다시금 두 번째 글자인 '진'자를 쓰는데 교실 뒤편 저쪽 구
석에서 누군가가 크게 낄낄대는 웃음소리가 들렸다. 선생님은 다시
금 아이들을 향해 고개를 돌리곤 아무 말없이 그쪽을 무섭게 쳐다본
다. 그러자 아이들은 이내 조용해졌다. 선생님은 다시금 나머지 두
글자 '왜란'을 마저 썼다. 그때 또 어느 아이인가가 큰소리로 떠들고
말았다. 그러자 선생님은 '삼세 번'을 헤아린 듯, 그 학생을 향해 분
필을 내던진다. 마치도 야구 투수처럼. 그러고도 선생님은 화가 가

라앉지 않았다. 그 학생을 앞으로 불러냈다. 그러곤 손으로 머리를
두어 번 톡톡 쳤다.

「왜 떠들어, 응. 공부하기 싫으냐? 한번 혼 좀 나볼래. 너, 지난 번
숙제도 안 해왔었지?」

묵묵부답인 아이는 그저 고개를 숙이고 서 있다. 선생님의 인자한
처분만을 기다린다. 그리고 재수 없게 그 삼세 번에 내가 걸렸다는
생각도 속으로 했을 성싶다. 선생님은 기대한 대로 인자하셨다. 적
당히 끝내고, 아이를 제자리에 돌려보냈다.

「자, 임진왜란은 조선조 때 왜군이 우리나라를 쳐들어왔던 역사적
사건이에요. 우선 언제 일어났느냐 하면, 1592년에 일어났어요.」

그렇게 말하면서, 선생님은 흑판에 이미 써놓은 '임진왜란'이란 제
목 아래, 아주 질서정연하게 중요한 내용을 적어 나간다. 임진왜란이
일어난 해, 원인 등을 차곡차곡 적어 나간다. 아이들은 숨소리도 죽
이고, 선생님의 말씀을 귀로 들으면서, 흑판에 선생님이 적어 주는
것을 급하게 서둘러 적어 나간다.

「임진왜란이 왜 일어났느냐? 그 원인은 크게 보아 세 가지예요.」

세 가지라는 선생님 말에, 아이들은 선생님보다 먼저 '원인' 해놓고
그 아래에다 ①②③ 번호부터 적어 놓는다. 그러곤 선생님의 설명에
따라 그 원인을 적어 나간다.

임 진 왜 란

1. 침략년도: 1592년(선조 25년)
2. 원인:
    ① 도요토미의 대륙정복욕
    ② 외세침략에 대한 준비부족
    ③ 국론분열

3. 침략과정:
　① 정탐군을 보내고, 서양의 총포술 받아들임
　② 동래성의 점령
　③ ……

　이렇게 해서 수업이 끝나면, 학생들은 집에 가서 다시금 잘 정리를 해서 쌓아 둔다. 그리고 시험이 가까워지면서, 학생들은 적어 두었던 내용들을 외워 나간다. 보다 잘 외워서 오랫동안 기억해 두기 위하여, 학생들은 저 나름대로의 온갖 방법을 동원한다.

　어떤 아이들은 연습장에다 '1592'라는 숫자를 수도 없이 반복해 써본다. 소리내어 중얼거리면서 외운다. 연상법을 동원하기도 한다. '맞아, 내가 15살이고, 할아버지는 92살이시다.' 그렇게 해서 1592라는 숫자를 기억 속에 묶어 두려고 한다. 어떤 아이는 '일하구이야'를 주문처럼 외워 댄다. '일(1)하(5)구(9)이(2).' 자기 나름의 연상 기술을 만들어 내는 것이다.

　다음에는 원인을 외워 댄다. 처음에는 공책에 필기해 둔 대로 도요토미 대륙정복욕, 외세침략에 대한 준비부족, 국론분열 세 가지를 모두 소리쳐 외운다. 어느 정도 외워진 다음에, 아이는 그 세 가지 원인 중의 처음 부분만을 외워도, 그 뒤는 저절로 따라 나올 정도까지 된다. '도요토미' '외세침략' '국론분열' 하는 식으로 말이다. 그리고 그 다음엔 더 줄여서 각각의 첫 글자만 소리쳐 외운다. '도외국, 도외국, 도외국…….' 손바닥에다 이 세 글자를 써갖고 방을 왔다 갔다 하면서 소리쳐 외우기도 하고, 어떤 아이는 책상을 쳐가면서 박자를 맞추어 외우기도 하고, 또 어떤 아이는 학교에 등교하는 길에서도 쉬지 않고 외운다. '1592, 도외국, 1592, 도외국, 1592, 도외국…….' 지나가던 사람은 그 학생이 무슨 소리를 하는지 전혀 알아들을 수

없는 주문(?)이다.

드디어 시험 날이 되었다. 아니나 다를까, 시험문제에는 임진왜란
이 일어난 해와 그 원인에 대한 것이 포함되어 있었다.

5. 다음 중 임진왜란이 일어난 해는?
   (가) 1529년
   (나) 1592년
   (다) 1259년
   (라) 1292년

외우기는 외웠는데 막상 정답을 고르려 하니까 무척 알쏭달쏭했
다. 가만 있어 보자, 1529년인가 1592년인가? 둘 중의 하나인 것 같
은데, 내가 외울 때 내 나이 15하고, 다음에 형 나이 29라고 했던가.
아냐, 할아버지 나이 92라고 했던가? 아이참, 그것 꽤나 헷갈리
네……

그런가 하면 어떤 아이는 앞의 아이와는 전혀 다른 방법으로 정답
을 추적하고 있었다. 가만 있자, 끝이 2년이었는데, 그러니까 (가)와
(다)는 분명 정답이 아니고, (나) 아니면 (라)가 정답일 텐데, 그중 어
느 것이 정답인지 모르겠네. 하여간 임진왜란은 아주 옛날에 일어난
일야. 그러니까 (나)와 (라) 중 하나는 1592년, 다른 하나는 1292년
이라, 이중 1292가 더 옛날이네. 맞아, 1292년일 거야. 그러나 이렇
게 쉽게 맞히라고 낼 리가 없겠지. 이것이 바로 함정이야. 그러니까
1592년이 정답인 거야. 그리고 그 아이는 (나)에다 일단 동그라미를
쳤다. 그러곤 시간이 좀 있길래, 다시 한 번 따져 보았다. 그때 아이
의 생각은 다시금 한 단계(?) 더 앞으로 나간다. 가만 있어, 모든 아
이들이 다 그 정도는 생각할 수 있을 거야. 그런 정도의 함정이 있음

은 모든 아이들이 다 찾아내는 거야! 선생님이 그런 것을 모르실 리가 없어. 그러니까 1592가 정답은 아냐. 그렇게 틀리도록 유도한 거야. 원래 내 생각대로 1292년이 맞는 거야. 그 아이는 (나)에다 기껏 칠해 놓은 동그라미표를 지우고, 다시금 (라)에다 표시해 놓는다. 그러곤 (나)냐 (라)냐 두 가지를 따지면서 자기도 모르게 그 뒤에다 수없이 찍었던 연필자국을 지워 버린다.

나중에 교실 밖에 나와서 또는 집에 가서 따져 보고는 자기가 동그라미표한 것이 틀렸음을 깨달은 그 아이는 책상을 치면서 원통해한다.

「그것, 참, 내가 처음에는 1592년에다 동그라미를 쳤었는데, 그냥 놔두면 맞는 것인데, 2점이나 손해 보았잖아! 난, 참, 남보다 생각이 꼭 한 단계 더 높아서 거꾸로 손해 본단 말야. 할 수 없다. 이 다음번부터는 하여튼 처음 생각한 정답을 무조건 그냥 그대로 둘 거야. 다시 검토한답시고 고치지 않을 거야.」

그 아이는 다음 시험에 대한 자신의 답안작성 태도를 다짐해 둔다.

이렇게 해서, 우리네 학생들은 수많은 지식들을 머릿속에 집어넣는다. 선생님은 집어넣어 주려고 애쓰고, 학생들은 받아들인 지식을 기억 속에 오래 간직하려고 별의별 노력을 다 기울인다. 그래도 또 까먹기 십상이다. 잊어버리면, 다시금 또 외워 두고, 외웠다가 시험 끝나면 말끔히 또 잊어버리고, 그러면 또다시 외우고, 이러한 긴 지겨운 과정을 겪다 보면, 그래도 평생 잊어버리지 않게 앙금으로 머릿속에 가라앉아 남는 것이 있는가 싶다.

나는 어렸을 때, 나를 가르치셨던 초등학교 선생님 모두를 잘 기억하고 있다. 모두가 지금도 여건만 되면 금방 달려가 찾아 뵙고 싶은 그리운 얼굴들이다. 그중에서 특히 기억나는 선생님 중 한 분은 5, 6학년 때 우리를 맡아 가르쳤던 선생님이다.

그 선생님은 그때는 몰랐지만 지금 생각해 보면 한학에 조예가 퍽 깊었던 분인 것 같다. 왜냐하면 선생님은 우리들에게 꽤나 많은 한자를 가르쳐 주었다. 그것도 초등학교 5, 6학년이라는 수준에 비하여 꽤나 깊이 있게 가르쳐 주었다. 이를테면, '國家' 하면 그것을 그저 '국가'로 읽고, '국가' 하면 '國家'라고 쓸 줄 아는 정도에서 멈춘 것이 아니라 언제고 우리는 '나라 국' '집 가' 하면서 배웠고, 그러한 글자를 이용해서 다른 단어를 이해하고 해석하도록 하였으니 말이다.

또한, 선생님은 4·3·4·3조의 한시 비슷한 것을 우리에게 지어 주었다. 물론, 그것을 통해 우리는 한자도 배우고 역사나 국어도 배웠다. 예를 들어, 선생님은 다음과 같은 글을 흑판에 정성껏 써주었다.

新羅世界 朴十王, 石八金氏 三十八.
二七善德 次眞德, 五一眞聖 三女王.

선생님은 우선 우리에게 이것을 읽어 준 다음 무조건 외워 오라고 했다. 그러곤 다시금 한 글자 한 글자 설명해 주고, 전체 뜻을 일러 주었다.

「새 신, 벌릴 라, 인간 세, 지경 계……」

긴 막대기로 한 글자씩 짚어 가면서, '새 신' 하면 우리는 모두 입을 모아 '새 신' 하고 큰소리로 수도 없이 따라 외웠다. 그것이 모두 끝나면, 선생님은 전체 뜻을 설명했다.

「신라라는 세계, 즉 신라라는 나라에는 박 씨가 10번이나 왕을 했고, 석 씨가 8번, 그리고 김 씨가 38번을 왕을 했단다. 그래서 10+8+38하면 모두 56이지. 신라는 56대 경순왕으로 끝난단 말야! 또 신라 때는 여왕이 모두 세 분이었는데, 우선 27대왕이 선덕여왕이셨어. 차(次), 그러니까 그 다음 28대왕이 진덕여왕이셨고,

51대 왕이 진성여왕이셨어. 이렇게 세 분의 여왕이 계셨단다.」

옛날 이야기해 주듯이 들려주는 선생님의 설명을 듣고 난 다음, 우리는 더욱 소리쳐 '신라세계 박십왕 석팔김씨 삼십팔, 이칠선덕 차진덕, 오일진성 삼여왕'을 외웠다. 여기에다 손뼉까지 치면서 리듬을 깔아 외우면 신까지 났다.

　　신(손뼉)라세계 박(손뼉)십왕
　　석(손뼉)팔김씨 삼(손뼉)십팔
　　이(손뼉)칠선덕 차(손뼉)진덕
　　오(손뼉)일진성 삼(손뼉)여왕

초등학교를 졸업한 지가 근 40년이나 되는 지금에도 내가 이것을 기억하고 있는 걸 보면, 둘 중의 하나가 분명한 듯싶다. 내가 남달리 기억력이 뛰어나거나, 아니면 그때 선생님의 교수방법이 우리에게 그러한 지식들이 오래 기억되도록 하는 데 매우 효과적인 방법이었든가.

물론 지식을 가르치고 배우는 데 있어 '기억'의 과정은 필수적이다. 우리는 일상생활에서도 꼭 기억해 두어야 할 일들이 많지 않은가? 또 어떤 일은 평생 기억을 해두어야 하기도 한다. 그렇듯 교육에서도, 가르치고 배우는 데 있어서도 우리가 오랫동안 기억해 두어야 할 지식들이 있음은 틀림없는 사실이다. 문제는 '기억'을 하는 것이 가르치고 배우는 일의 전부인 양 생각하는 데 있는 듯싶다. 그것도 의미 없는 죽어 있는 지식들을, 그저 단편적인 지식들을 그냥 온갖 수단을 동원해서 외우도록 하고, 그리고 결국엔 그러한 것을 오랫동안 잘 외운 학생이 우수한 학생으로 인정받는 데 문제가 있는 것 아닌가? 더욱이 임진왜란에서 '임진'이 무슨 뜻인지도 모르고 '왜란'이 무슨 뜻인지도 모르면서, 무조건 1592년을 잘 외우면 되는 데 문제가 있는 것이다. 즉, 뜻도 모르고 그저 맹목적으로 모든 지식을 외워서 머릿속에 저장하려고 하는 데서 문제가 생기는 것이다. 많은 지식을 외우기보다는, 가장 기본이 되는 지식을 보다 분명하게, 확실하게 이해하는 것이 학습에서 더 중요한 것임을 우리는 속히 깨달아야 할 듯싶다. 기본지식이 잘 갖추어져 있으면, 그래서 뿌리가 깊게 내려져 있으면, 이 다음 우리는 그것을 바탕으로 삼아 얼마든지 많은 지식을 그 위에다 이어 나갈 수 있는 것이다. 창의적 사고는 가장 기본적인 개념이 매우 분명하게 이해되어 있을 때, 그것을 바탕으로 삼아 발산되고 확산되어 나가는 사고이다.

미완성의 강의

　오늘의 내가 있기까지, 나를 이끌고 가르쳐 주셨던 선생님들이나 선배들이 여러 분 계시다. 그중에서도 특별히 내게 많은 가르침을 주셨던 분은 지금 광주대학교 총장으로 계시는 김란수(金蘭洙) 선생님이다. 그분으로부터 나는 연세대학교 교육학과 1학년에 입학한 지 몇 달 안 되면서부터 가까이서 뵙고 가르침을 받게 되었다.

　대학 1학년에 입학해서 뭐가 뭔지 잘 모르고, 또 그때나 이때나 고등학교의 그 구속된 환경, 그 지겨웠던 입시준비공부에서 해방되었다는 자유로움에 도취해서 천방지축 돌아다니는 일에 열을 내고 있던 어느 날이었다. 조교 선배를 통해서 김란수 교수님이 나를 찾는다는 전갈을 받았다.

　그분은 한마디로 첫인상이 매우 무섭다. 얼굴 전체가 퍽 무섭게 생겼다. 키도 몹시 크고, 육중한 체구에 험상궂게 생긴 데다, 특히 눈빛이 상대방으로 하여금 그를 똑바로 쳐다보기 어렵게 만들만큼 날카로웠다. 훗날 알았지만, 선생님은 꽤나 다정다감했고 한마디로 정에 약한 분이었다. 그럼에도 어떻든 첫인상은 고약해 보였다. 그래서 학생들은 그 선생님 앞에 다가서길 매우 두려워했다. 우린 1학년이었기에 그저 먼발치에서 뵈었을 뿐, 가까이서 수업을 받아 보거나 말씀을 들은 적이 없었다. 나는 입학시험 면접 때 뵈었던 기억뿐이었다. 그리고 이따금 선배들로부터 들은 이야기는, 하여튼 몹시 '무서운 선생님'이란 얘기뿐이었다.

그런데 나를 왜 오라고 하는 것일까? 안 가면 더 큰일날 것 같은 기분에 지체 않고 선생님 연구실로 찾아가 뵈었다.

역시 생각대로였다. 조용히 노크를 하고 들어섰을 때, 선생님은 그의 좁은 연구실 안을 꽉 채우고 의자에 앉아 계셨다.

「저, 교육학과 1학년 이성호입니다.」

「빨리 왔구먼. 자네 집이 어딘가?」

「네, 의정부입니다.」

「그럼, 어떻게 다니는가?」

「교외선 타고, 기차통학합니다.」

「음, 그런데 자네 이거 한 가지 해보겠나?」

「네.」

그 일이 무엇인지도 모르고, 그냥 얼떨결에 「네」 하고 말았다. 요즘같이 '똑 떨어지는(?)' 아이들 같았으면, 분명, 「네」 하기 이전에 「무슨 일인데요?」 하고 먼저 여쭈어 보았을 것이다. 그런데 그때 난 선생님이 해보라고 하시는 데다, 워낙 위압적이어서 그런 생각을 해볼 겨를도, 여유도 없었다.

「이것을 잘 읽어 보고, 여기서 얘기하는 대로 따로 한번 만들어봐.」

「알겠습니다.」

「가봐.」

「안녕히 계십시오.」

그래도 지금 생각에 인사는 하고 나온 것 같았다.

「이것을 잘 읽어 보고…….」

글쎄, 그것이 무엇인지 그 자리에서 펴볼 수도 없었고, 무엇을 만들어 보라고 하시는 것인지, 아무 말도 물어볼 수가 없었다. 그거야, 정말 집에 갖고 가서 읽어 보면 될 터인데, 집에 오면서 생각하니 언제까지 해야 되느냐고 물어보지 않았으니 어떻게 한담. 그것도 지금 학생들 같으면 아마 전화로 여쭈어 볼 수 있었을 것이다. 그러나 그때 나는 퍽이나 멍청했는지 전화를 걸어 볼 생각조차 못했다.

어떻든 집에 갖고 가서 펴보았다. 처음 보는 내용이었다. 하기야 전공과목 공부를 시작도 안 했을 때니까 알 턱이 있나, 접해볼 수 있는 기회도 없었고. 읽어 보았다. 블룸(Bloom)인가 하는 사람이 교육목표의 지적 영역을 6가지로 나누어 놓은 글이었다. 그러고는 그 6가지 지적 영역에 따라 초등학교 2학년의 국어, 산수, 사회, 자연 4개 과목의 학력측정검사를 만드는 일이 내게 주어진 일이었다. 이를테면 시험문제를 만드는 것이었지만, 어려움은 그 6가지 영역에 맞추어 만드는 것이었다. 언제까지 해가야 되는지를 몰랐기에 밤을 새워서 부지런히 했다. 기차통학을 하는 터였고, 또 집에 와서는 아르바이트(과외지도)를 다녀와야 했고, 시간은 밤뿐이었다.

며칠 후 내 딴에는 다 만들었다 싶어 선생님께 갖고 갔다. 선생님은 예나 다름없이 큰 의자에 앉아 계셨다. 내가 해온 것을 드리니까 한참을 읽어 보셨다. 나는 그 옆에 그냥 가만히 서 있을 수밖에 없었다. 눈을 어디다 두어야 할지 헤매면서. 한참 후에 선생님은 그 위에다 뭐라고 쓰시는 듯했다. 그리고 돌려주시면서 말씀하셨다.

「열심히 했군. 그런데 그저 70점쯤 되겠구먼. 갖고 가서 다시 해봐!」

70점이라니, 무슨 뜻인가? 열심히는 했지만, 잘하지는 못했다는 얘기인가? 다시 해보라니, 그럼 다시 해갖고 오라는 뜻인가? 내 딴엔 정말 최선을 다했는데 무엇을 어떻게 다시 고쳐 오라는 것인가? 그래도 어쩔 수 없었다. 다시 해갈 수밖에. 다시금 며칠 동안 그 일로 나는 끙끙거렸다. 이리 고쳐 보고 저리 고쳐 보고, 드디어 이쯤 고쳤으면 되었겠다 싶어 또 갖고 갔다. 이번에도 선생님은 나를 세워 놓고 한참을 넘겨 보셨다. 그리고 다시금 그 위에다 또 점수를 써주시는 것 아닌가?

「좀 나아졌군, 85점은 되겠어. 다시 한 번 해볼 생각 있나?」

선생님은 시키기가 미안해서 '한 번 다시 해볼 생각'을 물으신 것인지, 아니면 원래 시키는 방법이 그런 식인지, 어떻든 나는 「네」하고 돌아 나왔다. 이번에도 역시, 선생님은 무엇을 어떻게 고쳐야 하는지, 내가 무엇을 잘못했는지 아무런 지적을 해주지 않으셨다. 며칠 뒤에 나는 정말로 이번엔 마지막이다 싶게 해갖고 선생님께 갔다. 그래도 세 번째 뵙는 것이 되어서 그런지 처음보다는 선생님이 조금 덜 무서웠다. 이번에는 선생님께서 날보고 우선 의자에 앉으라고 하셨다. 그리고 잘 훑어보시더니 이렇게 이르시는 것 아닌가?

「음, 꽤 잘했군. 95점야. 자네, 내가 왜 자꾸 다시 해오랬는지 이제 알겠나?」

「…….」

「무슨 뜻인지 모르는가? 처음 해왔을 때, 왜 내가 다시 해오랬는가? 무엇이 잘못되었길래 다시 해오랬는지 말해 봐. 그리고 두 번째 해왔을 때는 왜 또다시 해오랬는지 말해 봐!」

대답을 하지 않을 수 없었다. 그래서 나는 내가 고민하고 고쳤던 부분을 내가 잘못했던 부분으로 설명하고, 그것 때문에 다시 해오라고 하신 것이라고 얼버무리며 말씀드렸다.

「바로 그거야, 알겠지. 앞으로 열심히 공부해.」

그때, 나는 교수님 방을 나오면서 내 자신이 기특해 보이기도 했지만, 교수님의 가르침에 피식 웃었다.

「야, 교수하기 되게 쉽네. 그러니까 그냥 학생보고 자꾸 다시 해보라고 하면 되는 것 아냐. 그리고 그 다음엔 왜 다시 해보라고 했는지 물으면 되고, 그리고 그 다음엔 '바로 그거야, 열심히 해' 하면 끝나는 것 아닌가!」

그후 나는 김란수 선생님으로부터 참으로 많은 것을 배웠다. 세상살이에 관계된 거의 모든 것을 배웠다. 지금 가만히 생각해 보면, 만약 내게 '혼자서 일할 수 있는 힘'이 있다면, 또는 내가 '창조적으로 생각하는 힘'을 갖고 있다면 바로 그때, 학부학생일 때 선생님의 가르침을 통하여 배운 것이 아닌가 한다.

선생님의 가르침의 기본원칙은 결코 '정답'을 가르쳐 주시지 않는 것이었다. 정답은 배우는 학생이 스스로 찾도록 하셨다. 학생이 스스로 정답을 어떻게 찾아가는가를 옆에서 지켜만 보고 계셨다. 그러다가 정 그 방향이 틀린 듯싶으면, 당신 생각에는 이런 경우도 있다는 식의 제안을 하셨다. 결코 그것을 따라서 하도록 강요하시지 않았다. 지금도 그러한 선생님의 가르침 방식은 마찬가지다. 무엇을 의논드리면, 한번도 정답을 말씀하시지 않는다. 이런 것은 생각해 보았느냐, 저런 것은 생각해 보았느냐, 몇 가지 관점에서 그저 질문만 하실 뿐이다.

우리네 교육에서 학생들에게 사고하는 힘을 키워 주는 데 실패하였다고 한다면, 그 상당한 부분의 책임은 교실수업이 져야만 할 것 같다. 특히, 교실수업에서도 언제고 정답을 가르쳐 주는 수업이 책임을 져야 한다. 나는 그러한 수업을 '완성된 수업'이라고 부른다. 언제나 끝이 말끔히 완성된다. 더 이상 학생들은 의문의 여지를 갖지 않을 만큼, 선생님은 완벽하게 모든 것을 깔끔한 모습으로 정리해 준다.

「자, 그러니까 임진왜란이 일어난 원인은 세 가지였어요. 첫째는……, 둘째는……, 셋째는……였지요. 알겠지요? 이 세 가지만 잘 기억해 두세요.」

선생님은 학생들이 그 세 가지만 잘 기억하면 된다고 하였다. 네 가지일 수가 없는 임진왜란의 원인. 우린 참 편하다. 그저 그 세 가지만 달달 외우면 그만이니까. 이것이 완성된 수업이다.

이러한 완성된 수업은 집에 가서 더 이상 무엇인가를 탐구할 필요를 느끼게 하지 않는다. 고민하여 생각해 볼 필요도 없다. 이렇게 우리는 커왔다. 그러다 보니 어느 방송국에서 일주일에 한 번씩 방영하는 '드라마게임'을 보고 나면, 으레 어떤 사람들은 묻는다.

「그래 어떻게 되었다는 거야. 앞으로 같이 살겠다는 거야, 아니면 헤어진다는 거야. 뭐, 드라마면 결론이 있어야 할 것 아냐. 에이, 재미없다. 괜히 졸려 죽겠는데 끝까지 보았잖아.」

우리가 이러한 반응을 보이는 것은 미완성된 것에 대한 태도를 키우지 못했기 때문이다. 미완성된 것을 갖고 자기 스스로 완성해 보는 버릇을 키우지 못한 것이다.

앞서 이야기한 김란수 선생님의 가르침 방식은 곧 미완성의 가르침, 미완성의 강의였다. 결코 선생님이 완성을 하지 않는다. 그저 문제를 던지고, 그 문제를 향한 해결의 길들을 몇 가지 예시할 뿐이다. 나머지는 우리가 완성하도록 남겨 두는 것이다. 즉, 배우는 사람의 몫을 적절히 남겨 주시는 것이다.

미국의 대학생들을 대상으로 하여 어느 학자가 조사를 하였다. 즉, '완성된 강의'와 '미완성된 강의' 중, 어느 쪽의 강의를 선호하느냐고. 그랬더니 대부분의 학생들이 '미완성된 강의'를 선호하였다. 그런데

이에 비하여 우리나라 대학생들은 비교적 '완성된 강의'를 좋아하는 듯 보인다. 아주 명쾌하게 딱 부러지게, 확실하게 결론 지어 주는 강의를 좋아하는 듯싶다. 그것은 아마 초등학교 때부터 그렇게 길들여졌기 때문이 아닌가 싶다. 마치도 우리가 어려서부터 어떤 음식 맛에 오래 길들여지다 보니, 커서 어떤 새로운 음식 맛을 보게 되면 그 맛을 전혀 이해 못하고는 「뭐 이딴 음식이 다 있나」 하듯이 말이다.

자녀들과의 대화에서도 부모들이 너무 완성된 대화를 하지 않는 것이 자녀들의 사고력을 키우는 데 도움이 된다. 아이들 스스로 생각해 볼 수 있는 기회를 주는 것이다.

「아버지, 저 내일 학교에서 3분씩 자기소개를 하래요. 어떻게 하는 것이 좋겠어요?」

이러한 경우,「그것은 말야. 우선 첫째는 너는 어느 학교를 졸업했는가 하고, 다음엔…… 그리고 끝으로는…… 하면 돼. 알았지!」하고 얘기하는 것은 바람직하지 못하다. 우선은 「넌 어떻게 하려 했는데?」부터 묻고 난 다음, 아이의 얘기를 다 듣고, 「아버지 생각엔, ……것도 있을 텐데, 잘 생각해서 다듬어 보렴」 하고 얘기하는 것이 어떨까?

인생 그 자체가 결코 완성된 것이 존재할 수 없다. 미완성으로 끝내는 것이 인생인 듯싶다. 그 완성되지 못한 것을 채워 가는 것이 우리 삶의 기쁨 아니던가? 그러면, 우리는 우리의 젊은 세대들에게도 그들 스스로 완성해 갈 수 있는 기회를 주어야 할 것 아니겠는가?

사람들은 벽돌을 어디에 사용하는가요?

　사람들은 나보고 천부적인 음치라고 한다. 나는 내 자신을 음치로 생각해 본 적은 없다. 하기야 제정신이 아닌 사람치고 자기 자신이 미쳤다고 생각하는 사람은 없다. 어떻든 음치라고 하도 그러니 음치임을 인정하는 수밖에 별도리가 없다. 나는 사실 내가 어느 순간 부른 노래를 내 자신이 두 번 다시 똑같이 못 부른다. 전주가 나오면, 나는 언제부터 입을 열어야 하는지 모른다. 여럿이 어울려 노래하면 그런대로 따라가지만, 혼자서는 아무리 애써도 안 된다. 언젠가는 내가 노래 부르는 것이 너무 우스워서, 어떤 사람은 웃다가 허리를 삐끗하기도 했다. 그래도 나는 이따금 혼자 흥얼거린다. 이따금 〈유정천리〉를 부르면, 아내가 그만 부르라고 마구 야단친다. 〈애모〉를 부른답시고, 가사를 잘못 외워, 「그대 젖가슴에 얼굴을 파묻고……」라고 불렀다가, 대학에 다니는 아들녀석으로부터 「아버지, 그것은 '애모'가 아니라 '애무'예요!」 하고 핀잔을 받은 적도 있다.

　이렇듯 노래를 못하면서도, 나는 한번도 왜 내게는 하나님께서 그러한 능력을 주시지 않았는가 하고 원망해 본 적이 없다. 오히려 내게 '음치'됨을 허락하신 것에 감사드린다. 하나님께서는 한 개인에게 모든 것을 다 주시지 않는다고 믿고 있다. 어떤 한 개인에게 건강한 심신, 뛰어난 머리, 미모의 부인, 똑똑한 자녀, 풍요한 재산 등 모든 것을 다 주시지는 않는다. 그중에서 어떤 것은 주시고, 또 어떤 것은 주시지 않는다. 그렇게 해서 사람들은 하나님으로부터 나누어 받은 것을, 갖고 있는 것을 서로 함께 보태 가며 살라고 하시는 듯싶다.

하나님께서는 그러한 적절한 분배의 은사를 나라나 민족에 대해서도 내리시는 듯싶다. 이 땅을 창조하시고 사람을 모아 민족을 일구고, 국가를 만들어 살게 하시면서, 각각에게 생존의 기반을 하나씩 만들어 주시는 것 같다. 이를테면 어떤 나라에게는 넓은 땅을 주셨고, 대신에 기후조건은 남의 나라처럼 온후하지 못한 형편에 놓이게 하셨다. 그런가 하면 어떤 나라에는 뜨거운 사막으로 채워 주셨지만, 반면 그 땅속에 무한한 양의 기름을 묻어 주시기도 하셨다.

21세기를 향해, 국제관계 질서가 재편되고 있다. 바야흐로 3극체제가 형성되어 가고 있다. 유럽 유니온을 중심으로 하는 하나의 극이 우리나라 서편 저쪽에 생기고 있고, 나프타를 중심으로 한 또 다른 극이 동쪽 저편에 생기고 있다. 그리고 우리가 살고 있는 이곳에는 한국을 중심으로 한 세 번째의 극이 생기고 있다. 서(west)와 동(east)이 합쳐진 극이라 해서 이제는 위스트(WEAST)라고 불리는 제3극이 생기고 있다. 한국을 중핵으로 하여 중국, 러시아, 일본으로 이루어지는 제3극이 바로 그것이다. 이러한 새로운 극이 형성되는 가운데 우리나라는 앞으로 무엇을 갖고 생존해 나갈 것인가? 생존의 기반이 무엇인가? 무엇을 하나님께서 우리나라에게 주셨는가? 우선 주변국부터 살펴보면, 하나님께서 중국이라는 나라에는 '사람'이라는 자원을 주신 듯싶다. 12억의 인구이다. 엄청난 노동력을 주신 것으로 보인다. 한편 러시아라는 나라에게는 아직도 개발되지 않은 엄청난 양의 지하자원을 주셨다고 생각된다. 그런가 하면 일본이라는 나라에게는 돈 버는 뛰어난 재주를 주신 것으로 보인다. 그 사람들에겐 무엇이든지 무역의 대상이 된다. 그들은 무엇이든지 만들어 내다 파는 재주를 받은 것이다. 그러면 한국이라는 나라, 한민족이라는 이 겨레에게는 무엇을 주셨는가? 땅도 좁고, 지하자원도 없고, 상술도 없고, 무엇을 주셨는가? 가만히 생각해 보면, 하나님께서는 우리에게 '뛰어난 머리'를 주셨는가 싶다. 그렇기에, 우리의 옛 조상들은 얼마나 창조적이었는가? 어린시절 역사시간을 통해, 우리는 우리 조상들의 뛰어난 슬기, 뛰어난 두뇌, 뛰어난 창조적 능력을 듣고 배우지 않았던가. 맞다. 바로 그러한 창조적 두뇌를 하나님께서는 우리에게 주셨다. 그 뛰어난 머리를 생존의 기반으로 삼아, 이 거세게 밀려오는 국제경쟁 속에서 이겨 내며 살아가라고.

그런데 우리는 그토록 옛부터 하나님께서 은사로 내려 주신 머리를 지금 제대로 계발하고 있지 못한 까닭은 무엇인가? 태어날 때 우리가 갖고 태어났던 창조적 두뇌를 왜 우리는 계발하여 더욱 창조적인 것으로 만들어 나가지 못하고 이렇게 허우적거리고 있는가? 우리네 어린아이들은 꽤나 똑똑하고 창의적이다. 그런데 그들이 성장할수록, 학교에 오래 다니면 다닐수록 그들이 갖고 있던 천부의 창의력을 상실하는 까닭은 무엇인가? 누구의 책임일까? 누가 우리네 아이들을 그렇게 만들어 놓았을까? 우리 어른들이 그렇게 만들어 놓은 것이다. 우리 부모님들이, 우리 선생님들이 우리들의 아이들을 그렇게 만든 것은 아닌가, 우리 모두 한번 깊이 성찰해 볼 필요가 있다.

나는 미국에서 수학하는 동안, 아주 잠시 동안 초등학교 교사로서의 수업방법 연구에 동참한 적이 있었다. 초등학교 2학년을 대상으로 한 수업이었다. 15명의 어린아이를 앞에 놓고 나는 오전 수업을 시작하였다.

「자, 오늘은 선생님하고 이것을 갖고 공부해요!」

나는 오늘의 주제인 '벽돌' 한 장을 들고, 어린아이들 앞에서 주제가 된 벽돌을 높이 쳐들어 내보였다.

「자, 이것이 무엇이지요. 이것을 사람들이 무엇이라고 부르는가요? 어린이 여러분, 이것을 본 적이 있지요?」

「네, 선생님, 벽돌이에요!」

「그래요, 벽돌이지요. 붉은 벽돌. 자, 그러면 사람들은 이것을 일부러 이렇게 만들었을까요? 아니면 원래부터 이런 모양의 돌멩이가 그냥 있는 것인가요?」

「사람들이 일부러 만들었어요.」

「그래요, 일부러 만들었지요. 사람들이 이것을 일부러 만들었을 때는 어딘가에 사용하려고 만들었겠지요?」

「네(여럿이 대답을 한다).」

「그래요. 그러면 사람들이 이것을 어디에다, 무엇을 할 때 일부러 사용할까요? 여러분, 선생님이 무엇을 알고 싶어하는지 알겠지요? 그러면, 여러분, 지금 선생님께 대답하지 말고, 여러분끼리 한번 생각을 모아 보세요. 선생님이 저편에 흰 종이를 여러 장 붙여 놓았지요. 여러분이 이제부터 한 시간 동안 서로 의논하고 생각을 모아서 그곳에다 적어 보세요. 많이 적을수록 선생님은 여러분을 칭찬할 거예요. 맞춤법은 좀 틀려도 괜찮아요. 중요한 것은 사람들이 벽돌을 갖고 어디에다 사용하는가, 사용할 수 있는가 하는 생각을 모아 보는 일이에요. 자 그럼, 여러분끼리 해보세요!」

그리고 나는 교실 밖으로 나갔다. 아이들은 저마다 우선 자기 생각을 적어 보았다. 그러면 다른 아이가 그것을 보고, 이런 경우도 있다고 하면서 또 다른 생각을 적는다. 이렇게 해서 아이들은 저마다

의 생각을 서로 일깨워 주면서 빠른 속도로 적어 나갔다. 엄청난 양을 적어 놓았다. 무려 152개나 적어 놓았다.

「집을 짓는 데 사용한다.」

「화단 가장자리에 울타리를 만들 때 사용한다.」

「화분 밑받침으로 쓴다.」

「책장 만들 때도 사용하는 것을 보았다.」

「우리는 풀밭에서 야구시합할 때 베이스 표시로 사용했다.」

「소꿉장난할 때 식탁으로 썼다.」

「못 박을 때 그것으로 박는 것을 보았다.」

「……」

참으로 수도 없이 많이 적어 놓았다. 이들과 우리네 어린아이를 비교해 보기로 했다. 같은 또래의 초등학교 2학년 어린이들과 비교해 보는 것이 원칙이겠지만, 그냥 내가 가르치는 대학의 2학년 학생들과 비교해 보았다. 2학년인 건 마찬가지라고(?) 속으로 웃으면서, 똑같이 시켜 보았다. 다만 토의를 시키는 대신 각자 공책에 적어 보라고 하였다. 그랬더니 이게 웬일이냐. 학생들은 하나 또는 두세 가지 정도만을 적어 놓고는 가만히 앉아 있지를 않은가? 「집 지을 때 사용한다.」 이렇게 한 가지만을 적어 놓고는, 교수님이 왜 이런 것을 시키고 있는가 의도를 몰라 궁금해하고 있었다. 물론 그런 것 하나를 보면서 우리네 대학생들이, 우리네 학생들이 창의력이 모자란다고는 생각하지 않는다. 그럼에도 한 가지 분명한 사실은, 우리네 학생들은 '정답' 외에는 생각을 않는다는 것이다. 생각이 확산적이고 발산적이질 못하다. 그저 학교에서 선생님이 가르쳐 주신 정답 한 가지만을 외우고 있을 뿐이다. 그렇게 하면 이제까지 점수를 잘 받고 공부 잘하는 학생으로 인정받았으니까, 자기 스스로 무엇인가를 자발적으로 탐색하려 하지 않는다. 해보았자 소용없는 것을 그들은 어려서부터 익히 알고 있기 때문이다.

입학시험에서 면접을 실시할 때, 나는 학생들에게 이러한 질문을 던져본 적이 있다. '지하철과 신문의 공통점'이 무엇인가? 한번 생각 나는 대로 대답해 보라고 했다. 어떤 학생은 놀랍게도 끝이 없이 열거하였다. 그러나 어떤 학생은 그저 한두 가지만 열거하고는 더 이상 생각 안 난다고 대답하였다. 또 지극히 소수의 학생은 그런 것은 배우지 않았다고 대답하였다. 믿기지 않는 일이지만, 사실인 것을 우리는 피하지 말아야 할 것이다.

이처럼 우리네 학생들은 생각과 행동이 수렴적이다. 소극적이다. 안으로 오므라져 있다. 적극적이고 자발적이고 확산적이고 창조적이질 못하다. 그러면 왜 이들이 이렇게 되었을까? 거듭 이야기하지만 그것은 우리네 선생님이나 부모님들이 책임을 져야만 할 것이다.

포항제철 정문 앞에는 커다란 구호가 붙어 있다. '자원은 유한 창의는 무한'. 그렇다, 우리나라의 경우 정말 자원은 한정되어 있다. 세계가 모두 그렇다. 그러나 우리의 창의적 사고는 끝이 없다. 우리가 살아남을 수 있는 유일한 방도는 그러한 무한한 창의를 계발하는 것이다. 무한경쟁시대에 이길 수 있는 유일한 방법은 무한 창의력을 계발하는 것이다. 그러기 위해서는 지금부터라도 우리의 어린 자녀들이, 우리의 청소년들이 하나님으로부터 특별히 부여받은 그들의 뛰어난 머리를 계발할 수 있도록 도와야 한다. 학교교육을 통해서도 계발해야 하겠지만, 가정교육을 통해서도, 사회교육을 통해서도 우리는 그것을 계발하여야 한다. 삶의 모든 과정에서 우리 모두는 어른이건 아이이건 우리들의 머리를 계발하여야 한다.

나는 이따금 우리들의 조상들이 만들어 낸 삶의 지혜를 보면서 퍽이나 놀라워한다. 예컨대 어렸을 때, 부모들이 아이에게 「도리도리, 짝짜꿍, 곤지곤지」하면서 함께 노는 모습 속에서 조상의 예지를 읽는다. 그것은 단순한 놀이가 아니었다. 그것은 아이들의 목이나 손가락의 기능을 유연하게 키워 주면서, 부모와의 정감 어린 유대를 형성하는 방법이었다. 지금 몸이 무거워 살을 빼려는 사람들은 알 것이다. 왜 우리네 조상들은 아침 식사를 가장 소중하게, 가장 잘 차려서 먹었는가? 점심이나 저녁은 그럭저럭 먹은 이유를 이해할 것이다.

우리 한민족, 우리 한국인은 이제 모두가 우리의 뛰어난 머리를 갖고 이 거센 세계화의 끝없는 경쟁 속에서 함께 살아 나가도록 더욱 힘을 모아야 할 성싶다.

시끄러워! 말하면 알아듣냐?

　우리는 살아가면서 서로 간에 보상을 주고받는다. 보상은 고마움을 표하기 위한 것도 있지만, 대개는 이제까지의 수고를 위로하고 앞으로 더욱 잘하라는 뜻의 의미가 담겨져 있을 때가 많다. 예컨대, 아이들이 좋은 성적을 올리면 부모가 그들에게 보상을 한다. 맛있는 음식도 사주고, 옷도 사주고, 그토록 갖고 싶어하던 '워크맨' 따위도 사준다. 이러한 보상은 남편이 아내에게, 아내가 남편에게도 한다. 생일 선물을 사다 주고, 크리스마스 선물을 통해 서로 보상을 나눈다. 회사에서는 사원들의 그동안의 노고를 격려하고 사기진작을 위하여 푸짐한 선물을 줄 때가 있다. 보너스를 대폭 지급할 때도 있다. 봉급을 올려 줌으로써 큰 보상을 하기도 한다.

　이러한 보상에서 가장 널리 보편적으로 쓰이는 보상방식은 물질적 또는 경제적 보상이다. 즉, 눈에 보이는 물건, 값으로 따져서 가치가 있는 것으로 보상을 하는 것이다. 그러나 이러한 물질적 또는 경제적 보상은 실상 그 효과가 시간적으로 그렇게 오래 지속되지 못한다는 것을 우리 모두 느끼고 있을 것이다. 좋은 성적을 올린 아이에게 입고 싶어했던 바지를 하나 사주었다고 해서, 또는 그동안 남편 뒷바라지를 잘하고 아이들을 잘 키워 온 아내에게 1년 중 어느 날 고마움의 표시로 스카프를 하나 사주었다고 해서, 아이가 1년 내내 그 '바지'를 고마워하면서 열심히 공부하겠는가, 아내가 1년 내내 그 '스카프'를 고마워하면서 열심히 살아가겠는가? 어쩌면 그런 것이 아니었어도, 그 아이나 그 아내는 각기 그들의 삶에 최선을 다할지도 모른다. 또한 평소 그렇지 않았던 아이에게, 즉 평소 공부를 열심히 하지 않았던 아이에게 공부 잘하라고 선물을 사다 주었다 해서, 그 아이가 매일 그 선물을 바라다보면서 열심히 공부하겠는가? 대개는 그러한 물질적, 경제적 보상을 베푸는 그날, 받는 그날뿐일 때가 많다. 하룻밤 지나고 나면, 언제 그런 것을 사주었느냐는 듯 깨끗이 잊어버릴 때가 많은 것이다.

하기야 물질적·경제적 보상이 꼭 값으로 매겨지는 가치만을 지닌 것은 아니다. 그 속에 담긴 보내는 이, 주는 사람의 마음이 더 소중한 가치를 지니고 있다. 아내에게 스카프를 하나 사다 줄 때, 스카프 그 자체가 중요한 것이 아니고 그것을 사려고 마음먹은, 아니 무엇인가 아내에게 사다 주고 싶어했던 마음, 그리고 그것을 고르고 살 때 담겨져 들어간 사랑의 마음이 더 의미 있고 가치 있는 것이다. 그러한 눈에 보이지 않는 '마음'이 실려 있다는 믿음 때문에, 우리는 물질적·경제적 보상을 받을 때, 그 경제적 가치를 따지지 않고 고마움으로 받아들이는 것이다. 그러나 요즘은 세상이 하도 '경제적'이어서 그런지, 아니면 물질주의가 팽배해서 그런지 사람들은 으레껏 그러한 보상 속에 담긴 의미보다는 겉으로 드러나는 값을 따진다.

어느 날 남편이 이 궁리 저 궁리 끝에, 참으로 오랜만에 예쁜 스카프를 사다 주었다. 그것을 받아 쥔 아내는 무척이나 기뻐했고 고마

위했다. 그러나 이것이 웬일인가? 아내는 남편에게 질문을 했다.

「여보, 그런데 이거 얼마 주었우?」

「그런 것은 왜 물어, 그냥 적당히 주었어!」

「아니 말해 봐요, 괜찮아요. 얼마 주셨어요.」

「모른다니깐, 잘 생각 안 나!」

「그럼, 어디서 사셨우?」

「어디서 샀더라, 파리에 들렀을 때 샀나?」

이렇게 이어져 가는 대화 속에서 점차 남편은 괜스레 사다 주었다가 시비만 걸린다 싶은 느낌을 받았을지도 모른다. 물론 그렇게 질문한 아내가 굳이 그것을 값으로 매겨 보기 위해 그런 것은 아니었을 것이다. 여자의 본능에 가까운 계산적인 호기심 때문이었을지도 모른다. 그럼에도 사람들은 자기가 누군가에게 어떤 보상을 베풀었을 때 얼마짜리로 환산을 하면 매우 씁쓸해한다. 그리고 결국엔 그러한 보상이 그 안에 담겨져 있는 '의미'를 상실한 채, 그 여운이 오랫동안 지속되지 못하고 이내 잊혀지고 소멸되는 것이다.

그렇기에 보상 중에서는 그래도 심리·사회적인 보상이 더 깊고 오래 지속되는 효과를 갖는 것이다. 심리·사회적인 보상은 이를테면, 물질적인 가치, 경제적인 가치보다는 그것이 갖고 있는 심리적 의미에 더 큰 비중을 두는 방식의 보상체제이다. 이러한 것에 속하는 대표적인 것으로는 칭찬, 사랑, 존경, 인정과 같은 추상적인 의미의 행동들이 있다. 공부를 잘하는 아이들의 머리를 쓰다듬어 주고, 한번 껴안아 주고, 입맞춤을 해주는 등의 일이 그렇다. 물론 이러한 일 역시 그것을 해주는 사람의 진정한 마음이 실리지 않으면 아무 소용없는 일이기도 하다. 이러한 종류의 보상이 더 진정한 의미의 보상으로 받아들여지는 것은 사람들의 욕구체제에서 그러한 것에 대한 욕구가 물질적이고 경제적인, 생리적인 욕구보다 더 수준 높은 상위의 욕구이기 때문에 그런 것이다. 그 유명한 심리학자 매슬로우 (A. H. Maslow)는 그의 책 《욕구위계체제론》에서, 인간의 욕구를 몇 단계로 나누어 제시한 적이 있다. 즉, 인간은 먹고, 마시고, 잠자고, 섹스를 하는 것과 같은 본능적이고 생리적인 욕구를 먼저 추구한다. 이것이 충족되면, 사람들은 안전해지고 싶어한다. 편안한 집에서, 안정된 직업을 갖고 싶어한다. 그리고 나면 어딘가에 소속되고 싶어한다. 예컨대 사회적 집단이나 조직에 속하고 싶고, 사람들 속에 섞이고 싶어한다. 그리고 나면 존경을 주고받고, 사랑을 주고받고 싶어하며 이러한 것이 충족되면 무엇인가 자기 나름의 모습을 주체적으로 실현하는 드높은 욕구를 갖게 된다는 것이다. 이렇듯 점차 상승되는 인간의 욕구체제에서 볼 때 역시 존경, 사랑 등에 바탕을 두는 심리·사회적인 보상은 생리적 욕구 충족에 호소하는 물질적이고 경제적인 보상보다는 더 의미를 갖게 되고, 그 효과의 지속성도 더 큰 것이 아니겠는가 생각한다.

아내는 매일 저녁, 내가 하루 온종일 무엇을 했는가에 대해서 묻지는 않는다. 매일 하는 일이 판에 박은 듯 같은 일이기에 그럴 것이다. 학교에 나가서 학생들 가르치고 만나고, 무슨 회의 따위에 참석하다 돌아오고, 또 원고 쓰고, 얼핏 보기에 재미없어 보이는 그러한 일에 온종일 매달리는 남편의 생활을 20년 넘도록 가까이 옆에서 보아왔기 때문이다. 그러나 좀 특별한 일이 있었던 날에는 꼭 그날의 그 특별한 일에 대해서 관심을 갖고 묻는다. 예컨대, 고등교육개혁에 관한 국제회의가 있었다든가, 특히 그러한 회의에서 자기 남편이 무엇인가를 발표했다든가 해서 그날 저녁 텔레비전 뉴스에 남편의 얼굴이 스쳐 지나갔다면, 아내는 꼭 그날 저녁에 관심과 사랑을 갖고 묻는다.

「여보, 그래 오늘 당신 국제회의 잘하셨우?」

「응.」

「그런데 당신은 무슨 내용을 발표했우?」

그렇지 않아도 피곤해서, 소파에 길게 기대어 앉은 내게 아내는 설명해 줄 것을 바란다. 이때 내가 대답을 하는 방식에는 두 가지가 있을 성싶다. 그 하나는 「시끄러워, 피곤해 죽겠어. 그리고 말하면 알아듣냐? 쓸데없는 소리하지 말고, 가서 커피나 한잔 타와!」 하는 식으로 한마디로 일축해 버리는 것이다. 이러한 식으로 말했을 때, 아내의 감정은 어떻겠는가? 무시당한 설움으로 가득 차게 될 것이다. 「그래, 당신은 교수이고, 국제세미나에서 발표도 하고, 나는 아무것도 모르고, 말한들 알아들을 수도 없고 집에서 밥이나 하고, 청소나 하는 여자다」 하는 것과 같은 자조와 비탄의 감정이 가득 차게 될 것이다.

그러나 위에서와 같이 말하지 않고, 다른 방식으로 말할 수도 있다. 즉, 「응, 그렇지 않아도 내가 얘기하려고 했는데, 난 오늘 세미나에서 21세기 한국고등교육의 개혁방향을 얘기했는데, 크게 세 가지를 얘기했지. 우선 첫째는, 고등교육기관의 기능적 역할 분담이 이루어져야 한다고 했어……」 그러면서 나는 설명을 계속한다. 그리고 끝에 가서는 「그래, 어때, 당신 생각은 어때?」 하고 아내의 의견도 묻는다. 그리고 아내의 생각에 귀를 기울여 아주 열심히 듣는다. 비전공자가 생각하는, 평범한 가정주부가 생각하는 이야기를 열심히 경청하고, 의견을 주고받는다. 그러면 이때 아내는 어떤 감정을 갖게 될까? 더불어 사는 의미를 느낄 것이다. 비록 집에만 있지만, 그래도 남편과 함께 대화의 상대가 되고 있음에 보람을 느낄 것이다.

대체로 나는 후자의 방식대로 아내와 대화를 자주 하는 편이다. 그래서 아내는 내가 하고 있는 일에 대하여 아주 잘 알고 있다. 내가 가르치는 교과목에 관하여서도, 내가 하고 있는 연구 프로젝트에 대해서도, 내가 관계하는 단체나 조직에 대해서도 비교적 많이 알고 있다.

사람이 살아가면서 가장 서러울 때는 상대방으로부터, 타인으로부터 무시당할 때이다. 못 배웠다고, 남보다 능력이 모자란다고, 나이가 어리다고(때로는 나이가 많다고), 여자라고(때로는 남자라고), 출신지역이 어디라고 등등 수많은 이유로 무시당하고, 인정받지 못할 때가 있다. 인간은 그 어떠한 능력을 갖고 태어났든 또 어떠한 모습으로 형상 지워 태어났든 모두가 이 땅에서 필요한 존재이기에, 하나님으로부터 삶의 은혜를 입고 태어난 것이다. 그럼에도 사람들은 오만 가지의 명분을 달아 타인을 무시하고 소외시킨다. 결국, 보상 중에서도 가장 강력한, 효과적인 보상은 사람들에게 각자의 존재를 인정해 주는 일인 듯싶다. 그것이 곧 심리·사회적인 보상이다.

아내에게 정성 들여 대답을 해주는 일도 곧 아내의 존재, 한 인격체로서의 존재를 인정해 주는 것이다. 그러한 인정은 집 안에서 어린아이들한테도 이루어져야 한다. 예컨대 이사를 갈 계획이 있다고 하면, 비록 그들이 어린 나이라 하더라도 부모로서 함께 의논도 하고, 의견도 물어보아 주는 것이 그들의 존재를 인정해 주는 것이다. 아이들이 무엇을 알겠느냐 하는 식으로 그들을 무시하고 그들에게 일언반구 언급도 없이 어느 날 갑자기 이사를 한다면, 이삿짐에 그냥 실려 가는 '개'와 아이들의 차이가 무엇이겠는가. 그러한 심리·사회적 보상, 즉 상대방의 존재를 인정해 주는 것이 스카프를 하나 사다 주고, 한끼 밥을 사주고, 한벌의 옷을 사주는 일보다 더 값지고 의미 있는 것임을 우리는 알아야 할 것 같다.

자기 반에 있는 어린아이가 여름방학 때 우연히 길에서 만난 담임 선생님께 인사를 했는데, 선생님이 그 아이에게 「너, 누구냐? 너도 우리 반이냐?」 했다면, 아이의 심경이 어떠했겠는가? 그러한 선생님이 1만 명 중의 한 사람도 안 되리라고 믿지만, 어떻든 한 분이라도 존재한다는 얘길 들었을 때, 우리는 참으로 안타까움을 느끼지 않을 수 없다. 꼭 그래서는 아니지만, 내가 매학기마다 바뀌는 수강학생들의 이름을 단 한 명이라도 더 외워 보려고 노력하는 것은 이름을 외워 주고, 그 얼굴을 떠올린다는 것이, 학생들에게 줄 수 있는 하나의 심리적 보상이라는 것을 알고 있기 때문이다.

공무원의 사기진작을 위해 수당을 올린다고 한다. 물론 많이 올렸으면 좋겠다. 그러나 더 중요한 것은 그들이 박봉에 참으로 고생하고 있음을 온 국민이 인정해 주고, 또 윗사람들이 아랫사람들의 그 고생을 진실로 이해하고 인정해 주는 일이라고 생각하는 것은, 내가 짧은 기간이지만 공직에 들어가서 그러한 심리·사회적 보상이 전혀 이루어지지 못하고 있음을 보고 느꼈기 때문일 것이다.

제4장

$\vdots$

교육개혁을 위한 바른 사고

당신네 씨 탓이야!

　문민정부가 개혁이라는 통치구호로 출발한 지 1년이 되었을 때다. 각 언론에서는 문민정부 1년의 공과를 점검하는 기사를 많이 다루었다. 어느 부문에서 어느 만큼의 개혁이 성공했는가, 또 어느 부문에서는 어느 만큼의 개혁이 지체되고 실패하였는가 등 매우 예리한 분석들을 하였다.

　대체로 과거 어느 정부 때보다도 1년 동안 엄청나게 많은 개혁을 이루었다고 긍정적으로 평가하고 있었다. 그럼에도 비판은 있었다. 이를테면, 대통령의 개혁의지가 밑으로는 잘 안 먹혀들어 가고 있다든가, 그래서 1인의 개혁, 대통령 혼자만의 개혁이었다든가 하는 식의 충고 어린 비판이 여러 차례 있었다. 하긴, 대통령 혼자서 모든 국정 일을 하는 것은 아니다. 대통령은 각 부처 장관들에게 권한을 위임하고 있는 것 아닌가. 그렇다면 개혁 성패의 실제적 책임은 근본적으로 각 부처의 장관들이 져야 하지 않겠는가?

　각 부처의 장관들에게 당신은 지난 1년 동안 어느 만큼 개혁을 이루어 냈우? 당신 스스로 생각할 때, 당신네 부처에서 당신은 어떤 면의 개혁에 성공을 거두었고, 어떤 면의 개혁에서 실패를 했오. 아니면 지체를 했우? 그리고 개혁이 그렇게 지지부진했는데 그 이유가 무엇이오? 이때, 장관들은 그 원인을, 그 책임을 어디에다 돌릴지 자못 궁금하다.

흔히, 대학에서 보면 교수들이 식당이나 휴게실, 연구실 같은 데 앉아서 이런저런 얘기를 한다. 대개 우리나라 교육문제를 놓고 자유로운 토의를 하게 되는 경우를 많이 보는데 교육문제가 너무 방대하다 보니, 화제는 이렇게 저렇게 마구 빗나가게 마련이다. 그래도 그런 대화가 있었기에, 교수들이 이 나라의 교육을 그만큼 걱정하고 있었기에, 그래도 이만큼 나라의 교육이 되어 온 것 아닌가 싶을 때가 있다.

그럼에도 어떤 때는, 교육학을 하는 입장에서 들으면 조금 비위에 거슬리는 경우가 있다. 대표적인 것이, 요즘 학생들의 지적 능력에 대해 몇몇 교수들이 자신의 견해를 밝히며 나름대로의 잣대로 평가를 내릴 때이다. 이를테면, 「요즘의 대학생들은 생각할 줄을 모른다. 사고능력이 결핍되어 있다. 도대체가 자기 스스로 무엇을 생각할 줄을 모른다. 그저 시키는 것은 그대로 잘한다. 그러나 그것에서 조금 벗어나서 자기 스스로 생각할 줄을 모른다. 창의력이라곤 눈곱만큼도 찾아보기 어렵다. 하기야, 고등학교에서 그저 애들 데리고 달달 외우게나 했으니, 그저 주입식으로 가르쳤으니, 애들인들 무슨 죄가 있나, 별수 없지. 그러니, 도대체 어떻게 가르칠 수가 있어. 큰일이야!」 하는 식의 불평 어린 문제제기이다. 이러한 불평의 중요한 요지 중의 하나는 「고등학교 교육이 잘못되었다」라는 지적이다. 「그래서 우린들 어쩔 수가 없다」는 것도 매우 중요한 요지이다. 내가 이러한 교수들의 불평 어린 문제제기에 비위 상해 하는 것은 바로 위에 적은 그 두 가지의 중요한 요지 때문이다. 「고등학교 교육이 잘못되었다니, 그리고 그래서 우린들 어쩔 수가 없다니?」 고등학교 교육이 잘못되었다는 점은 나중에 얘기하기로 하고, 「그래서 우린들 어쩔 수가 없다니.」 그렇다면 왜 대학이 있는 것인가? 왜 그들이 대학에 왔는가? 왜 그들을 대학에서 뽑았는가? 그러니까 대학에서라도 제대로 가르쳐 내보내야 하지 않겠는가? 이런 생각을 하면서 상한 비위를 달랜다.

모두가 그런 것은 아니겠지만, 대학교수들은 고등학교 교육이 잘못되었기 때문에, 대학에서 제대로 교육하기 어렵다고 그 책임을 돌린다. 즉, 근본적으로 고등학교 교육이 제대로 되어야 대학교육도 제대로 될 수 있다는 것이다. 그러면 고등학교 교사들에게 물어보자, 왜 당신들은 그렇게 잘못 가르치고 있느냐고. 그때 그들은 무엇이라고 하겠는가? 「중학교에서 가르치길 근본적으로 잘못 가르쳐서 그런 것을 우리보고 어쩌란 말이오?」 하고 불평을 토로할지도 모른다.

그러면, 그 다음에 중학교 선생님께 물어보자. 「고등학교 선생님들 말씀은 중학교 때 근본적으로 잘못 가르쳐 놓아서 아이들이 그 모양이라고 하던 대요, 어떻게 생각하십니까?」 그들 역시, 밑으로 책임을 돌릴지 모른다. 「초등학교가 중요한 것입니다. 초등학교가 학교교육의 출발 아닙니까? 그때부터 학습습관이 제대로 형성되어야 하는 것인데, 그게 잘 안 되어 갖고 중학교에 시험도 없이 그냥 올라오니 문제지요.」 다시금 초등학교 선생님께로 가서 물어보자. 그러면 그들은 유치원으로 책임을 돌릴 것이다. 유치원에 가서 물어보면, 그들은 책임을 어디로 돌리겠는가? 다시금 초등학교를 탓하겠는가? 아니다, 가정교육이 근본적으로 잘못되어서 그렇다고 소리칠 것이다. 부모들이 근본적으로 문제라고 할 것이다. 그러면 이번에는 부모한테로 가보자. 그들은 무엇이라고 하겠는가? 무엇 때문에 아이가 그 모양이냐고 물어보자. 학교 선생님들이 잘못 가르쳐서 그렇게 되었다고 안 한다. 그래도 우리네 부모님들은 그 책임을 학교로 되돌리지 않는 미덕(?)은 지녔는가 싶다. 부부가 앉아서 언쟁을 한다. 무엇이 잘못되었는가를 놓고. 그러다가 한쪽에서 소리친다.

「당신 닮아서 그래!」

「아니에요, 당신네 씨 탓이에요. 콩 심은 데 콩 나고, 팥 심은 데 팥 난다는 옛말이 하나도 안 틀리다니까.」

「씨가 아무리 좋으면 뭐 하냐, 밭이 좋아야지.」

싸움은 결국 조상 탓으로 돌아가서 끝난다.

그렇다면, 오늘의 한국교육문제는 모두 우리네 조상 탓이더냐? 조상들이 근본적으로 잘못 만들어 놓아서 그런 것이냐? 모두가 '옛날'로 책임을 돌리면 그만인 것이냐? 지난날 정부에서 잘못해 놓은 것이라서 어쩔 수 없다고만 말하면 그만인 것이냐? 애초부터 잘못 시작된 것이기에, 지금은 어쩔 수 없다고만 말하면 그만인 것이냐? 그렇다면 오늘의 '우리'는 왜 존재하는 것이겠는가. 한국교육에서 우리가 진정 개혁을 성공적으로 이루어 내려면 그러한 식의 '밑으로의 책임전가' 의식부터 고쳐야 할 것 같다. 그리고 그러한 의식전환은 비단 교육에서만이 아니라, 정부의 모든 행정부문에서도 이루어져야 할 것 같다. 장관은 국장을 문책하고, 그에게 책임을 다 돌리고, 국장은 과장에게, 과장은 계장에게, 계장은 담당 말단 직원에게 덮어씌우는 관행이 없어져야 한다. 흔히 윗사람들은 아랫사람들보고, 「보신하지 말라」고 소리친다. 차관이 국장을 앉혀 놓고 「보신하지 마시오. 보다 적극적으로, 능동적으로 하시오」 하고 이르면, 그 국장은 똑같은 얘기를 과장에게 가서 할지 모른다. 그러나 여기서 우리 다 함께 물어보자. 정말 누가 보신하고 있는가? 맨 아래 말단직원이 보신을 하는가? 그들에게 보신할 건덕지라도 있는가? 보신은 오히려 윗사람들이 하는 것 아닌가? 장관자리에, 차관자리에, 국장자리에 보다 오래 머물기 위해서 보신하는 것 아닌가? 그래서 문제가 터지면 적당한 선에서 부하직원 몇 사람 '목'을 치는 것으로 자신의 위치를 보신하는 것은 아닌가? '밑으로의 책임전가' '위로의 영예헌납' 그것이 고쳐져야 한다.

지금 우리나라 교직사회에선 묘한 계급의식이 만연되어 있다. 예컨대 교직구조에서, 유치원 교사가 가장 낮은 계급에 속하여 있다. 초등학교 교사들이 유치원 교사 보기를, 「당신네들은 우리들보다는 아래다」 하는 식의 사고와 행동을 보이는 듯싶다. 그러한 초등학교 교사를 중학교 교사들이 또 당신네들은 우리보다는 낮다고 생각한다. 이렇게 올라가서, 고등학교 교사들은 자기네들이 중학교 교사보다는 좀 높다고 생각한다. 교사들 자신이 그렇게 생각하지는 않는다 해도, 학교 밖에 나가면 사람들이 그렇게 대우하는 것을 어떻게 하겠는가. 그래서 중학교 교사로 있다가 고등학교 교사로 옮겨 가면 마치도 승진한 듯싶고, 거꾸로 중학교 교사로 가면 좌천된 것처럼 여긴다. 하기야 정부에서 그러한 생각을 갖도록 만들어 놓았다. 중학교 교장보다는 고등학교 교장이 더 높은 것으로 말이다. 중학교 교장을 거쳐 고등학교 교장이 되는 것으로 만들어 놓았으니, 중학교 교사보다는 고등학교 교사가 더 높아 보이는 것은 당연한 귀결인 듯싶다.

다음으로, 고등학교 교사보다는 전문대학 교수가 더 높은 것으로 인식되고, 전문대학 교수보다는 4년제대학 교수가 더 높은 것으로 인식되고 있다. 4년제대학 교수 중에서도, 학부 1, 2학년의 교양 과정을 가르치기보다는 3, 4학년 전공과정을 가르쳐야 위신이 더 서는 것으로, 또 학부보다는 대학원을 가르쳐야 교수로서의 학문적 위신이 더 서는 것으로, 대학원에서도 석사과정보다는 박사과정을 가르쳐야만 위신이 더 서는 것으로 무의식중에 인식되고 있는 것 아닌가 생각한다.

물론, 유치원 교사는 전문대학 졸업수준의 자격을 갖고 있어, 4년 제대학을 나온 초등학교나 중·고등학교 교사보다는 학력 수준에서 조금 낮은 것이 사실이다. 그래서 봉급수준도 낮다. 초등학교 교사도 요즘은 4년제 교육대학을 나와야 하지만 옛날에는 2년제 교육대학, 아주 더 옛날에는 현재의 고등학교 수준인 사범학교만을 나와도 되었었다. 아마도 초등학교 교사가 중·고등학교 교사보다 한 계급(?) 낮은 것으로 인식되는 것은 그때부터 생겨난 것 아니겠는가 싶다. 그러나 지금은 초등학교든 중·고등학교 교사든 모두가 4년제 대학을 나와야 한다. 그리고 대학교수는 전문대학이든, 4년제대학이든 대체로 대학원을 나오고 박사학위까지 취득해야 하는 것이 관행으로 정착되고 있다. 이러한 학력수준의 틀에서, 그들 교직에 종사하는 사람들 간에 봉급 차이가 있음은 모두들 인정하고 받아들일 것이다.

그러나 전문성마저도 그러한 계급의식 속에서 낮추어 평가함은 근본적으로 잘못된 일이다. 대학교수보고 유치원에 가서 가르쳐 보라면, 한 시간도 제대로 못 가르칠 것이다. 같은 '가르치는 일'이지만, 유치원 교사는 유치원 교사대로의 탁월한 전문성을 지니고 있는 것이다. 그것은 초등학교 교사에게도, 중·고등학교 교사에게도 마찬가지이다. 그럼에도 그러한 전문성이 그저 하급학교에서 가르친다고 해서 무시되고, 기껏해야 상급학교에서 한탄하는 일의 책임이나 뒤집어쓰는 일이 계속되어서는 한국교육의 문제는 개혁되기가 어렵다. 그리고 이도저도 안 되니까 조상 탓으로나 돌려 갖고서는 안 된다.

지금 유치원·초등학교 교사 중에도, 중·고등학교 교사 중에도 그들의 전문성을 높이기 위해 대학원에서 석사학위를 이수하고 있는 사람들이 많다. 초등학교와 중·고등학교 교사들 중에는 이미 상당수가 석사학위를 소지하고 있다. 개중에는 박사학위까지 갖고 있는 분들도 있다. 나는 우리나라 교육이 잘되려면, 우선 각급 학교 교사들간의 봉급 격차가 줄어들어야 한다고 생각한다. 그리고 박사학위를 갖고 중·고등학교 교사를 기꺼이 하겠다 할 만큼 그들에 대한 사회적 인식도, 경제적 대우도 높아져야 한다고 생각한다. 나이가 어리고 머리가 작고, 키가 작은 아이를 가르친다고 해서, 그 가르치는 선생님의 지위까지 낮은 것으로 인식되어서는 안 된다. 즉, 나이를 먹은 학생을 가르칠수록 그 가르치는 사람의 지위가 높아지는 것이 되어서는 안 된다. 그렇다면 '노인대학'에서 가르치는 분들의 사회적, 경제적, 전문적 지위가 가장 높아야만 될 것이다.

「당신네 씨 탓이야!」

살아 있는 사람들은 결국 책임을 못 지겠다는 얘기밖에 안 된다. 이미 돌아가신 조상들에게 모든 잘못을 돌리겠다는 뜻이다. 위에서는 책임지지 않겠다는 뜻이다. 그저 아랫사람들보고만 책임지라는 뜻이다. 교직사회에서만은 적어도 그런 풍토가 불식되어야 할 것이다. 교직은 전문직이다. 전문직의 특성은 지위의 수평성에 있다. '가르친다'는 일 그 자체에 종사하는 차원에서 모든 교직자들은 수평적 지위에서 상호 존경하고, 상호 책임을 나누어 받아야만 한다. 그래서 이제는 밑으로 책임을 돌리는 대신, 「그러니까 우리가 잘해야 되지 않겠소」 하는 얘기가 많이 오고 갔으면 좋겠다.

저희는 사람 수로 똑같이 나누었어요

　나는 학생들에게 이따금 공동연구과제를 숙제로 내준다. 특히, 수강생이 너무 많을 경우에 그렇다. 이를테면 여섯 명씩 학생들 스스로 팀을 짜도록 한다. 그리고 여섯 명이 힘을 합쳐서 하나의 보고서를 작성해 오도록 한다.

　내가 이러한 공통연구과제를 숙제로 내주는 교육적인 의도에는 여러 가지가 함축되어 있다. 우선은 서로 사귐의 기회, 만남의 장을 마련해 주자는 뜻도 있고, 또한 혼자서 일하기보다는 여럿이서 힘을 합하여 일하는 기능도 키워 주고, 그리고 다른 사람의 생각과 가치를 자신의 생각과 가치와 비교하고, 합치고, 나누고 하는 가운데 창조적 사고력도 키우고, 공감대도 형성하도록 하자는 데 뜻이 있다. 더불어, 수많은 학생들로 하여금 각기 써오게 하면, 결국 내가 힘에 부쳐 그것을 못다 읽게 될 터이니, 팀으로 보고서를 써오게 하면 그만큼 보고서의 개수가 적어져서 내가 시간을 충분히 갖고 면밀히 검토할 수 있다는 부차적인 뜻도 서려 있다.

팀을 짜서 여섯 명이 하나의 숙제를 제출하라고 하면, 학생들은 대부분 편안한 마음으로 그것을 받아들인다. 어떤 학생은 「야, 나만 낙제하겠니, 너도 낙제할 터인데」 하는 심산이 깔려 있을지도 모르고, 또 어떤 학생은 「너같이 공부 잘하는 애가 한 조에 들어가 있는데 설마 우리가 낙제하겠니?」 하는 마음을 품었을지도 모른다. 이러한 심산의 바탕에는, 이는 공동연구니까 우리 모두 똑같은 점수를 받게 될 것이라는 기대감이 깔려 있는 듯싶다.

그러나 나는 성적을 그렇게 '똑같이' 나누어 주지 않는다. 나는 각 팀에서 제출한 보고서를 읽고, 우선 그 보고서의 성적을 100점 만점으로 산출한다. 그 다음에는 그것을 6배하여 그 팀의 점수로 산출한다. 예컨대, 어느 조에서 낸 보고서가 40점이라면, 240점이 그 조의 점수가 된다. 이렇게 각 조별로 점수를 낸 다음, 그것을 학기말 마지막 주에 각 조장에게 배부해 준다. 그러고는 이렇게 주문한다.

「자, 여러분은 각 조별로 점수를 받았습니다. 이제 여러분은 각 조로 나누어 모여서, 각 조에 부여받은 점수를 여러분 조원들끼리 스스로 나누어서 다시금 내게 제출해 주기 바랍니다. 가장 '민주적'인 방식으로 결정하기 바랍니다. 그리고 조장은 그것을 어떻게 나누었는지, 그 근거, 절차 등을 한 페이지로 작성해서, 개인별 점수와 함께 제출해 주기 바랍니다.」

이러한 설명을 하고 나면 학생들은 웅성웅성 떠든다. 박장대소하는 학생이 있는가 하면, 매우 용감하게 따지고 드는 학생도 있다. 「선생님, 한 학기 동안 수업은 매우 재미있게 이끌어 주셨는데, 성적은 가장 재미없게 주시네요. 그것도 많이나 주시고 나누어 오라고 하시지, 겨우 그것을 주고 나누어 오라 하다니 좀 야박합니다」 하고 이의를 제기하기도 한다. 그러나 학생들은 내가 설명하는 취지에 대부분 동의를 해주고 각 조별로 흩어져 나간다.

예컨대, 어떤 조에다 내가 '240점'을 주면 6명이 똑같이 나누어 '40점'이라고 해올 것 같아서, 나는 대체로 그것이 똑 떨어지지 않도록 다소 가감을 해서 집단점수를 정해 준다. 예컨대, 240점 같으면 10점 올려서 250점쯤으로 해서 나누어 오도록 한다. 이렇게 해주면, 어떤 조에서는 교수의 의도대로, 정말 민주적으로 나누어 온다. 그러나 대부분의 경우에는 그것이 똑 떨어지든, 안 떨어지든 무조건 6으로 나눈다. 예컨대, 250점이면 250÷6＝41.67 즉 각각 41.67, 또는 반올림해서 42점씩 정해 갖고 제출한다. 그럴 때, 나는 학생들과 열띤 토론을 하게 된다.

「250점을 6으로 똑같이 나누었다 이거지. 그래서 41.67인데, 반올림해서 42점으로 정했다는 거지. 여러분, 내가 뭐라고 했어요? '민주적'으로 나누어 오라고 했지요? 똑같이 나누어 먹는 것이 민주적인 것입니까? 계량적으로 똑같이 나누는 것만이 참으로 진정한 민주주의적 사고와 행동입니까? 여러분 집에서도 그렇게 합니까? 어머니와 아버지, 그리고 두 살배기 어린아이, 이렇게 세 식구가 모여서 밥 한 그릇을 나누어 먹을 때, 3분의 1씩 똑같이 나누어 먹습니까? 어린아이는 그 한 그릇을 먹으면 배터져서 죽어요. 어린아이는 한 숟갈만 물에 불려 먹여도 배불러요.」

그러고는 학생들에게 다시금 가져가서 한번 더 논의해서 제출하도록 요구한다. 그러면 어떤 학생들은 '의리'를 내세운다.

「사람은 더불어 삽니다. 더불어 사는 데는 의리가 중요합니다. 물에 빠져 죽어도 같이 빠져 죽고, 살아도 같이 살렵니다.」

제법 설득력 있어 보이는 주장이긴 해도, 나는 그것을 반박하면서 다시금 해올 것을 요구한다.

계량적으로 똑같이 나누어 먹는 일, 그것이 참으로 평등이고, 민주적인 것인가? 250점을 놓고 학생들은 우선 그들의 노력이 부족했음을 반성해야 할 것이다. 우리가 제대로 힘을 모으지 못했다는 사실에 자성의 토론을 벌여야 할 것이다. 그리고 그 다음엔 참으로 어느 학생이 이번 보고서 작성에 얼마만큼 '기여'하였는가를 따져서 나누어 줌이 민주적인 태도 아니겠는가?

「야, 이번엔 그래도 정선이가 가장 열심히 했어. 정선이에게 우선 90점을 떼어 주자. 그리고 그 다음엔 동석이가 애썼어. 동석이도 80점은 받아야 돼. 그러면 170점 빠졌지. 80점 남았네. 우리 넷은 똑같이 아무것도 안 하고 이름만 얹었으니 이것은 우리 넷이 똑같이 나누자, 20점씩 말야.」

어쩌면 이러한 태도가 가장 민주적인 태도 아니겠는가? 의리를 따진다면, 의리는 이런 식으로 따지는 것이 더 대학생다울 것 같다.

「야, 우리 조에서 A 한번 못 맞아 본 아이가 누구냐? 정선이하고 동석이야? 얘네들 A 한번 맞게 해주자. 그러니까 정선이와 동석이에게 각각 90점씩 주자. 그리고 나머지 70점은 우리 네 명이서 똑같이 나누자.」

물론 위와 같은 일에서 내가 갖고 있는 교육적 믿음이 절대적으로 옳다고는 생각하지 않는다. 내가 지적하고자 하는 것은 민주적이란 것이 꼭 계량적인 균등화를 의미하는 것이라고 착각하고 있다는 점이다. 더불어, 「내 몫은 꼭 챙겨야 한다」 「눈곱만큼도 손해 안 보고, 내 몫만은 챙겨야 한다」 「내가 못 먹으면, 너도 똑같이 먹지 말아야 한다」는 식의 사고가 우리네 젊은이들 사이에 팽배하고 있을까 우려하는 것이다.

중동에 전쟁이 터졌을 때의 일로 기억된다. 유류파동의 재연을 염려하여 자가용의 10부제 운행이 실시되었다. 세계 석유시장의 안정세와 더불어 정부당국의 효율적인 대책, 그리고 국민의 적극적인 협조로 유류파동은 다행스럽게도 재연되지 않았고, 10부제 운행도 실시 얼마 만에 해제되었다가, 그 다음에는 '절약'한다는 국민운동 차원에서 공공기관을 중심으로 다시금 시작되었던 일을 기억한다.

그러나 그 당시의 일을 생각하면, 아직도 한 가지 마음속에 찝찝하게 남아 있는 앙금이 있다. 10부제 운행에 따른 사람들의 '평등한 대우'에 대한 주장이다. 일 년 열두 달이 모두 똑같이 30일이면 문제가 없었을 터인데, 어느 달은 하루가 더 많은 31일인 것이다. 그리하여 끝자리 번호가 1번인 차를 소유한 사람들이 남보다 차를 운행할 수 없는 날이 하루 더 많아서 불평등하다고 불만을 터뜨린 것이다. 더욱이 하루라도 차를 운행하지 않으면 생계에 위협을 겪는 사람들의 입장에서나, 또 그 '1'번이란 숫자를 내가 받고 싶어 받은 것도 아닌데 남보다 하루 덜 운행하도록 한다는 것은 불만의 대상이 될 수 있는 성질의 것이기도 하였다. 이에, 정부에서는 여러 가지 궁리 끝에, 31일만큼은 끝자리 번호에 상관없이 누구나 차를 운행할 수 있는 것으로 방침을 바꾸었던 것이다.

내 차의 번호도 6181, 끝자리가 1번이고 보면, 그러한 조치에 내심 기쁨을 느낄 것 같았지만, 실은 기쁨보다는 우리 사회가 무섭기도 하고 각박스럽기도 할 만큼 철저히 균등한 양의 배분을 민주적인 것으로 받아들이고 있는 것은 아닌가 하는 생각에 찝찝했다. 즉, 사람들이 평등이나 불평등을 언제고 계량적인 기준에서만 따지고 생각하고 있다는 느낌 때문에 찝찝했던 것이다. 평등은 모든 사람에게 양적으로 똑같은 것을 의미하는 것이고, 그렇지 않으면 그것은 불평등이라고 믿고, 남들에 비하여 엄청난 손해를 보았다고 억울하다고 느끼고 있는 사람이 많은 듯해서 마음이 편하지 않았던 것이다.

최고의 지성이 모였다는 대학사회에서도 그러한 계량적인 나누어 먹기식의 사고가 팽배하여 대학발전을 저해하는 경우도 있다.

어느 대학에서의 일이다. 그 학과에서는 학생들에게 모두 10개의 전공필수과목을 이수하도록 정해 놓았다. 전공필수란 무엇인가? 도대체 무슨 근거에서 그 10개 과목이 전공필수로 정해졌는가? 그것을 따져 보았더니, 결국엔 그 학과의 교수가 10명이라서, 각 교수마다 1개 과목씩 전공필수를 똑같이 나누어 설정했다는 것이다. 글쎄, 쉽게 이해될 수 있는 일이기도 할 것 같다. 그러나 그것은 참으로 왜곡된 양적 균배주의의 소산이라고밖에 볼 수가 없을 것 같다. 전공필수 과목을 에워싸고 벌어질 수 있는 교수들 간의 갈등을 없애고, 화합을 유지하기 위하여 그렇게 나누어 놓았다면, 그것은 대학교육, 대학의 전공교육의 본질, 그리고 교육과정 편성에서의 '필수'의 의미를 저버린 지극히 반민주적인 사고방식이라고밖에 할 수가 없는 것이다.

교과목을 나누어 갖고, 학생을 적당히 나누어 분배하고, 연구비를 나누어 받고 하는 식의 왜곡된 계량적 균배주의, 그리고 남들에 비하여 상대적으로 내 몫을 눈곱만큼도 빼앗기지 않겠다는 극도의 자기보호적 이기주의가 어우러져서 만들어 내는 그러한 의식과 행동이 대학을 지배하는 한, 대학의 질적 향상, 또는 국제경쟁력에 대비한 대학 교육개혁은 그저 한낱 구호로 끝날 것임이 자명한 것이다. 만일에 한 나라의 교육을 책임 맡고 있는 어떤 최고 관리자가 대학교수에게 지원하는 학술조성 연구비를 무조건 우리나라 전국 모든 대학교수에게 똑같이 나누어 주는 것이 좋겠다는 철학을 갖고 있다고 한다면, 오늘날까지 대학사회에 만연되어 개혁을 저해하여 왔던 나누어 먹기식, 계량적 균등배분주의를 더욱더 확산시키고 고착시켜, 대학교육개혁은 더 어려워질 수도 있음을 간과해서는 안 될 것이다.

남이 나보다 더 먹고, 남이 나보다 좀 더 좋은 조건에 놓이게 될 때, 그것을 받아들이지 못하고 그저 우리 모두 함께 똑같이 먹고, 무조건 똑같은 조건에 놓여야 한다면, 또는 우리 모두가 배가 부르든

고프든 그저 계량적으로 똑같이 나누어 먹어야 한다면, 우리 사회는 결코 밝은 사회, 더불어 사는 사회가 되기 어려울 것이다. 그리고 그러한 왜곡된 평등주의를 민주적인 가치로 왜곡하여 가르치고 배우도록 하고, 또 어른들이 그러한 것을 마치 하나의 전통인 양 무의식적인 행동으로 옮겨서 보편화되도록 한다면, 21세기를 향한 발돋움의 노력은 결코 성공을 거두기가 어려울 것이다. 피나는 국제경쟁, 그야말로 세차게 밀려오는 치열한 국제경쟁에서 우리가 이겨 내려면, 우선 우리 사회 속에 잠재되어 있는 왜곡을 바로잡고, 보다 정의로운 민주주의를 세우는 일부터 해나가야만 할 것이다. 그리고 그것은 정치, 경제, 교육 등 모든 분야에서, 모든 사람들의 협력과 노력으로 이루어져야만 할 것이다.

아저씨가 진짜 1등 하셨네요.

나는 군복무를 할 때 운전을 배웠다. 그리고 그 다음 제대해서 미국에 공부하러 갔을 때, 또 그곳에서 면허를 따고 운전을 했다. 그러니까 그럭저럭 운전경력이 6년쯤은 되었던 셈이다. 그후 귀국해서 연세대 교수로 재직하고 몇 년이 지난 다음에야 자동차를 하나 갖게 되었다. 그러나 옛날 군대에서 받았던 면허나, 미국에서 갖고 있었던 면허를 국내 면허증으로 바꾸어 놓지 못했었기에 새롭게 운전면허를 취득해야 했다.

속으로 그것은 별것 아니라고 생각했다. 아니, 운전경력이 6년이나 있었던 사람이고, 또 명색이 대학교수인데 실기시험이 걱정되겠나, 필기시험이 걱정되겠나. 운전면허 취득에 대해서 아무런 신경도 안 썼다. 단지, 바빠 죽겠는데 귀찮은 절차를 다시금 겪어야 한다는 것만이 신경쓰였다.

어떻든 나는 정해진 날 아침 일찍이 한남동 면허시험장엘 갔다. 필기시험부터 봐야 했다. 필기시험에 붙어야 실기시험을 볼 수 있었다. 필기시험장에는 벌써 많은 사람들이 와 앉아 있었다. 번호를 받아 정해진 자리에 앉아서 둘러보니, 사람들이 무엇인가 열심히 공부를 하고 있었다. 옛날 초등학교 때 익히 보았던 수련장처럼 긴 공책 같은 것이었다. 문제집인 것이다. 옆 자리에 앉은 50대 초반의 아주머니도 열심히 보고 있었다. 그래서 옆으로 비스듬히 서서 그 내용을 그 사람 어깨너머로 들여다보니, 이것이 웬일인가? 시험문제가 보통 어려운 것이 아니었다. 처음 듣는 얘기가 많았다. 순간 큰일 났구나 하는 생각이 들었다.

「아주머니, 이런 것 어디서 나셨어요?」

아주머니는 흘끗 나를 돌아보면서, 퍽이나 한심한 사람 다 보겠구먼 하는 태도로, 「아니, 이런 책도 안 보고 시험보러 오셨어요?」 하는 것 아닌가. 그러한 책은 아무 데서나 쉽게 구할 수 있다는 것이다. 그러나 지금 어쩌겠는가. 별수 없다. 그대로 보는 수밖에.

시험은 간단히 끝났다. 모두 50문제였던 것으로 기억난다. 내 딴에 최선을 다해서 답을 표시해 나갔다. 명색이 교수인지라, 또 교육학을 전공하는지라, 네 개 중 하나를 때려(?) 골라잡는 일에 대해서만은 누구에게도 뒤떨어지지 않는 기술(?)도 갖고 있었다. 시험이 끝난 후, 얼마 기다리지 않아서 발표가 있었다. 성적순으로 발표가 되었던 것 같다. 8절지만 한 크기의 종이에 합격자의 번호가 쭉 적혀 있었고, 그 옆에는 성적이 기록되어 있었던 것으로 생각난다.

사람들이 한번에 우 몰려서 서로 자기 번호를 찾아내느라고 야단이었다. 나는 어쩜 떨어졌을지도 모른다는 생각에 그렇게 서둘지 않았다. 좀 뒤에 서서 사람들이 빠져나가기를 기다리고 있었다. 그때 내 옆 자리에 앉아서 시험을 보았던 아주머니가 얼굴에 웃음을 띠고 돌아서서 나오고 있었다. 얼굴 표정으로 보아 합격한 것이 틀림없었다.

「축하드립니다, 아주머니.」

「아저씨는 어떻게 되셨는데요?」

아저씨(?)라니? 하기야, 그런 호칭 말고 적당한 것이 없었겠지 생각했지만, 나는 그 호칭이 기분 나빴던 데다 어쩜 떨어졌을지도 모른다는 생각에 대답이 퉁명스러워졌다.

「아직 모르겠어요. 이제 봐야지요.」

그리고 합격자 명단 앞으로 다가갔다. 아주머니는 몇 발자국 따라오는 듯하더니 저만치 서 있었다. 명단을 쭉 훑어보는데, 이게 웬일인가? 맨 아래에 내 번호가 있었다. 70점, 붙은 것이다. 합격선이 바로 70점이었다. 이는 경쟁시험이 아니고 자격시험이었으니까, 그저 최저 합격선만 넘으면 되는 것이었다. 그런데 나는 바로 그 최저합격선의 점수를 받아 간신히 붙은 것이다. 창피한 노릇이었다. 얼굴이 좀 붉어졌다.

「그래, 교수가 돼가지고 공부도 안 하고 와서는, 하마터면 떨어질 뻔한 점수를 겨우 받았담.」

뭐 그런 생각이 머리에서 왔다 갔다 했다. 돌아서서 나오는 나에게 아주머니는 다시금 물었다.

「그래, 붙으셨어요?」

「붙었어요.」

그것은 거의 침을 뱉는 듯한 외침이었다. 그러자 아주머니는 또다시 내게 질문을 던졌다.

「몇 점 받으셨어요?」

「70점이에요, 70점!」

그러자 아주머니는 손뼉을 쳤다.

「아저씨가 진짜 1등 하셨네요!」

1등이라니, 그리고 또 '아저씨'라니. 도대체 이 아주머니가 왜 이러실까? 누굴 놀리나?

「1등이라니요?」

「아, 1등이에요. 아저씨는 손해 하나도 안 보셨잖아요. 딱 70점, 더도 덜도 받을 필요 없는 70점. 어쩜 아저씨는 그렇게 70점 받으실 수 있을 때 시험을 보러 오셨어요? 저는 96점 받았어요. 그런데 웃기잖아요. 96점 받아서 1등 하면 무슨 소용이에요. 뭐 실기시험을 면제해 주는 것도 아니고, 상을 주는 것도 아니고, 그렇다고 면허증이 남보다 큰 것도 아니고요. 학원을 괜스레 두 달씩 다녔지 뭐에요. 한 달만 다녀도 70점은 받았을지 모를 텐데, 손해 봤어요. 아저씨는 손해 하나도 안 보셨으니까, 아저씨가 진짜 1등 하신 거에요.」

어이가 없었다. 나는 그날 실기시험에서 떨어졌다. 일 못하는 목수가 연장만 탓하듯이, 나는 할 말이 없어서 집에 와서는 그랬다. 「워낙 차가 똥차라서 떨어졌다」고. 그러나 하나님께서는 내가 받아야 할 만큼의 결과를 내게 주신 것이라고 생각했다.

그러면서도 나는 그날 온종일 그 아주머니를 생각했다. '진짜 1등, 70점 손해' 그러한 단어들과 함께, 아주머니를 생각했다. 96점이 정말 손해인가? 이것이 무슨 아파트 구입 때 써내는 채권매입과 같은 것인가? 그래, 하기는 대학입학시험 때도 사람들이 그렇게 하지 않았는가? 학력고사 점수만을 갖고 대학에 진학할 때, 사람들은 자기 점수로 갈 수 있는 한 가장 좋은(?) 대학, 좋은(?) 학과에 꼴찌로라도 붙으려고 하지 않았는가? 좀 점수를 여유 있게 남기면서 원하는 학과에 가기보다는, 그저 대학이름만 보고, 학과에 상관없이 간신히 턱걸이라도 붙으려고 하지 않았는가? 그렇게 해서 붙으면, 귀신같이 눈치작전을 잘한 것이고, 그렇지 못하면 바보스럽게 지원한 것으로 치부하지 않았던가? 조금도 손해 봄이 없이, 자기 점수를 최대한 사용하는 것이 이 세상 살아가는 데 있어 꽤나 현명한 삶의 태도인 것처럼. 그래서 성적을 미리 알고 대학을 골라 지원하는 대학입학시험은 거의 투기에 가까운 모습으로 전락했었던 것 아닌가?

지금 대학에서는 최소한 140학점을 이수해야만 학사학위가 수여된다. 그것은 법으로 규정되어 있다. 한 학기에 대체로 19학점까지 수강신청을 할 수 있으니까, 4년간 8학기 동안 19학점씩 이수하면 150학점 이상을 딸 수 있다. 게다가 공부만 잘하면 한 학기에 22학점까지도 취득할 수 있고, 그래서 7학기만에도 졸업할 수 있다.

그럼에도 학생들은 어찌나 그리 현명한지(?) 졸업사정을 할 때 보면, 대개가 딱 140학점을 취득하여 졸업한다. 학업에 조금 여유를 가졌다고나 할까, 아니면 졸업학점 수에 다소 불안한 마음을 가졌다고나 할까 하는 학생들은 대부분 143학점을 취득하고 졸업한다. 150학점 이상을 취득하고 졸업하는 학생은 참으로 드물다.

똑같은 돈을 갖고 시장에서 물건을 살 때, 사람들은 이왕이면 더 많은 물건을 받으려고 한다. 아니면 물건 값을 좀 깎으려고 한다. 물건을 살 때 같은 돈으로 조금 덜 받았다 싶으면, 큰 손해를 본 것 같아 억울해하는 사람들이 많다. 그럼에도 공부를 하는 데는 그렇지가 않은가 보다. 똑같은 등록금을 내고도 가능하면 적게 공부하려고 하는 것 같다. 졸업기준선인 140학점만 채우면 되는 것 아닌가? 그보다 좀 많게 취득하면 마치도 큰 손해라도 본 듯 생각하는 것은 그저 공부가 하기 싫기 때문만인가? 4학년 2학기 수강신청 때가 되면, 학생들은 지난 7학기 동안 자기들이 취득한 학점을 헤아려 본다. 140학점에 얼마나 모자라는지, 교양필수나 전공필수과목 중 혹 빠뜨리고 듣지 않은 것이 있는지 등을 따져 보면서 대학에서의 마지막 학기 수강신청을 한다. 이때 7학기 동안 125학점을 취득한 학생이 있다면, 그는 15학점만 취득하면 140학점이 된다. 그래서 그는 눈곱만큼도 손해 보지 않기 위해 딱 15학점만 수강신청한다. 만에 하나, 그중 한 과목에서 실패할 경우를 대비하여 18학점만 신청하는 학생도 있다. 그렇게 해서 한 과목도 실패 안 하면, 143학점을 따고 졸업하게 되는 것이다. 꼭 140학점이 되도록 계산을 맞추어 수강신청을 한 학생들은 경우에 따라 교수님께 애원을 한다.

「교수님, 이번에 교수님 과목에서 성적이 안 나오면 저는 졸업을 못하게 됩니다.」

결코 교수를 협박하는 것은 아니지만, 이 말을 들은 교수의 마음은 편하지가 않다. 그 학생에게 어떻든 D학점이라도 꼭 주어야 한다고 생각하니 마음이 편하지가 않은 것이다.

정말 우리는 무엇을 손해로 여겨야 하는 것인가? 무엇을 기준으로 해서 이득과 손해를 따져야 하는 것인가? 손익계산의 가치기준이 흔들리고 있는 것은 아닌가?

어느 월급쟁이가 한 달 월급을 일하는 날짜로 환산했다. 해보니 하루에 6만 원 꼴인 듯싶었다. 그렇다고 해서 그 사람이 하루에 꼭 6만 원어치만큼만 계산해서 일할까? 오후 세 시쯤 되었을 때, 「야, 나는 벌써 6만 원어치 일을 했다. 오늘은 그만 일해도 양심에 거리낄 것이 없으니, 그냥 놀거나 일찍 퇴근해 버리자!」 그렇게 생각하고 행동하는 사람은 거의 없을 것이다.

그럼에도 오늘날 많은 사람들은, 특히 계산에 밝은 많은 사람들은 참으로 손해를 따져야 할 것에 대해서는 손해를 따지지 않고, 손해를 따져 볼 필요가 없는 것에 대하여서는 야박하리만큼 손해를 따지는 얄팍하고 왜곡된 심산을 부리는 경우가 많은 것 같다. 이 사회가 참으로 보다 밝은 사회, 정의로운 사회, 그리고 더불어 살아가는 사회로 발전하기 위해서는 우리 모든 구성원이 각자 자신의 손익계산 기준을 다시 한 번 냉철히 설정해 보았으면 좋겠다.

무엇이든 그저 남보다 빨리, 많이 배우도록 한다면

미국에서 공부를 마치고 돌아올 때쯤의 일이었다. 내가 살던 아파트 뒤로 4차선 준고속간선도로를 뚫는 공사가 시작되었다. 전체 길이가 20마일에 불과한 짧은 도로였다. 그후 4년쯤 지나서였을까, 다시금 미국에 갔다가 옛날 살던 곳을 지나게 되었다. 내가 4년 전 떠날 때쯤 시작했던 도로공사는 아직도 한창 진행 중이었다. 잘은 모르겠으나, 그저 절반쯤 공사가 이루어졌는가 싶었다. 속으로는 「자슥들, 되게 느릿느릿하네」 했지만, 결국 그들은 그렇게 오랜 시간을 두고 차분히 공사를 해서, 한번 건설하면 몇 백 년이 지나도 끄떡없는 길을 만드는 것 아닌가 생각했다. 우리네 같았으면, 1년이면 후딱 해치웠을 정도 길이의 길이었는데.

우리네가 모든 일을 빨리빨리 해내는 것은 비단 도로건설만은 아니다. 다리를 놓고, 집을 짓고, 또 댐을 건설하는 일 등 모두가 그렇다. 우리네의 빠른 성취욕은 또한 물량적인 데만 국한되어 있는 것도 아니다. 어떠한 제도를 뜯어고치거나 새로 만드는 일, 기구를 조직하고 개편하는 일 등 소프트웨어를 처리하는 데 있어서도 우리는 참으로 신속하다. 하긴 우리가 그렇게 모든 일을 빨리빨리 해냈기에, 전쟁 후 폐허 더미에서 그토록 짧은 기간에 이만큼이나 경제적으로 성장한 나라가 된 것 아니겠는가? 우리네의 조급증이 늘 문제로 지적되기는 해도, 그 반대로 긍정적인 성과를 거둔 면도 없지는 않다.

그럼에도, 우리네의 그러한 조기성취 또는 조급한 일처리 방식은 가히 '병'이라고 불러도 좋을 만큼 심각한 단계에 와 있음을 결코 부인하기가 어렵다. 성취, 그 자체만을 중요시할 뿐 성취하는 과정은 통째로 무시하고 성취만 가능하다면 그 과정에서 거쳐야 하는 절차쯤은 얼마든지 무시해도 좋다는 식의 사고가 팽배하고 있어 문제가 되는 것이다. 결국은 거쳐야 할 과정을 제대로 거치지 않은 데서, 성취 그 자체도 겉보기에는 그럴싸한 성취가 되지만 실상은 속이 빈, 그야말로 허술한 성취가 되고 마는 것을 우리는 여러 가지 일에서 체험을 하였다.

예컨대 다리가 짓는 도중에 무너져 내리거나, 완공한 지 1년도 안되어서 다시금 확장공사를 해대야만 하는 도로를 보거나, 한번 만든 대학입학시험제도를 몇 년 안 가서 금방 다시 뜯어고쳐야 하거나, 한번 개편된 정부조직이 금세 몇 년 안 가서 다시금 개편대상으로 논의되거나 하는 모든 일들에서, 우리는 우리가 그저 빠르게 성취해 보겠다는 욕심 속에서 결국엔 내실 없는 성취를 거두고 말았음을 수없이 실감하였던 것이다.

우리나라의 많은 사람들이 갖고 있는 이러한 조급증 또는 조기성취병은 특히 교육에 있어서 매우 심대한 폐해를 낳고 있음을 우리는 매우 심각하게 생각해 보아야 할 것이다. 학부모들은 일반적으로 자녀들의 조기성취를 매우 선호하고, 자녀들을 그러한 방향으로 몰아세우고 있다.

부모들은 우선, 자녀들을 초등학교 입학 때부터 가능하면 남보다 빨리 한 해 먼저 입학시키려고 한다. 일곱 살에 들어가게 되어 있는 것을 어떻게 해서든 여섯 살에 집어넣으려고 한다. 동사무소에 가서 온갖 방법을 동원해서 여섯 살에 취학을 시키려고 한다. 그렇게 해서 초등학교에 입학하고, 중학교를 다니고, 고등학교를 졸업시켜 대학에 보내면, 또 부모들은 어떻게 해서든 그들을 일찍 사회에 진출시키고자 노력한다. 특히 남자들의 경우, 군복무가 사회진출의 걸림돌이 된다 싶어 무슨 수를 써서든 군대를 안 보낼 수 있으면 안 보내려 한다. 꼭 가야 한다면, 보다 짧은 기간 갔다 올 수 있는 방법은 없는가를 찾아서 헤맨다. 즉, 어떻게 해서든 남보다 1년이고 2년이고 먼저 모든 과정을 빨리 끝내도록 하려고 한다.

조기성취병은 특히 자녀들의 학습지도에서도 매우 극명하게 드러나고 있다. 돌이 되면 아이들은 대체로 걷는다. 이때 부모들은 돌이 되기 전에 남보다 먼저 걷게 하려고 노력한다. 세 살쯤 되면 말을 제법 하게 되는데, 이 역시 남보다 빨리 말하는 능력을 갖추도록 부모들은 온갖 노력을 기울인다. 서너 살만 되면 아이들을 학원으로 보내서 읽고 쓰고 셈하기를 배우도록 한다. 하기야, 옛날 어린이들에 비해서 요즘 아이들의 문화적 접촉의 양과 질이 풍성해졌고 그래서 학습능력이나 기회도 그만큼 커졌다. 따라서 요즘 아이들이 옛날 아이들보다 글자, 숫자를 일찍 깨치는 것은 그저 지극히 평범한 일이다. 그럼에도 부모들은 자신들의 경험만을 기준으로 하여, 자기네 자식이 모두 천재인 양 착각하고, 그저 모든 것을 남보다 빨리 그리고 많이 가르치려고 노력한다. 그래서 그들은 초등학교에 입학하기 전에 자녀들이 이미 책을 읽고 글을 쓰고 셈을 할 수 있도록 만든다. 초등학교 고학년이 되면, 중학교 수학, 영어 책을 들이대고 공부를 시킨다. 또 중학교 3학년이 되면, 고등학교 영어, 수학, 국어를 갖다가 배운다. 그 모두는 대학입학시험 경쟁에서 남보다 우위를 차지하겠다는 한 가지 목적에 귀결된다. 이렇듯 우리네 학부모들은 자녀들에게 조기성취를 강요하여 몰아세운다.

밥을 맛있게 잘하려면 뜸을 잘 들여야 한다고 한다. 아무리 배가 고파도 쌀을 깨끗이 씻고, 익히고, 뜸을 들이고 하는 과정을 차근차근 거쳐야 우리는 맛있는 밥을 먹을 수 있다.

언젠가 공휴일을 앞두고, 공휴일에 함께 등산이나 가자고 아내가 제안을 했었다. 그때 나는 원고를 써야 한다는 이유로 가기 어렵다고 했고, 결국 내가 못 간다고 하니까 아내도, 애들도 가지 않았다. 그러나 그 공휴일, 나는 원고를 한 장도 못썼다. 아침부터 신문 보고, 커피 한잔 마시고, 텔레비전을 보다가, 점심 먹고, 소파에 앉아 깜박깜박 졸았다. 늦은 오후 시간에는 다시금 텔레비전을 보았고, 그러다 어영부영 시간을 다 보내고 저녁 식사를 하게 되었다. 이때 아내는 내게 따져 물었다.

「오늘 뭐 원고 써야 한다면서, 원고 때문에 산에 갈 수 없다고 했잖아요! 그래, 원고 몇 장이나 썼어요? 어디 봐요?」

원고를 한 장도 못 쓴 것을 빤히 알고 있는 아내는 내게 다그쳐 물었다. 물론 한 장도 못 썼지만, 그렇다고 내가 아무것도 안 한 것은 아니었다. 내딴엔 '뜸'을 들이는 일을 한 것이다. 이를테면 원고 쓰기 전에, 무엇을 어떻게 쓸까 하는 무거운 생각을 하면서 빈둥빈둥거리는 그러한 필수적인 일을 나는 그날 한 것이다. 텔레비전을 보면서도 머릿속의 생각은 원고지에 가 있었다. 비록 원고지를 펴놓고 써대지는 않았지만, 쓰기 전에 내가 필수적으로 겪는 '방황'을 온종일 한 것이다. 그러니 결코 아무 일도 안 한 것은 아니다. 그리고 나는 그러한 과정, 그러한 뜸들이는 과정이 모든 일에서 매우 중요하다고 생각한다. 그것을 생략한 채, 그냥 써야 하겠기에 후딱 아무렇게나 쓰는 원고는 결국 쓰기는 했어도 좋은 원고가 되지 않음을 나는 경험하고 있다. 이를테면 어떤 일에서든 그러한 시시껄렁한 과정까지도 모두 차근차근 거치는 것이 중요하다고 믿는다.

학교에서의 공부도 그렇다. 공부라는 것이 꼭 교과서의 지식만을 이해하고 외우는 것은 아니다. 머리 좋은 아이들이야 그까짓 내용을 1년씩 걸려서 배울 필요가 없을 것이다. 1년간의 내용을 한 달이면 다 뗄 수도 있을 것이다. 그러나 공부한다는 것은, 학교를 다닌다는 것은 그렇게 지식만을 습득하는 것이 아니다. 1년이면 1년, 3년이면 3년, 또는 6년이란 긴 시간을 학교에서 생활하면서, 겉보기에는 의미 없는 평범한 시간과 공간을 체험하는 데 뜻이 있는 것이다. 그리고 그 속에서 진정한 사람으로 성장해 가는 것이다. 한여름의 벼가 논에 그냥 서 있으면, 그것을 보고 우리는 언뜻 시간낭비처럼 생각할 수 있을까? 내리쬐는 햇빛을 받고, 바람을 맞고, 그렇게 알게 모르게 세상 속에서 시달리면서 이겨 내야 풍성하고 내실 있는 알곡을 결실하게 되는 것 아니겠는가 생각해 본다. 말하자면 부질없어 보이는 시간이나 부질없어 보이는 과정을 모두 차근차근 겪어야만 우리는 좋은 결실을 얻는 것이다.

그럼에도 우리는 아직도 그러한 긴 과정을 차분히 거치지 않고, 그저 결과만을 성취하겠다고 모두들 안달하는 것 같아 보인다. 모든 일에서 조기에 성취하려는 지나친 욕심의 노예가 되어 있는 듯해서 안타깝다. 행정고시, 기술고시, 사법고시, 의무고시 등 각종 고시가 끝나고 나면, 신문에 으레 최고점수로 합격한 사람과, 연령별로 최연소, 최고령 합격자가 보도된다. 모두가 칭송을 받을 만한 사람들이다. 특히 자라나는 젊은이들에게 귀감이 될 듯해서 소개하는 것이라고 생각한다. 그뿐만이 아니다. 대학 졸업 시즌이 되면 20대 박사가 나왔다는 등 조기에 성취한 사람에 대한 칭송 기사가 신문 지면을 채운다. 세계적인 음악경연대회에 우리네의 어린 소년이, 소녀가 입상을 했다는 기사도 나온다. 이들은 모두가 참으로 칭송을 받을 만한 큰일을 해낸 천재들이다. 그러나 여기서 우리가 생각할 점은 그들은 참으로 뛰어난 천재들이었다는 것이다. 그들이 우리네 보통 아이들과 똑같을 것이라고 생각하면 큰 착각이다. 그런 아이들이 얼마나 각고의 노력을 기울였는가를 귀감으로 삼는 것은 좋지만, 모든 부모들이 자신의 자녀를 전부 그렇게 만들겠다고 나선다면, 우리네 아이들은 멍들고, 그 속에서 우리네 교육은 피폐 일로를 겪게 됨을 인식해야 할 것이다.

얼마 전 정부에서는 월반제, 속진제 따위를 초등학교부터 시행하겠다고 발표하였다. 물론 영재교육을 시키겠다는 것은 이해한다. 그러나 영재교육은 그러한 방식으로 시키는 것이 아니다. 보통 학교에서 아이들의 능력을 교사가 판단하여 월반을 시키겠다고 한다면, 글쎄 우리네 부모들은 어떤 반응을 보일까? 남의 집 아이들이 월반을 하는데 그냥 가만히 보고만 있을까? 엊그제까지만 해도 한 학년 한 반이었던 아이가 어느 날 갑자기 자기네 아이보다 한 학년 높아지면 그냥 가만히 보고 있을까? 과외공부를 시키지 않도록 해야 한다면서 과외억제책을 발표하는 정부가 뒷전으로는 과외를 부채질하는 결과를 초래하지는 않을까? 영재는 조기에 선별해서 별도의 영재학교를 통해 교육시키는 것이 좋다. 일반 학교에서 그런 식으로 월반제, 속진제를 실시한다면, 그렇지 않아도 조기성취병에 걸려 있는 우리네 부모들을 더욱더 힘든 경쟁으로 몰아붙이는 결과를 가져올 것이 눈에 빤하다. 그래서 결국은 그러한 심한 조기성취병으로 인해 부모도, 아이도 모두 쓰러지고 마는 결과를 가져오지나 않을까 염려된다.

무조건 어려운 것을 남보다 빨리 많이 알도록 하는 것이 잘하는 공부가 아니다. 쉬운 것을 차근차근히 제때에 배우도록 하는 것이 더 중요하다. 그것은 결국 땅속에 굵은 뿌리, 가느다란 잔뿌리 등을 모두 깊게 널리 펼쳐 심는 것이나 마찬가지이다. 시간을 두고 거쳐야 할 과정을 모두 거치도록 하는 것이 한창 자라나는 어린이들을 진정한 사람으로 성장하도록 하는 데 있어서 무엇보다 중요함을 결코 망각해서는 안 될 것이다.

너희 선생님이 알기는 뭘 알아!

몇 년 전 서울 시내 어느 초등학교에서의 일이었다. 평소 학생들의 현장관찰학습의 중요성을 마음에 새겨 두고 있던 교장선생님은 6학년 학생들을 데리고, 충남 천안 근처에 있는 독립기념관 견학을 계획하였다. 그 초등학교는 경제적으로 넉넉지 못한 사람들이 많이 모여 사는 동네에 있었기에, 선생님은 괜스레 학부모들에게 경제적 부담을 지울까 걱정했다. 그래서 교장선생님은 학생들로부터는 단돈 10원도 걷지 않기로 하였다. 이렇게 저렇게 해서 교장선생님은 몇 대의 버스를 이틀 동안 얻을 수 있었다. 하루는 홀수반, 다른 하루는 짝수반 학생들을 데리고 가기로 했다. 시간표상의 정규 교과 수업에 대한 결손을 최소화시키고자, 그날만큼은 45분 수업을 40분으로 단축하였다. 휴식시간도 조금씩 줄였다. 그렇게 해서 학생들은 12시쯤 학교를 출발할 수 있었다. 점심은 버스 안에서 각자 준비해 온 도시락으로 먹기로 했다.

드디어 그날이 되었다. 홀수반 학생들이 노래를 부르며 신나게 다녀왔다. 짝수반 학생들은 그날 저녁 돌아온 홀수반 친구들로부터 많은 얘기를 들었다. 그리고 내일 우리도 간다는 기쁨에 잠을 설치기까지 하였다. 이튿날 짝수반 학생들은 수업을 끝내고 점심때가 되어 운동장으로 나왔다. 도시락은 버스 안에서 먹기로 되어 있으니까. 그런데 어째서 버스는 눈에 보이지 않을까? 학생들은 조금씩 초조해졌다. 얼마간 시간이 흐른 후, 교감선생님이 운동장에 있는 큰 교단 위에 오르셨다. 그리고 핸드마이크를 쥐고서는 못 가게 되었음을 말씀하시지 않는가? 학생들은 일제히 항의와 실망의 함성을 질렀다. 그러자 교감선생님은 한참 머뭇거리시다가 분통이 터진 듯 소리치셨다. 「여러분 중 어느 한 학생의 아버지께서 아주 높은 사람한테 그런 곳에 위험스럽게 왜 아이들을 데리고 다니느냐고 얘기해서 못 가게 되었다」하는 것이었다. 학생들은 모두 다 어안이 벙벙해졌다. 이것이 정말 아닌 밤중에 무슨 홍두깨 같은 얘기인가? 어떻든 그날 짝수반은 못 갔다. 「홀수반이었더라면 좋았을 것을」하는 팔자타령으로 그날의 분을 삭여야 했다.

자녀를 학교에 보내고 있는 학부모로서, 학교에서 무엇을 어떻게 가르치고 있는가에 대하여 관심을 갖는 것은 지극히 당연하고 또 바람직스러운 일이다. 교육을 상품화시켜서 이야기하는 데에는 반감을 느끼지만, 비유를 한다면 상품거래에서 증폭하고 있는 소비자보호라는 관점에서도 학부모들의 학교교육에 대한 관심은 매우 바람직하다.

하기야, 학부모가 학교교육에 대하여 지극히 무관심하고 방관자적이고 비협조적이었던 때를 생각하면, 오늘날 우리네 학부모들이 학교교육에 대해 관심을 가지는 것은 쌍수를 들어 환영할 만한 일이다. 그러나 문제는 학부모의 관심이 학교교육을 지원해 주고 조장해 주고 협력하는 선을 넘어서서, 또는 본질적으로 그러한 차원이 아닌

수준에서 학교교육의 고유한 권위를 침해하게 될 때이다. 말하자면, 교권이 침해를 받을 만큼, 학교교육에 대한 학부모의 관심이 비정상적이고, 이기적이고, 초한계적일 때이다. 학교가 어떤 의사결정을 내리고, 그에 따른 교육적 행위를 하려고 할 때, 학부모의 호통에 가까운 전화 한 통화로 인해 학교가 그 의사결정을 철회한다고 하면, 이는 분명히 눈에 보이지 않는 학부모의 교권침해이다. 바로 앞에서 예를 든 어느 초등학교의 독립기념관 견학이 중도에 취소된 것은 학부모 중 어떤 힘센 분(?)이 학교를 다스리는 높은 행정기관에다 전화로 강력히 항의를 해서 그렇게 된 것이다. 학교가, 선생님들이 어쩌다가 그렇게 힘이 약해졌는가 하고 묻는 이도 있을 듯싶다. 또 혹자는 학교가 지난날 그렇게 못 믿게끔 해왔기 때문에 그런 것 아닌가라고 생각할 수도 있다. 이를테면 자승자박이라는 것이다. 그것은 학교 또는 교사들 자신들이 책임져야 한다고 학교를 비난하는 사람들도 있을 수 있다. 물론, 오늘날 우리네 학교에서 교권이 침해받고 있다거나, 교권이 제대로 확립되어 있지 못하다고 한다면, 그 책임의 절반은 분명히 교사들이 져야 한다. 그리고 그들은 또 기꺼이 그것을 지려고 하기 때문에 오늘도 많은 교사들이 거듭나는 아픔으로 스스로를 갱신하려고 노력하고 있는 것 아닌가.

그럼에도, 나는 그 책임의 절반은 학교 밖에 있음을 강조해 둔다. 특히, 학부모들에게 상당한 부분의 책임이 있음을 말해 두고 싶다. 오늘날 학교교육에 대한 학부모의 왜곡된 개입의 원인은 몇 가지 측면에서 따져 볼 수 있다. 예컨대 과거와 달리 학부모의 사회·경제적 지위는 높아졌고, 이에 비하여 교사들의 지위는 상대적으로 낮아졌다. 또 더불어 교사에 못지않은 고학력 학부모가 많아짐으로써, 일부 학부모들이 교사에 대한 우월의식을 지니고 있는 데서 그러한 왜곡된 개입이 비롯되고 있지 않은가 생각해 본다. 「너희 선생님이 알긴 뭘 알아!」「너희 선생님이 그렇게 말하더냐?」「너희 선생님 어느 대학 나왔더냐?」「너희 선생님 몇 살이나 되었느냐?」 이렇게 무의식중에 자녀들에게 내뱉는 학부모의 한마디는 학부모의 어떤 의식에서 비롯한 것이겠는가? 교사에 대한 불신, 또 그러한 교사에 의한 교육에 대한 총체적인 불신이 서려 있는 것은 아닌가? 그리고 그러한 말 한마디는 결국 그러한 선생님 밑에서 배우는 학생들에게 무엇을 느끼게 하겠는가? 우리 아버지보다, 우리 어머니보다 못한 선생님 밑에서 배우고 있다는 생각을 아이들이 한다면 어떻게 될까? 자가용 타고 등교하면서, 저만치 우산 받쳐 들고 걸어오시는 선생님을 보면서 아이들은 어떤 생각을 할까? 오늘날 우리네 선생님들이 적은 월급을 받으면서, 그렇게 대접받지 못하는 사회적 지위에도 불구하고 열심히 가르칠 수 있었던 것은 그래도 사람을 가르친다는 자부심이나 보람 때문이었던 것이다. 그렇기에 아이들이 그런 생각을 하면, 꾸짖을 수 있는 용기도 있었고, 또 꾸짖어야 한다는 책임감도 느끼고 있었다. 그러나 이제는 어른들마저도, 학부모들마저도 학교에 대해서, 교사에 대해서 그러한 식으로 힘으로만, 특히 사회·경제적 힘으로만 대해 온다면, 교사들은 할 말을 잃을 것이다. 그러고는 이따금 봉투 속에 만 원권 지폐 몇 장을 넣어서 책갈피 속에 넣어 놓고 간다면, 교사들이 그것을 열어 보고 얼마나 비탄에 빠져드는가를 학부모들은 생각해 보았는가?

학교에서의 의사결정은 '모든' 학생을 위한 결정이다. 그러나 학부모의 관심은 언제나 자신의 자녀 '한 사람' 뿐이다. '모두'를 위한 어떤 교육적 결정은 때때로 그 '한 사람'에게는 부적절할 수도 있다. 특히 우리네 학교처럼 학생들의 개인차가 고려되기 어려운 형편에서는 그러한 개인별 부적절을 배려할 수 있는 여유가 없다. 그러나 학교에서는 그러한 개인별 부적절함을 무조건 감수하라고 요구하지는 않는다. 학교에서는, 교사들은 그러한 부적절함이나 불리를 최소화시키기 위한 온갖 노력을 기울여 나간다. 그럼에도 학부모들은 일단 그러한 부적절함이 자기 자녀에게 일어났다면 잠시도 그것을 참지 못한다. 기다려 주질 못한다. 그때 늘 내거는 구호는 '평등'이다. 그러곤 학교로 또는 학교를 다스리는 관계기관으로 사정없이 전화를 건다. 전화를 걸어 호통을 치고 따진다. 그러한 일이 어떻게 학교에서 있을 수 있느냐면서 따진다. 특히, 학교로 직접 따져올 때가 많다. 교장선생님에게, 교감선생님에게 덤비고 따진다. 이때 선생님들은 맞서서 고함을 치면서 해명할 수가 없다. 논리가 통하지도 않는다. 교육철학을 이야기해 보았자 그것은 우스개에 지나지 않는다. 그저 일방적으로 이루어지는 학부모들의 호통 앞에 교사들은 용기를 잃을 뿐이다.

　학교에서의 선생님들의 의사결정은 여러 선생님들의 집단사고 과정을 거쳐 이루어진다. 그들은 교육전문가이다. 전문가의 진단과 처방은 때로는 우리네 보통사람들의 예측과 기대와는 다를 수도 있다. 학부모들의 철학적인 판단과도 얼마든지 다를 수 있다. 그 효과가 당장 눈으로 확인하기 어려운 것도 있다. 좀 더 기다려 보면 될 터인데, 눈에 보이는 효과가 없다고 해서 무조건 선생님들의 전문가적 판단과 결정을 그릇되다고 비난하고 나서서야 되겠는가? 학부모의 교육에 대한 생각과 선생님의 생각이 다르다고, 그에 기초한 선생님의 판단이 학부모의 기대에 벗어난다고 해서「너희 선생님이 알긴 뭘 알겠느냐!」며 선생님을 무시한다면 이 땅의 교육은 누가 시켜야만 하겠는가?

　나는 학부모의 학교교육에 대한 관심이 계속되기를 바란다. 그런데 그러한 관심은 유치원에서 시작하여, 초등학교, 중학교, 고등학교까지만 이루어진다. 나는 우리네 학부모들의 학교교육에 대한 관심이 대학으로까지 이어지길 바란다. 그리고 학부모의 관심이 좀 더 '여러 사람', '모든 사람'을 위한 관심으로 꽃 피어나길 바란다. 자기 자녀만을 위한 이기적이고, 자기보호주의적인 관심에서 벗어나길 바란다.

특히, 학교교육에 대한 학부모들의 관심은 선생님에 대한 신뢰와 존경이라는 바탕 위에서, 가능한 한 협의적이길 빈다. 혹시나 자신의 자녀에 직·간접으로 관련된 학교의 어떤 의사결정에 이견이 있으면, 그것을 단순히 자녀들의 말에만 의존하지 말고 선생님들에게 그 배경을 물어보고, 그 절차나 과정을 물어봄이 보다 어른스러운 관심의 표현일 것이다. 저녁 식탁에 앉아서 아이들 얘기만 듣고, 「너희 선생님 되게 웃긴다」 「너희 학교는 왜 그러니?」 「애당초 그 학교에 들어가지 말았어야 하는 건데」 하는 식의 일방적인 비판으로 이루어져서는 안 된다. 그리고 그러한 비판에 따라, 무조건 교사나 학교를 따지고 호통치고 위협하는 관심이 되어서는 결코 안 될 것이다.

겉보기에, 선생님들이 경제적으로 그렇게 부자는 아니다. 그래서 그들이 아주 당당한 위세로 사는 것 같지는 않다. 그래도 선생님들의 마음속은 언제나 부자다. 오랜 경험 속에서 앙금으로 가라앉아 남은 교육에 대한 전인적인 식견과, 이 나라의 동량을 키워 낸다는 긍지와 보람으로 그들은 마음속에 부유함을 느끼는 사람들이다. 그것을 깎아내리고, 그것을 짓밟아서, 학부모가 위세를 좀 세운들 결국 그것이 가져오는 결과가 무엇이겠는가? 그렇게 해서 교육이 발전되고, 교사들은 더욱 열심히 노력하게 될 것이라고 믿는가? 비록 선생님들에게 다소간의 잘못이 있다 하더라도, 우리 모두는 선생님을 마음으로라도 지원하고, 격려함으로써 교사들의 사기를 돋우어야 이 나라 교육발전을 가져올 수 있는 것 아닌가? 선생님에 대한 학부모들의 전적인 신뢰와 존경이 선행되어야 이 나라 교육은 개혁되고 발전될 수 있다. 불신과 경멸 속에서는 그 어떠한 발전도 창조도 이루어질 수 없다는 것을 우리는 지금까지 수많은 사람들과 관계하고 살아오면서 터득하지 않았던가?

교육은 만병통치약인가?

　학자들이 모여서 여러 사회문제들의 원인과 그 해결방안을 토론
한다. 텔레비전 방송에서도 이따금 시사문제를 놓고 전문가들이 나
와서 저마다 그 문제의 근원을 따지고, 그 개선방안에 대한 주장을
편다. 이를테면, 선거부정을 어떻게 막아서 이 땅에 참된 정치민주화
를 가져오느냐, 교통난을 어떻게 해소하느냐, 인구의 도시집중과 이
농현상을 어떻게 극복하느냐, 의료보험제도를 어떻게 개선하느냐,
이혼율의 증가와 가정붕괴현상을 어떻게 막느냐, 국제경쟁력을 높
이기 위해서 우리는 어떻게 해야만 하겠는가, 밀려오는 개방압력에
어떻게 대처해야 하겠는가, 김일성은 죽었고 이제 김정일체제의 북
한과 우리는 어떻게 통일을 이룩해 나갈 수 있겠는가 등 수없이 많
은 정치적, 사회적, 경제적, 문화적인 문제들에 대하여 전문가들이
제각기 해결대안을 제시하고 결론을 맺고 제언을 한다. 그럴 때마다,
언제나 모든 토론에서 빠짐없이 꼭 등장하는 한 가지 공통된 결론이
있다. 그것이 바로 '교육을 통한 해결'이라는 것이다.

그러한 교육을 통한 해결이라는 제안의 배경에는 언제나 교육이 잘못되어서 오늘의 그러한 문제가 발생하게 되었다는 다듬어지지 못한 막연한 믿음이 깔려 있다. 그러고는 그들은 입을 모아 한국교육이 한국사회의 모든 문제의 주범인 양 한국교육을 질타한다. 마치도 자기네 자녀들이 대학진학할 때에 골병을 앓았거나, 대학입학에 실패를 하였기에 그 분풀이라도 하듯이, 한국교육의 병폐를 문제로 삼는다. 그러면서 이제까지의 교육은 근본적으로 잘못되었기에, 교육개혁이 조속히 이루어져야 한다고 질타를 가한다. 교육자들의 의식이 개혁되어야 한다, 교육부가 근본적으로 뜯어고쳐져야 한다, 아예 교육부를 없애 버려야 한다, 교육정책에 일대 전환을 가져와야 한다고 모두 힘을 합세하여 성토한다.

때때로 어떤 사람들은 교육학자들이 한국교육을 망쳐 놓았다고 비난을 가한다. 그래서 어떤 사람들은 교육정책을 입안하는 데 있어 교육학자가 더 이상 간여해서는 안 된다고 믿고, 또 그래서 그들을 실제로 철저히 배척하는 경우도 있다. 혹자는 교육부 직원들이 고루하고 무식해서, 그들이 근본적으로 관료주의적 타성에 젖어 있어서 교육행정을 제대로 펼쳐 나가기 어렵다고 비난을 가하고, 불신을 토로하는 사람들도 있다.

그렇다면 정말 한국사회의 모든 문제는 교육에서 비롯된 것인가? 교육문제만 제대로 해결되고, 교육정책만 바로 서고, 교육이 현장에서 제대로 이루어지기만 하면, 한국사회의 다른 문제는 생기지 않는 것인가? 오늘의 한국교육이 쓰러지기 일보 직전에 놓여 있어서, 그토록 한국사회의 많은 문제들이 더욱 심각한 지경에 이른 것인가? 또, 그래서 교육문제만 해결되면 한국사회의 모든 문제가 해결될 수 있는 것인가? 한국사회의 많은 문제들은 교육만 제대로 되어 나가면 참으로 전부 해결될 수 있는 것인가? 교육이 그토록 많은 문제를 일으킨 주범이고, 또 그러한 문제를 해결할 수 있는 만병통치약과 같은 위대한 능력을 갖고 있는 것인가? 결자해지(結者解之)의 원리가 여기에도 해당되는 것인가? 또한 오늘날 한국교육의 많은 문제는 모든 일선 교육자들, 모든 교육학자들, 그리고 교육부를 비롯한 모든 교육행정부서의 관리들이 망쳐 놓았는가? 그렇다면 우리 사회에 질병이 만연되고 그래서 사람들이 고통을 받고 죽어 간다면, 그것은 모든 일선 의사들, 모든 의학자들, 그리고 보건사회부를 비롯한 모든 의료행정부서의 관리들이 그렇게 만든 것인가?

오늘의 학교교육이 이처럼 만신창이가 되었다면, 아니 해방 이후 이제까지 한국교육이 성공을 거두어 왔기보다는 실패를 거듭해 왔다면 그것은 참으로 무엇 때문인가? 그 책임의 한 부분은 교육에 직접 종사하는 사람들, 즉 선생님들과 교육정책과 집행에 관련되어 일하는 모든 관리들이나 교육학자들이 져야 함은 두말할 나위도 없다. 그리고 분명한 것은 그들이 그러한 책임을 회피하거나 거부하지 않을 것이라는 점이다. 그들은 그들에게 어떠한 질타가 가해지든 그것을 기꺼이 감수하는 반성적 사고와 행동을 늘 하면서 그들의 책임수행에 최선을 다해오지 않았는가? 그러나 여기서 오늘 우리가 반드시 따져 보아야 할 한 가지 중요한 점은 한국교육이 오늘의 경우처럼 문제스러운 모습으로 나타나게 된 데에는 교육을 모든 사회문제의 근원이자 그 해결의 만병통치약으로 보아 왔던 사람들의 기본적인 인식에도 커다란 부분의 책임이 귀속되어야 한다는 점이다. 즉 한국교육이 이토록 만신창이가 되고 곪아 터질 지경에 이른 것은, 어떤 의미에서는 교육 안에서의 문제라기보다는 교육을 에워싸고 있는 교육 밖에서의 여러 가지 여건이나 환경에 더 큰 원인이 있음을 우리는 결코 간과해서는 안 된다.

교육이 그토록 중요하고, 교육이 그토록 사회 전체에 미치는 영향이 심대하다면, 우리는 각자 참으로 교육에 대해서, 교육을 위해서 그동안 어떻게 무엇을 해왔는가? 오로지 자기 자녀만을 위한 교육에 온갖 정성과 심혈을 기울였지, 참으로 우리네 교육 전체를 얼마만큼이나 생각해 보았는가?

여기서 어느 초등학교 교장선생님의 이야기를 하나 예로 들어야 할 것 같다. 아파트 단지 안에 위치하고 있는 초등학교의 교장선생님이었다. 어린이들은 일찍 학교에 와서 수업 시작 전에 운동장에서 떠들고 놀기 쑤다. 그러한 놀이는 특히 점심시간이면 더욱 활발해진다. 수업이 끝난 후에도 그렇다.

월요일 아침에는 전교생 조회가 운동장에서 있다. 전교생을 모아 놓고 교장선생님은 어린이들에게 한 주간의 생활에 대한 가르침을 전한다. 마이크를 사용할 수밖에 없고, 그때 그 마이크 소리는 아파트 단지에 널리 퍼져 나갈 수밖에 없다. 이러한 것이 원래 학교의 모습이거늘, 어느 날은 아파트 주민 중 한 분이 몹시 화가 나서 학교 교장실로 전화를 했다고 한다. 늦잠 좀 자려 했으나 시끄러워 못 자겠으니, 애들이 운동장에 아침 일찍 모여 떠들지 못하도록 해달라, 특히 월요일 조회만큼은 운동장에서 하지 말아 주었으면 좋겠다는 것이다. 결국 교장선생님은 주민들의 거친 항의에 못 이겨, 월요일 운동장 조회를 교실 내 조회로 바꾸었다고 한다. 교장선생님이 교장실에서 얘기하면, 아이들은 각기 자기네 교실에서 텔레비전 스크린을 통해 교장선생님을 보고 얘기를 듣는다는 것이다.

물론 이러한 이야기는 일부 몰지각한 어른들의 행위라고 치부해 버릴 수도 있다. 그럼에도 이 이야기를 듣고 내가 분노한 것은, 바로 우리네 학부모들의 이기심이 그 속에 깔려 있는 것 아닌가 하는 점 때문이었다. 만약 자기네 아이가 그 학교에 다니고 있었으면 그렇게 시끄럽다고 항의하지 않았을 것이다. 그 학교와 더 이상 아무런 관계가 없다 싶어 그렇게 행동한 것 아니겠는가? 그러고도 어디에 가면, 교육이 참으로 중요하고, 한국교육은 참으로 문제 투성이라고 말하겠지 생각하면 분노가 터진다.

이런 문제들은 우리네 교육의 주변 상황에서 얼마든지 쉽게 볼 수 있다. 사람들은 경찰서 앞에서는 서행으로 운전을 하지만, 학교 앞에서 서행으로 운전하는 사람들은 보기 어렵다. 어린이 보호구역이라는 팻말은 길가에 늘어서 있는 술집 간판만큼도 눈에 들어오지 않는다. 청소년을 유해환경으로부터 보호하자고 가슴띠를 두르고 나서지만, 학교 앞에 늘어선 각종 유해업소들을 우리는 어떻게 해석해야만 되겠는가?

교육문제를 해결하고, 교육개혁을 이룩하는 일은 정말 교육부만의 책임인가? 흔히 우리나라 교육의 근원적인 문제는 대학입시정책이 잘못되어서 그렇다고 믿는 사람들이 많다. 입시지옥도 그렇게 해서 생긴 것이라고 믿는 사람들이 많다. 어쩌겠는가? 주무 부서의 입장에서 교육부는 그 모든 멍에를 짊어지고 나갈 수밖에 없었을 것이다. 그러나 참으로 그것이 교육정책의 부재 때문인가? 교육정책이 잘못 세워져서 그런 것인가? 그렇다면 왜 그렇게 교육정책이 잘못 세워지게 된 것인가? 교육부 이외의 다른 부서는 교육정책의 수립과 집행에 아무런 관계가 없는 것인가? 학부모들의, 일반 서민들의 교육에 대한 인식과 믿음은 아무런 관계가 없는 것인가?

사람들은 어느 곳에서고 모이면 제각기 교육을 논한다. 학자들은 학자들대로, 언론인들은 언론인들대로, 과학기술자들은 과학기술자들대로, 동네아주머니들은 아주머니들대로 자녀의 대학입학시험을 걱정하면서 교육을 논한다. 모두가 각기 자기들의 이기적 관심 속에서 교육문제를 들여다보고 논의한다. 자기네 아이가 수학능력시험에서 높은 점수를 받았고, 그래서 대학에 특차로 진학하고 나면, 그들은 늘 어디에 가서든 얘기한다.

「거, 수학능력시험제도는 정말 바람직한 제도라고 생각해요.」

그러나 그 반대로 평소에는 공부를 잘했는데 수학능력시험에서 성적이 저조한 자녀를 둔 사람은 그가 어떤 분야에서 어떤 일을 하고 있든 관계없이 기회가 되면 교육제도를 헐뜯는다.

「수능시험이란 것이 도대체 뭐 말라빠진 것인데, 그런 것을 만들어서 애들을 이중으로 고생시키노?」

이러한 자기본위적인 주장과 해석은 언제고 있게 마련이다. 그것에다 이름을 붙여, 자기 나름대로의 확고한 교육관을 세우고 있다고 해도 좋을 것이다.

그러나 학교라는 것을 만들어 놓고 그 안에다 모든 책임을 씌우고, 교육부라는 것을 만들어 놓고 그 사람들에다 모든 멍에를 지워 갖고는 절대로 안고 있는 교육문제를 해결할 수 없고, 교육개혁이고 교육발전이고 하는 것들은 기껏해야 그저 듣기 좋은 구호에만 그친다는 것을 우리 모두 심각히 생각해야 한다. 교육이 참으로 모든 사회문제의 근원이고, 모든 사회문제들을 해결하고, 그래서 우리 사회를 보다 복되고 정의로운 더불어 사는 사회로 만들어 가는 데 있어 무엇보다 중요하다면, 우리 모든 국민은 교육을 비난하고 질타하기 이전에 교육을 위해 우리가 각자 자기 분야에서, 자기가 하는 일에서 자기가 도울 수 있는 일이 무엇인가를 깊이 따져야만 할 것이다.

정치인들은 정치인들대로, 학자들은 학자들대로, 기업인들은 기업인들대로, 교육을 위한 그들의 몫을 책임지고 일해야 한다. 그리고 우리네 보통사람들도 제각기 교육을 위하여, 이 나라 젊은이들을 교육시키는 일에 있어서, 어른으로서의 각자 몫을 다해야 한다. 교육적 시범으로서의 '어른'다운 행동을 평소에 하는 일에서부터 교육정책을 바라보고, 교육행정기관이나 학교의 일선교사들이 하는 일을 바라다볼 때, 우리는 그들에게 무슨 도움을 줄 수 있는가를 생각하는 지극히 건설적인 협조가 전제되어야 교육문제는 해결될 수 있다. 교육이 만병통치약이라면, 교육 그 자체를 치유하는 데는 만인협조체제가 선행되어야 한다.

뭐 좀 바뀌었다는 것을 보여 줘야 하지 않겠어요?

'교육개혁'이라는 구호는 오늘날 우리나라만의 새로운 구호는 결코 아니다. 다른 나라의 경우, 교육개혁이라는 구호는 1970년대 후반부터 이미 널리 나타나기 시작하였다. 저마다 사정은 달랐지만, 공통점은 결국 두 가지였다. 하나는 교육의 본질을 회복하자는 각성이었고, 다른 하나는 결국 치열해지는 국제경쟁 속에서 자국의 생존과 국민복리를 위해서는 교육이 개혁되어야만 한다는 인식이었다.

교육개혁을 시도하였던 여러 나라들 중에서도 특히 일본의 나까소네 수상이나 미국의 레이건 대통령은 일찍이 교육개혁을 하나의 통치구호로 삼아, 그들은 '통치'에 어느 정도 성공을 거두었다. 이를 본뜬 것은 아니겠지만, 어떻든 우리나라의 경우에도 5공 때부터 교육개혁이 드디어 통치구호로 등장하기 시작하였다. 물론 6공 때에도 교육개혁은 하나의 통치구호로 그대로 유지되었다. 5공 때는 '교육개혁심의회'라는 기구를 대통령 직속기구로 설치하였고, 6공 때는 '교육정책자문회의'라는 기구를 대통령 직속기구로 설치하였었다. 1993년 문민정부가 들어설 때도, 교육개혁은 다시금 통치구호로 전면에 내세워졌다. 역시 대통령 직속기구로 '교육개혁위원회'가 구성되었다. 이처럼 우리는 교육개혁이라는 그럴싸한 매력 있는 구호를 매우 오래전부터 익숙하게 들어왔다. '개혁'이라는 용어가 원래 함유하고 있는 신선함이나 가슴뿌듯한 기대감이 이제는 더 이상 느껴지지 못할 만큼 자주 들어왔다. 국민에게 꿈과 희망을 주기 위해 사용되어 온 '금년을 교육개혁의 원년으로 삼자'는 교육부장관들의 계속되는 기치도 이제는 더 이상 아무런 의미를 전해 주지 못하는, 그저 장관이 되면 누구나 한 번씩 해보는 소리쯤으로 들려올 때가 많다.

  그렇다면 왜 우리는 지난날 정부가 내세우고 주도하는 교육개혁에 대하여 더 이상의 기대감이나 신뢰를 갖지 못하게 된 것일까? 교육개혁의 방향이 아직도 제대로 세워져 있지 못하기 때문일까? 무엇을 개혁하여야 하는가에 대하여 생각을 모으지 못하였거나, 아니면 너무나도 다른 견해들이 얽히고설켜서 갈등을 일으키고 있어서인가? 그것도 아니면, 개혁의 메뉴는 다 작성해 놓았는데, 그것을 추진하기 위한 돈이 없어서 그런 것일까? 물론 위에 적은 물음들도 한국에서의 교육개혁이 한낱 정치구호로 전락한 데 부분적인 원인으로 작용했을 성싶다. 그러나 우리나라에서 그동안 교육개혁이 제대로 이루어지지 못하였던 근본적인 원인은 교육개혁의 내용에 있었던 것이 아니라 그것을 추진하는 방법에 있었던 것이다. 그리고 그러한 추진 방법에서도 역시 가장 커다란 억제요인이었던 것은 교육이 정치적 의도에 놀아났다는 점이다. 즉 교육이 각양각색의 정치적 행위에서 제물로 바쳐지고, 정치적 의도를 실현하는 수단으로 이용되었다는 점이다. 어떠한 교육개혁안이 추진되는 과정에서 겉으로 알려질 때는 언제고 그럴듯한 명분으로 포장되어 있었다. 이를테면 진정한 교육발전, 교육을 통한 국가발전, 교육을 통한 국민 개개인의 삶의 질적 수준향상 등등 수많은 아름다운 용어들이 교육개혁을 포장하고 있었지만, 실상은 그러한 안이 만들어지고 시행되는 과정에서 힘 있는 사람들이 행사하였던 숨겨져 있는 개혁의도가 정치적이었음을 부인하기가 어렵다.

교육이 정치적 의도나 목적으로 놀아나는 것 가운데서도 역시 제일로 손꼽히는 것은 정권의 창출과 유지였다. 교육만큼이나 온 국민의 관심사가 되고 있는 문제도 없다. 전체 국민들 중에서, 교육의 일 만큼이나 관계 안 되는 사람이 없는 일도 없다. 따라서 모든 국민의 폭넓은 지지 기반을 확보하는 데 있어서 가장 효과적으로 이용된 것이 '교육'일 수밖에 없었을 것이다. 선거 때마다 표를 모으기 위한 수단 구호로 교육개혁이 등장했다. 물론, 그렇다고 해서 교육개혁을 정권 창출을 위한 정치적 구호로 내세웠다는 그 자체가 잘못된 것임을 주장하는 것은 아니다. 그것은 오히려 바람직한 일이다. 문제는 정권창출, 즉 표를 모으기 위한 수단으로서 교육개혁을 생각하다 보니 그때 내걸었던 교육개혁안들의 상당한 부분은 구체적인 시행방안이 검토되지 않은 것이었고 어떤 것은 이상으로는 그럴싸하지만, 현실로서는 실현 불가능한 것들도 많았다. 그러다 보니 그러한 불가능한 교육개혁 구호들은 정치적 목적만을 성취하는 데 이용되었을 뿐, 그러한 정권이 들어선 이후 실제로 개혁은 아무것도 이루어 내지 못하게 된 것이다. 또 개혁이 다소 이루어졌다 해도, 그것은 국민의 원성을 피하는 차원에서, 공약(公約)이 빌 공 자의 공약(空約)이 되지 않도록 하는 미봉적 차원에서 피상적으로만 이루어졌다는 데 문제가 많았음을 우리는 보아 왔다.

교육에 관련된 많은 일 가운데는 그것이 국가적 차원에서든, 일선 학교의 한 학급교실에서든 결코 다수결로 결정될 수 없는 성질의 것이 많다. 교육에 대한 어떠한 의사결정이 다수의 국민이 찬성한다고 해서 무조건 그대로 이루어질 수는 없는 것이다. 한 학급교실에서, 학생들이 학기말시험을 보지 말자고 다수결로 결정했다고 해서, 그것을 따를 수는 없는 것이다. 이렇듯 교육에 관련된 많은 일들은 결코 다수의 여론에 의해 결정되고 해결될 수만은 없는 것이다. 교육의 본질이 먼저 추구되어야 하는 것이다. 그리고 그것이 다소 국민들의 어떤 공통된 기대감을 충족시키지 못한다 해도, 그리고 그러한 것이 결과적으로 국민의 표를 깎아 먹을지 모른다고 해서, 교육본질에 입각한 정책이 죽어서는 안 되는 것이다. 즉 한마디로 교육정책이 여론에 질질 끌려 다니는 것도 따지고 보면, 교육이 정치적 의도, 특히 그러한 여론에 따라 정책을 이렇게 저렇게 바꾸는 사람들이 각기 갖고 있는 정치적 야심에 놀아나는 것임을 지적해 두지 않을 수 없다.

교육개혁이 정치적 성취의 목적으로 이용되는 것 중 제일 어설픈 모습은 장관이 자신의 자리보존을 위해 교육개혁을 시도하는 것이다. 이를테면, 어떤 사람이 장관으로 취임한 직후, 부하실무책임자를 불러서 다음과 같은 대화를 나누었다고 하자.

「아무개 실장, 그것은 '이렇게' 바꾸면 어떻겠우?」

「장관님, 그것은 이미 '그렇게' 하기로 오래전부터 연구 검토되어서 '그렇게' 하기로 한 것입니다. 따라서 그것을 별안간 장관님이 말씀하시는 방향대로 바꾸기는 어렵습니다.」

「그래도 '이렇게' 하도록 하시오.」

「장관님께서 말씀하시는 바로 '이렇게' 하는 것이 오랫동안 문제가 되어 '그렇게' 하는 것으로 바꾼 것입니다.」

「아니에요, 그래도 '이렇게'로 다시 바꾸시오. 그래도 장관이 새로 바뀐 지 일주일이나 되었는데 뭐 좀 바뀌었다는, 개혁되었다는 것을 사람들이 피부로 느낄 수 있도록 보여 주어야 하지 않겠우?」

즉, 자신이 취임한 이후 그래도 이러이러한 것을 즉시 바꾸었다는, 개혁을 하였다는 것을 내세우기 위하여 벌여 대는 무모한 개혁은 교육개혁이 한 특정개인의 정치적 야심이나 의도에 놀아나는 가장 대표적인 예이다. 특히 임명권자에게 자신이 벌써 이만큼 개혁을 이루었습니다 하고 보고하기 위한, 세칭 건수를 올리기 위해서 쥐어 준 칼을 생각 없이 휘둘러 개혁을 하거나, 또는 언론에 그것을 보도하여 전시효과를 거두려 하고, 그래서 가능한 한 장관자리 보존기간을 연장시키려고 하는 어리석은, 사심에 가득 찬 정치적 잔꾀가 동원되어 교육개혁을 시도하는 일은 교육이 정치적 의도에 놀아나는 전형적인 예에 속한다.

더욱이 우리나라의 경우처럼, 교육부장관의 재임기간이 평균 1년 남짓한 상황에서, 새로운 장관들마다 각기 그러한 전시효과를 거두려고 한다면, '교육은 백년지대계'라는 옛말은 고사하고 그저 일인의 정치적 야심에 놀아나는 '일년지소계'에 불과한 것이 되고 만다.

그렇다고 해서, 나는 장관이 정치적인 행동을 하면 안 된다는 것을 주장하는 것이 아니다. 장관은 '정치'를 해야 한다. 장관은 '정치'를 할 줄 알아야 한다. 단순히 그 분야의 전문지식을 갖추었다고 해서 아무나 장관이 될 수는 없다. 특히 우리나라 사회에서처럼 '정치'의 힘이 클 때에는, 장관의 정치적 역량이 매우 중요한 의미를 갖는다. 다만 내가 여기서 문제 삼는 것은 장관 개인의 사적인 야망이나 욕심을 충족시키기 위한 작은 정치적 사고로 일을 그르치는 점이다.

특히, 우리나라의 교육개혁에서 커다란 걸림돌이 되었던 것의 하나는 정부의 각 부처 간의 유기적인 협력이 이루어지지 못하였다는 점이다. 부처 이기주의가 교육개혁을 지체시키고 억제해 온 것이다. 그저 교육부만의 고군분투로 교육개혁이 추진되다 보니, 교육부는 교육부대로 실컷 고생만 하고, 훗날 통째로 욕을 얻어먹는 경우가 많았다. 교육개혁을 추진하는 일은 실로 여러 부처와 관계가 깊다. 경제기획원, 통일원, 과학기술처, 문화체육부, 보건사회부, 교통부, 건설부 등과 관계없는 듯싶지만 이들 부서와 교육부는 매우 깊은 관련을 맺고 있다. 그럼에도 이들 간의 유기적인 협력은 그동안 얼마나 제대로 이루어져 왔는가를 따져 보면 그렇게 긍정적이지 못하다는 데 문제가 있다. 특히 경제기획원이 예산배정의 막강한 힘을 갖고 교육정책을 이리저리 뒤흔들어 못해먹겠다는 소리가 꽤나 오랜 세월 교육부 내외에서 들려왔다. 그렇다면 이때 필요한 것이 장관의 정치적 역량이었다. 생각해 보면 알 수 있다. 역대 교육부장관 중에서 누가 가장 교육부장관으로서 교육개혁을 제대로 했는가? 역시 정치적 역량을 발휘하였던 사람이었다. 교육개혁은 주무 장관인 교육부장관의 그러한 정치적 역량을 전제로 할 때 비로소 성공을 거둘 수 있는 것이다.

앞에서도 말했듯이 5공이나 6공, 그리고 문민정부에서도 모두가 교육개혁을 위해서 '대통령 직속기구'를 설치하여 왔다. '대통령 직속'이 갖는 의미는 무엇인가? 위원장이나 위원을 대통령이 임명한다는 권위를 세워 주기 위함인가? 대통령 직속의 의미는 무엇보다도 정부의 모든 행정부처를 초월하여 개혁을 추진하는 데 뜻이 있는 것이다. 그저 대통령에게 또는 교육부에 대하여 안을 제시하는 자문기구적인 성격을 띠는 것이 아니다. 과거 그들 직속기구들이 실패하였다면, 역시 그 기구들이 '대통령 직속'이라는 정치적 의미를 제대로 발휘하지 못하였던 데 있다.

교육은 또한 정부 밖의 많은 힘 있는 사람들로부터 압력의 대상이 되기도 한다. 특히 특정지역에 국한된 문제해결을 위해, 전체 제도를 뜯어고치려 하는 압력도 받을 수 있다. 장관의 정치적 역량의 발휘는 이러한 때도 그 필요성을 절감하게 되는 것이다. 장관이 이러한 때도, '보신'을 위하여 그저 그들의 이야기에 좌우되어 어떤 정책을 바꾸고, 그것을 개혁이라는 이름으로 포장한다면, 한국교육개혁은 참으로 만신창이의 제물 외의 아무런 의미를 갖지 못하게 될 것이라는 걸 우리는 지난날의 경험 속에서 익히 보고 알지 않았는가? 국민이 진정 원하는 교육개혁이 무엇인지도 제대로 이해 못하고, 시대적 전환과 역사의식에 기초하여 교육에 대한 철학을 분명히 세우지도 못하고, 그저 피상적으로 몇 사람한테 얻어들은 이야기만을 믿고, 그것에 기초하여 외형적인 제도 한두 가지를 바꾸었다고 해서 교육개혁이 이루어졌다고 생각한다면, 그리고 그것이 역사에 남을 업적인 양 스스로 믿는다면 훗날 그러한 교육개혁에 대한 국민들의 예레미야적 탄식은 더욱 커질 것이다.

등교거부증에 걸린 학생들

일본과 미국, 이들 두 나라는 각기 동·서 양 진영에서 경제대권을 쥐고 있고, 과학기술에서 선진국으로서의 확고부동한 위치를 점하고 있다. 개발도상국들에게는 언제나 꿈처럼 그리고 있는 희망의 나라로 인식되어 있다. 그래서 많은 나라들이 그들의 제도에 깊은 관심을 갖고 있고, 능동적으로든 아니면 수동적으로든 그들의 영향을 심하게 받고 있다.

우리나라의 경우도 예외는 아니었음을 부인하기 어렵다. 우리가 원했든 원하지 않았든 간에 알게 모르게 우리는 그들 두 나라의 제도와 문물로부터 많은 영향을 받았다. 특히 교육의 경우가 그러했다. 그렇기에 우리는 오늘날 그들 두 나라의 교육문제가 무엇이고, 그들은 어떻게 그것을 개혁해 나가는지 많은 관심을 기울이고 있다. 그렇다면 그들 두 나라의 교육은 참으로 우리가 본떠서 배워야 할 만큼의 모범적인 모습인가? 여기에서 한번쯤 생각해 보기로 하겠다.

우선 일본의 교육풍토부터 이야기하기로 하겠다. 지금 여기서 적고 있는 이야기의 대부분은 조금 오래전이기는 하지만, 10여 년 전쯤 일본 동경대학 교육심리학과 교수가 연세대학교에 와서 특강을 하였던 내용에 기초한 것임을 미리 밝혀 둔다.

일본에서의 초·중등학교 교육의 특성은 한마디로 '경쟁'으로 표현될 수 있다. 경쟁의 목표는 언제고 대학입시로 귀결된다. 수많은 대학 중에서도 동경대학에 입학하는 것으로 그 경쟁은 집중된다. 초등학교에서부터 공부를 열심히 잘하고 중학교, 고등학교에 가서도 계속 공부를 열심히 잘하는 것은 근본적으로 동경대학 또는 그 대학에 버금하는 명문대학으로 진학하기 위해서이다. 그러나 동경대학이나 그 외의 몇몇 명문대학들의 자리는 제한되어 있다. 지원하는 사람의 수에 비하여 엄청나게 제한되어 있다. 결국 많은 어린이들은 어려서부터 그 제한된 자리를 향하여 피나는 경쟁을 벌여야 했던 것이다.

오늘에 와서는 거의 모든 학교에서 없어져 버린 관행이기는 하지만, 몇 년 전만 해도 대학입시에 온통 열을 쏟는 일부 고등학교에서는 학생들을 경쟁으로 몰아붙이는 지극히 반교육적인 인습이 한 가지 있었다. 즉, 교실 한쪽 벽에다 이름표를 걸 수 있게끔 학생수만큼 못을 쭉 박아 두었다. 그리고 중간시험이나 학기말시험, 학년말시험, 모의고사 등 수없이 치러지는 시험의 결과에 따라, 성적순으로 학생들의 이름표를 차례차례 걸어 놓는 것이다. 물론 목적은 그렇게 해서 전체 학생들의 보편적 성취 동기를 높이고, 더욱 열심히 하도록 개개 학생들에게 동기를 부여하겠다는 데서 비롯한 것이다.

그러나 이렇게 성적순으로 쭉 붙어 있는 이름표를 바라다보면서 공부를 하고 있는 학생들의 마음은 어떠할까? 1등, 2등, 3등……. 앞쪽에 자기 이름이 걸려 있는 학생들은 신이 날까? 마음이 편안할까? 앞쪽에 내 이름이 붙어 있다는 사실로 그들은 자긍심을 느낄까? 아니면, 중간쯤에 자기 이름이 걸려 있는 학생들의 마음이 편안할까?

내가 직접 그러한 학생들의 입장이 되어 보지는 않았기에 무엇이라고 단정 지을 수는 없지만, 내 생각에 그래도 가장 진정으로 마음이 '편안'한 학생들은 뒤편에 이름이 붙어 있는 학생들일 성싶다. 전체 45명 중에서 44등, 45등 하는 학생들의 마음이 가장 편안할 듯싶다. 더 이상 누군가에 쫓기는 일도 없고, 이제부터는 밑져야 본전 아니냐 하는 생각, 더 이상 빼앗길 것도 없고, 또 워낙 못하고 보니 선생님이나 부모님도 뭐 그렇게 크게 꾸중하지도 않고 하는 식으로 더 편안한 마음을 갖고 있을 성싶다. 그저 사고 치지 않고, 학교에 꼬박꼬박 나와 앉아 있는 것만으로도 대견스럽게 여길지도 모르는 그들일 성싶다.

사실 1등보다는 2등이 더 마음 편한 것 아닌가? 1등은 언제고 쫓기는 입장에 서 있으니, '빼앗길' 것이 있으니 그럴 성싶다. 사람이란 원래가 '빼앗길' 것이 없을 때 가장 자유로워지고 편안한 것 아닌가?

2등 하는 학생 입장에서는 저 아이만 아니면 내가 1등인데 하는 생각이 머릿속에 가득 차 있을 것이다. 또 3등 하는 학생 입장에서는 1, 2등 하는 학생들이 때때로 미울 수도 있을 것이다. 경쟁은 원래 못하는 사람들에겐 아무런 의미가 없다. 해봐야 뻔히 질 텐데 하는 마음 때문에 이를 악물고 경쟁하는 사람도 없다. 경쟁은 우수한 아이들한테서나 의미가 있다. 경쟁은 이길 수 있는 승산이 있는 사람들에게 성취동기를 강화시켜 주는 법이다. 1, 2, 3, 4……등 상위그룹에 속하는 학생들의 경쟁은 그래서 더욱 치열해진다. 결국 그러한 경쟁심은 학생들 간의 인간적인 교우관계까지 깨뜨리는 정도로 발전한다. 미움과 증오가 싹트는 것이다. 죽이고 싶도록 얄미워진다. 저 아이가 혹시나 아파서 공부 못하는 일이 생기면 좋을 성싶기도 하다. 시험 전날 한밤중에 그 경쟁대상이 되는 학생의 집으로 전화를 해서 욕지거리를 하고, 무서운 소리를 내서 그가 공부를 못하도록 만든다. 도시락 속에다 몰래 더러운 벌레 같은 것을 잡아 넣음으로써, 그 학생이 점심을 먹으려고 도시락 뚜껑을 열었을 때 질겁을 하도록 만든다. 참으로 생각하기 어려운 시기와 미움이 그 경쟁 학생들 사이에서 빈번하게 싹트고 깊어만 간다.

그러다 보니, 학교에 나가서 공부하는 것이 재미있을 수 있겠는가? 학교에 가는 것이 지옥에라도 가는 것처럼 역겹다. 집을 나서면 온통 머릿속에 경쟁대상이 되는 학생들, 좋은 친구가 되었어야 할 학생들의 얼굴이 주마등처럼 스쳐 지나간다. 학교에 가기 싫다. 차라리 학교에 가지 않고서 성적이 떨어지면, 학교에 가지 않았기 때문에 그렇게 되었다고 변명할 수도 있지 않은가? 매일매일 지옥 같은 학교에 가서 급우들과 미움에 가득 찬 경쟁을 해서 성적이 떨어지는 경우보다는 차라리 학교에 안 가는 편이 훨씬 살아남는데 좋을 성싶다.

이렇게 해서 성적이 학급에서 중·상위권에 드는 학생들이 학교를 안 간다. 이름하여 '등교거부증'이라는 신조어가 나올 만큼, 불량학생이 아닌, 지극히 정상적이고 우수한 학생들이 하나, 둘, 장기간 학교에 등교하지 않는 것이다.

그러면 이들 등교거부증에 걸린 학생들은 학교에 안 가고 어딜 가겠는가? 낮에 청소년들이 갈 곳은 없다. 그냥 집에 머물 수밖에. 그렇지만 집에서 학교에 가지 않는 자녀를 보고 부모들은 뭐라고 말하겠는가? 그래 며칠 좀 쉬고, 머리를 식혔다가 다시금 학교에 나가라고 하겠는가? 아니면 그동안 고생 많았으니, 집에서 쉬면 엄마가 뭐 좀 맛있는 별식을 해주겠다고 하겠는가? 아버지한테는 차마 말을 할 수 없어, 어머니는 혼자 끙끙 앓는다. 달래도 보고, 야단도 치고, 설득도 한다. 온갖 노력을 다했지만 학교 가기를 거부하는 아들은 꼼짝도 않는다.

어머니는 총채를 집어 들었다. 매로써 다스려야 하겠다고, 총채로 후려치려 하자, 신체적으로 1미터 80센티미터나 되는 다 큰 아들은 총채를 휘어잡으려고 팔을 내뻗다가 실수로 어머니의 왼쪽 뺨 아래를 주먹으로 치게 되었다. 어머니의 왼쪽 뺨 아래가 아들의 그 큰 주먹 한방에 벌겋게 부어오르기 시작했다. 저녁에 집에 돌아온 아버지는 어머니의 그러한 모습에 놀란다. 어찌된 일이냐고 묻는다. 사실을 말할 수 없는 어머니는 둘러댄다. 오늘 낮에 냉장고 옆에서 무엇을 하던 중 돌아서려고 하다가 나도 모르는 사이에 냉장고 모서리에 그만 부딪혔노라고. 그러나 이런 비밀이 오래 유지되기는 어렵다.

어느 날 저녁 늦게 퇴근해서 집에 돌아온 아버지가 모든 사실을 알게 되었다. 아들이 학교에 가지 않고 있다는 사실, 그리고 아들이 어머니에게 어떻든 주먹을 휘둘렀다는 사실도 알았다. 그래서 아버지는 아들을 단죄하여 살해하는 일이 벌어졌다. 이를 두고, 어떤 이들은 '가정폭력'이라고 말한다. 물론 부모가 자식을 죽인 일은 일본 사회에서 전대미문의 일이라고 하지만, 부모 자식 간의 크고 작은 가정폭력은 비일비재하다는 것이다. 그리고 이 모든 것이 등교거부증에 걸린 학생들이 증대하고 있는 데서 싹튼 것이며, 또한 등교거부증은 학교가 청소년들에게 너무 지나치게 경쟁을 조장하고 그 속에서 비인간화 현상이 증대되어서 생긴 것이라는 진단이다.

일본에서는 대학입학 재수생을 낭인(浪人)이라 부른다고 한다. 떠돌며 공부하는 재수생이 많아서일까? 고3 어머니를 이름하여 '교이꾸마마'라고 부른다고 한다. 모두가 남의 얘기가 아닌 듯싶다. 우리네와 매우 비슷한 얘기들이다. 우리네 교육은 일제 35년을 거치면서 일본의 제도에 영향을 받지 않을 수 없었다. 또 같은 유교문화권의 영향을 받은 터라, 그 생각이나 행동에서 흡사한 것도 많았을 것이다. 특히, 그중에서도 높은 진학열, 교육열, 명문일류대를 향한 끝없는 집념 따위는 우리네가 일본의 그것과 거의 꼭 같은 것이 아닌가 싶다. 우리네 중고등학교에서 지금 더욱 번져가고 있는 경쟁풍토, 그것이 우리네 청소년들에게 어떤 영향을 미칠지 우리는 정말 한번쯤 깊이 생각해 볼 필요가 있다.

이러한 경쟁의 심화가 가져다 준 비인간화 현상을 극복하기 위하여 일본의 나까소네 수상은 교육개혁의 기치를 높이 세웠던 것이다. 어쩌면 그것은 우리가 인간성 회복의 기치를 세우고 교육개혁을 시도하는 것과 같은 속사정일 듯싶다. 물론 그렇다고 해서, 일본의 교육이 무조건 전부 나쁘다고 얘기하는 것은 아니다. 일본 교육의 특유한 장점들도 많다.

이를테면, 그들이 옛날부터 지켜온 강인한 정신력의 개발이라든가, 엄격한 규율 속에서 배양시킨 집단구성원 의식, 그리고 규격화되다시피한 어린시절부터의 철저한 예의범절교육, 그리고 애국심에 기초한 국민의식 등은 부분적으로 우리에게 시사하는 바가 매우 크다. 그러나 일본의 교육은 우리에게 확실하게 하나를 시범 보였음에 주의를 기울일 필요가 있다. 즉 교육에서 몇몇 우수한 학생들을 제외하고는 다수의 수많은 학생들에게 얼마나 큰 피해를 가져다 주는 경쟁의 논리를 시범 보인 것이다.

일본학교에서는 언제나 '말(末)'시험이 중요하다. 학기말시험, 학년말시험이 그렇다. 이 특정기간 끝에 보는 시험은 곧 학생들을 등급 지우고, 그들에게 표찰을 붙여 주는 것이다. 우리네도 일본학교식의 '말'시험을 즐겨 본다. 그러나 미국의 학교에서는 말시험 못지 않게 초(初)시험을 중시한다. 시험이라기보다는 검사로 불리는 때가 많다. 목적은 그 학생의 현재의 수준을 잘 파악해서, 그에게 가장 '적절한' 교육을 베풀기 위해서이다. 결코 떨어뜨리는 일이 없다. 그가 가야 할 적절한 자리를 찾아 주기 위한 것이다. 그래서 정치(定置)

검사라고 하지 않는가?

　그렇다면 그러한 미국에서는 왜 교육개혁이 시도되었는가? 그 문제는 숨을 좀 돌리고 다음 꼭지에서 따로이 얘기해 보기로 하겠다.

길가의 '멈춤' 표지판을 이해 못하는 학생들

  금세기 미국교육의 역사를 그저 대략적으로 살펴보면, 미국교육은 언제고 개방과 폐쇄, 즉 열린 교육과 닫힌 교육을 시계추처럼 왔다 갔다 하였다고 할 수 있다. 하기야 선택의 여지는 결국 양극뿐이었으니까 그럴 수밖에 없었을 것이라고도 생각한다. 그것은 마치도 넥타이가 넓어지다가 보면 몸을 감쌀 수도 있을 터이니 이번에는 좁아지고 좁아지다가 보면 실낱같이 매고 다닐 수 없어 다시금 넓어지고, 여자 치마길이가 올라가다가 허리 가까이까지 너무 올라간다 싶으면 내려오고, 내려오다가 신부 드레스 모양 끌고 다닐 수 없으면 다시금 올라가는 양극 선택지향이 미국교육에서도 나타난 듯싶다.

  미국교육이 열린 교육에서 닫힌 교육으로 바뀌게 되는 최대의 역사적 계기는 1957년에 일어났다. 그때까지만 해도 미국 사람들은 자기네들이 군사나 경제 그리고 과학기술 등 모든 면에서 소련 사람들보다 우위에 있다고 자부하고 있었다. 그런데 이것이 웬일인가? 소련에서 1957년에 스푸트니크라는 인공위성을 하늘 높이 먼저 쏘아 올린 것이다. 실로 놀라운 일이었다. 인공위성을 하늘 높이 쏘아 올릴 수 있었던 소련의 과학기술 발전에 미국 사람들은 놀란 것이다. 그러고는 이내 위협을 느꼈다. 서둘러 우리도 과학기술을 개발해야 한다고 생각한 것이다. 그러면서 그들은 소련에 비하여 과학기술이 뒤진 그 책임의 상당한 부분을 교육에 귀속시켰다. 도대체 우리네 미국교육은 그동안 무엇을 했기에 이토록 과학기술이 뒤졌는가? 연방정부가 직접 나섰다. 돈은 걱정 말라, 얼마든지 투자할 터이니까, 지금부터 우리 미국 청소년들에게, 특히 뛰어난 우수인력에게 과학기술 교육을 시킬 수 있는 방법을 개발하라는 것이었다. 특히 수학, 과학, 영어(국어) 등의 주지교과목의 교육을 강화시키라는 것이었다.

학자들이 모여서 연구를 하고, 다양한 연구 프로젝트들이 연방정부의 재정지원을 얻어 추진되었다. 그러한 일련의 노력의 결과로 그들은 초·중등학교의 수학, 과학(물리, 화학, 생물), 영어 교과서를 개편하고, 교육방법을 서둘러 개발하였다. 기초부터 제대로 가르치자, 지식체계에서 줄기가 되는 것을 제대로 가르치자, 뿌리가 튼튼해야 큰 열매를 맺을 수 있다, 학교는 그저 왔다 갔다 노는 곳이 아니다, 삶을 살아가는 연습장이 아니다. 이러한 생각에서 이때부터 미국의 학교들은 새로운 교과서, 새로운 교수방법으로 수준 높은 교육을 시키기 시작하였다. 일대 각성이 일어난 것이다. 그동안 열려 있는 교육이 닫힌 교육으로 바뀌게 된 것이다.

그러나 그렇게 새롭게 개발된 교과서들, 특히 그 내용의 깊이가 심화되고 수준이 높아진 내용들로 가득 찬 교과서들은 많은 보통 학생들에게 큰 어려움을 가져다 주었다. 하기야 그러한 교재의 교수방법들은 우수한 학생들을 초점으로 하여 개발된 것이니까, 가뜩이나 그동안 느슨한 교육에 익숙해 있던 보통 학생들이 따라가기란 지극히 어려웠을 것이다. 여기서 참고로 얘기하면 우리나라의 경우에는 이러한 미국의 교육내용과 방법을 1973년에 그대로 도입했다가 크게 실패한 어처구니가 없는 경험을 했다. 아마 1973년 직후에 중·고등학교에 다녔던 지금의 30대 중반의 사람들은 기억날지도 모른다. 어느 날 갑자기 수학이 되게 어려워졌고, 생전 처음 들어 본 낱말들로 가득 찼던 과학교과서들을 갖고 공부했던 일을 기억할지도 모른다.

하여튼 미국의 경우, 그렇게 해서 만들어진 교과서와 교수방법들은 많은 학생들을 어려움으로 몰아넣었다. 학교에만 갔다 오면 골이 지근지근 아팠다. 왜 우리가 이런 것을 이렇게 배워야 하는가. 그때 유행하였던 말 중에 '르네상스 사람(Renaissance Person)'이란 것이 있었다. 즉, 학교에 가서 너무 어려운 것을 많이 배운 바람에, 머리가 무겁고 몽롱해져서 정신이 반쯤은 나간 듯이, 큰 느티나무 밑 벤치에 먼 산을 바라보면서 멍하니 혼자 앉아 있는 학생을 르네상스 사람이라고 일컬었다.

르네상스 사람의 증대는 학교에서만의 문제가 아니었다. 집에 가서도, 길거리에서도 문제가 되었다. 그러자 때마침 인권운동이 확산되고, 냉전구도 속에서의 이데올로기 대립이 심화되는 사회적 현상과 더불어, 1960년대 초부터 대학의 소요사태가 일기 시작하였고 이는 그후 10년간 미국의 학교교육에 일대 타격을 가하게 되었다. 많은 학자들과 교육자들은 지난날 그들이 채택하였던 지식 위주의 폐쇄된 교육체계가 간접적인 원인이 되었다고 생각했다. 소련에 뒤진 과학기술을 쫓아가려다가 그만 수많은 '보통' 학생들까지도 잃어버릴 위험에 처하게 된 것을 깨달았다. 이에 미국의 학교들은 1960년대 말부터 1970년대 초에 이르면서 다시금 개방교육체제로, 열려 있는 교육체제로 일대 전환을 시도하였다.

우선 그동안 줄 맞추어 배열해 놓았던 책상들을 초등학교 교실에

서부터 흩뜨려 놓기 시작하였다. 어떤 학교에서는 아예 책상을 치워
버렸다. 원탁형으로 그저 두세 개 정도의 책상만을 교실 뒤쪽에 놓
아두었다. 개별지도를 할 때나 쓸까 하는 목적으로. 그리고 교실 바
닥은 카펫으로 덮었다. 그저 집 안의 거실에 식구들이 모여 앉아 놀
듯이 교실을 그렇게 꾸몄다. 엎드려 노는 아이, 앉아 있는 아이, 잠시
도 몸을 그냥 안 놓아두고 뒹구는 아이…… . 모두 아이들의 자유로
움을 최대한 보장하는 '즐거운 학교' '즐거운 교실'이 되도록 하는 데
우선 목표를 두었다.

시간표도 종전에는 1, 2, 3교시 하면서 배워야 할 교과목을 고정적
으로 배정해 놓았던 것을 느슨하게 풀었다. 오전에는 놀이, 오후에는
현장관찰 하는 식으로 대충 정해 놓는 학교가 있는가 하면, 또 어떤
학교에서는 주제 중심으로 오전에는 은행놀이, 오후에는 우리 동네
의 자연 하는 식으로 융통성 있게 정해 놓고 수업을 하였다.

가르치고 배우는 일의 주목표는 어린이들로 하여금 스스로를 알
게 하고, 다른 사람들과 더불어 어울려 살아가는 것을 터득하게 함
으로써 자유민주주의 사회에서의 효율적인 구성원으로서의 자질을
키우는 데 두었다. 더불어 열린 생각, 열린 마음, 즉 심리적인 자유로
움 속에서 확산적이고 발산적인 사고, 창조적인 사고를 할 수 있도
록 하는데 목표를 두었다. 선생님의 역할은 기본적으로 중재자, 조장
자, 협력자의 역할이었다. 결코 학생들에게 어떤 가치를 주입시키려
들지 않았다.

어떤 초등학교에서의 일이다. 교실 뒷벽에는 학생 개개인별로 원
형의 화살 던지기 놀이판 같은 것이 걸려 있었다. 자세히 들여다보
니 원은 모두 7개의 무지개 색깔로 구별된 칸으로 나누어져 있었다.
그리고 그 7가지 색깔은 그 학급에만 통용되는 의미를 지니고 있었
다. 즉, 7가지 색깔은 각기 감정상태를 나타낸다. 이를테면, 빨간색

은 '화가 났다'는 의미이고, 파란색은 '슬프다', 노란색은 '기쁘다', 보라색은 '우울하다'는 식의 의미를 지니고 있었다. 그리고 그 원판에는 시계바늘 같은 것이 있었다. 어린이들은 아침에 학교에 나오면 제각기 자신의 그때의 기분에 맞추어 바늘을 움직인다. 나는 지금 몹시 화가 나 있는 상태에서 학교에 왔다고 하는 어린이는 자기 원판의 바늘을 빨간색에 갖다 맞추어 놓는 것이다. 물론 학생들의 원판만 있었던 것은 아니다. 선생님의 원판도 있었다. 선생님도 아이들과 같은 방식으로 자신의 기분을 모든 어린이들에게 알린다.

이렇게 해놓고, 선생님과 어린이들은 그날의 학습을 시작한다. 이렇게 저렇게 왔다 갔다 하면서 어린이들과 선생님은 다른 사람들의 기분 상태를 안다. 「아, 쟤는 몹시 화가 나 있구나, 왜 화가 났을까?」 아이들이 그에게 다가간다. 이해하려고 애쓴다. 선생님의 각별한 주의와 위로가 뒤따른다. 이렇게 해서 시간이 지나다 보면, 아이들은 자신의 기분이 바뀐 것을 느낀다. 그러면 이내 아이들은 자신의 원판에 다가가서 바늘을 움직인다. '기쁘다, 즐겁다'고 하는 노란색으로 바늘을 움직여 놓는다. 이렇게 해서 집에 갈 때쯤이면 모든 아이들과 선생님 원판의 바늘들은 일제히 노란색에 가 있게 된다. 모두가 그날의 학교생활을 즐겁게 마친 것이다. 그리고 그들은 즐거운 마음으로 '노란' 학교 버스를 타고 집으로 향한다. 그야말로 '즐거운' 학교에서 '즐거운' 공부를 한 것이다. 그래서 많은 미국 어린아이들은 집보다 학교를 더 좋아한다. 집에 가보았자 혼자이고, 엄마 아빠는 별거를 의논하고 있고, 자신의 양육에 대한 권리 다툼이나 하는 그런 집보다 학교가 더 좋다는 것이다.

이렇게 1970년대로 이어진 미국의 열린 교육은 너무 열려 있었던 것 같다. 지적인 측면의 교육보다는 지나치게 정적인 측면의 교육을 강조하다 보니, 많은 수의 학생들이 문맹에 시달리게 된 것이다. 역사를 두고 옛부터 강조되어 온 세 가지의 R, 즉 읽고(Reading), 쓰고 (wRiting), 셈하는(aRithmetic) 세 가지 R에 대한 문맹 어린이들이 속출한 것이다. 몇몇 어린이들만 모르면, 글쎄 그 아이들이 좀 지진아 아닌가 싶겠는데 이게 뭔가, 절반이 넘는 수의 어린아이들이 그러한 문맹에 걸려 있는 것 아닌가. 그것도 초등학교에서가 아니라 고등학교에서까지.

메릴랜드 주에서 고등학교 졸업반 학생들을 대상으로 도로교통 표지판에 대한 이해를 측정하였다. 팔각형의 모양에다 가장자리를 빨간색으로 칠한 것은 그 안에 아무런 글자를 안 써놓아도 'stop(정지, 멈춤)'의 의미로 해석되는 만국공통의 도로교통 표식이다(북한만 예외다. 북한에서는 팔각형 대신 원으로 되어 있고, 그 안에다 '섯' 하고 써놓았다고 한다). 그런데 이게 웬일인가. 많은 수의 학생들이 STOP의 의미를 모르니. 삼각형을 거꾸로 세워 놓고 그 안에다 YIELD라고 적어 놓은 것은 '양보'를 의미한다. 이것은 철자가 한 개 더 많아서 그런가, STOP보다 YIELD를 이해 못하는 학생의 수는 훨씬 많았다.

우리가 3R을 공부하는 까닭은 물론 우선은 자신이 한 사람으로 살아가는 데 있어 최소한의 생존을 위한 필수적 지식이기 때문이다. 그러나 그것들을 배우는 더 큰 까닭은 민주사회에서 다른 사람들에게 불편을 주지 않기 위해서이다. 즉 내가 3R을 모르면, 다른 사람에게 어려움을, 피해를 줄 수 있다는 것이다. 그런데 이러한 기초지식조차 학교에서 갖추어 내보내지 못한다면, 그리고 그들이 정서적으로 따뜻함만 갖추었다면 무슨 의미가 있겠는가?

그래서 미국은 1980년대로 접어들면서 일대 교육개혁을 시도하였다. 「기초로 돌아가자!」 즉 기초교육을 강화하자는 쪽으로 개혁의 방향을 정했다.

앞서 소개한 등교거부증에 걸린 일본의 학생들과는 전혀 성격이
다른 차원의 문제로 미국의 학생들은 어려움을 겪고 있다. 미국과
일본, 어쩌면 교육에서 내보일 수 있는 양극을 그대로 보여 주었다.
이 양극을 일직선상에 놓고 볼 때, 우리는 어디쯤 위치하고 있을까?
아무래도 일본 쪽으로 더 향해 있는 것은 아닌가? 옛부터 중용은 우
리네 사회의 큰 미덕으로 여겨졌다. 중용은 조화와 균형을 의미한다
고 할 때, 우리네 교육개혁은 이제 어떻게 그 중용을 이룩할 수 있을
까? 그 양극의 일직선상에서 어느 만큼의 위치에 우리는 우리의 자
리를 정해야 하겠는가?

몇 년 앞으로 다가온 21세기

새달이 시작되고, 새해가 시작되면 사람들은 마음을 새롭게 하고 새로운 계획을 세우며 마음의 설렘을 느낀다. 하물며 100년을 넘기지 못하는 우리들의 짧은 생애에서 새로운 세기가 시작됨을 경험할 수 있게 될 때의 설렘과 각오는 모든 사람에게 똑같이 엄청난 것이 되리라 생각한다. 그렇기에 새로운 세기를 맞이하는 준비도, 국가적인 차원에서도, 개인적인 차원에서도 그만큼 미리 긴 시간을 두고 하는 것 아니겠는가?

지금부터 따져서 만 6년 후면, 새로운 세기의 새벽을 알려오는 '2000'이라는 숫자가 거리마다, 사람들의 머리와 가슴마다, 갖가지 인쇄매체나 영상매체마다 온통 출렁일 것이다. 그때, 우리는 참으로 어떠한 모습의 사회, 어떠한 모습의 국가, 어떠한 모습의 삶을 맞이하게 될 것인가? 사람마다 기대하는 바가 다르고, 시각이 다르기 때문에 그것이 어떠한 모습이 될 것인가, 또 되어야 하겠는가에 대한 합의를 구하기란 매우 어렵다. 그럼에도 불구하고 많은 사람들의 이야기 가운데 서로 쉽게 동의하고 공감할 수 있는 것들을 선별하면, 다음의 세 가지를 꼽을 수 있다.

첫째는, 더불어 함께 사는 통합된 삶이다. 그동안 사람들을 갈라 놓았던 크고 작은 이데올로기들이 종식된다. 그리하여 빈부 간, 지역 간, 성별 간, 학력집단 간, 연령 간, 그리고 나아가서는 국가 간 등 각양각색의 집단 간의 이념적 대립이 종식되고, 상보적인 관계에서 서로 화합하여 살아가게 될 것이고, 또 그렇게 되어야 한다.

둘째는, 개별적 특성이 존중되는 다원화된 문화적 삶이다. 21세기의 한국사회는 문화적 복수성의 사회가 된다. 옛부터 인습과 타성으로 내려온 획일적인 가치와 문화에서 탈피하여, 개인 또는 집단별로 여러 가지 다양한 가치와 문화를 발전시키게 되며, 사람들은 또 그것을 서로 존중하며 살아갈 것이다.

셋째는, 심리적 존재의미를 추구하는 인간다운 삶이다. 이는 바꾸어 말하면, 양적인 삶으로부터 질적인 삶으로의 변화를 뜻한다. 물질적 풍요와 더불어 사람들은 자신들의 내재적인 존재가치를 추구하는 데서 삶에 대한 행복감과 만족감을 누리게 된다.

그렇다면 이상의 세 가지 삶의 사회를 구현하려면, 우리는 교육의 측면에서 볼 때 어떠한 것을 갖추도록 하여야 하겠는가? 통합된 삶, 다원화된 문화적 삶, 인간다운 삶을 누릴 수 있는 사회가 되기 위해서는 최소한 다음과 같은 일곱 가지 측면에서의 교육적 복지가 실현되어야 한다고 생각한다. 그리고 지금 우리가 추진하고 있는 교육개혁도 바로 이러한 일곱 가지 관점에서 새롭게 검토되어야 할 것이다.

첫째, 다가오는 21세기 정보화 사회에서 인간 삶의 필수적인 요건은 의사소통 능력을 갖추는 것이다. 의사소통에서 그 어느 누구도 소외되거나 버림받지 않도록 하여야 한다. 그러나 정보통신공학의 눈부신 발전은 이미 상당한 수의 사람들로 하여금 의사소통에서 소외감을 느끼게 하고 있다. 이에 우리 모두가 익히 경험하고 있듯이, 지금 우리 사회에는 의사소통의 새로운 매체와 심벌들이 계속 등장하고 있다. 21세기를 맞이하기 위한 교육은 곧바로 그러한 매체와 심벌들을 활용해서 서로가 분명하게 사고하고, 말하고, 쓰고, 듣고, 읽을 수 있는 힘과 심성을 키우도록 하여야 한다.

둘째, 우리가 호혜적 화합을 이루는 통합된 삶을 살아가려면, 서로가 함께 공유하는 부분을 양적으로는 크고, 질적으로는 돈독하게 만들어 나가야 한다. 부부나 한 가족이 그 어느 조직의, 어느 인간관계의 경우보다도 서로 정이 어린 화합된 삶을 사는 것은 서로 간의 공감대가 크기 때문이다. 시간이나 공간의 공유가 그렇고, 물질이나 마음의 공유가 그렇다. 다양한 계층의 온 국민이 이념적 대립 없이 통합된 삶을 살아가도록 하려면 우리는 교육을 통해서 국민의 공유영역을 양적으로 확대시키고 질적으로 심화시켜 나가야 한다. 그 내용은 특히 두 가지 측면에서 포괄적이어야 한다. 하나는 시간적 공유영역을 확장하는 것으로서 과거와 현재 그리고 미래로 이어지는 시간의 연속선상에서 변화되지 않는 공통된 가치와 역사 및 문화를 공유하도록 하는 것이다. 다른 하나는 공간적 공유영역으로서 이는 지역문화, 한국인의 문화, 나아가서는 세계문화의 한 부분을 공유하도록 하는 것이다.

셋째, 우리나라에는 공식적인 교육체계로부터 충분하고도 적절한 교육의 혜택을 받지 못하는 상당한 수의 불이익집단이 아직도 많이 존재하고 있다. 이를테면 머리가 남들보다 다소 뒤떨어져서 제도권의 교육으로부터 밀려나 그대로 거리로 내동댕이쳐지고 있는 수많은 청소년들이 있다. 그런가 하면, 부모가 가난해서 교육을 받고 싶어도 받지 못하는 사람들, 신체적인 결함으로 원하는 교육을 적절히 받지 못하는 사람들도 있다. 또한 여러 가지 이유로 적령기에 교육을 받지 못해서 훗날 교육을 받고 싶어도 받기 어려워, 배움에 대한 배고픔을 안고 한스럽게 살아가는 사람들도 있다. 경우에 따라서는 태어난 곳이, 자라난 곳이, 거주하고 있는 곳이 원인이 되어 배우고 싶은 열망을 충족시키지 못하는 사람들도 있다. 그런가 하면 위에 적은 경우와는 다른 차원에서의 불이익집단도 있다. 이를테면 지적 능력이 탁월한데도 그것을 마음껏 키워 나갈 수 있는 적절한 교육기회를 찾지 못하는 불이익이다. 21세기 우리 한국사회의 모든 사람들이 인간다운 삶을 누리도록 하기 위해서는, 지금부터 누구나가 각자의 능력, 소질, 흥미, 적성, 신체적 조건, 환경적 조건 등에 비추어 가장 적절한 교육을 받을 수 있는 교육기회에 대한 권리를 신장시켜 주어야 할 것이다.

넷째, 21세기 사회는 사람들이 먹고, 마시고, 자고, 사랑을 나누는 일들처럼 학습이 일상의 한 부분이 되는 학습사회가 될 것이다. 급속하게 양적으로, 질적으로 확산되고 변화되어 가는 정보의 홍수 속에서 사람들은 생존을 위하여 필연적으로 학습을 하게 된다. 따라서 교육은 학교라는 전통적인 공간을 초월한다. 누구나, 어디에서나, 어떻게 해서든지 사람들은 배움의 열망을 충족시키려고 할 것이다. 이러한 열망을 충족시키는 교육복지를 실현하려면, 우선 학교는 그 교육의 목표를 바꾸어야 한다. 즉, 사람들에게 지식 그 자체를 가르쳐 주기보다는 지식을 탐구하는 방법, 공부하는 방법을 가르쳐 주어서 내보내야 한다. 그들에게 평생 스스로 학습할 수 있는 힘을 길러 주어서 내보내야 한다. 그리고 또한, 우리 사회에 다양한 배움의 장이 마련되어야 한다. 지극히 구속적이고 제한된 시공간인 학교 중심의 교육체제에서 벗어나야 한다. 교육이 학교만의 전유물인 시대는 지나갈 것이다.

다섯째, 진정한 교육복지를 실현하기 위해서 또한 우리가 시급히 서둘러야 하는 것은 교육시설의 현대화이다. 어떻게 보면, 우리 사회의 여러 조직체 가운데 학교라는 조직만큼 과학기술적인 측면에서 그 혜택을 입지 못하고 있는 조직도 없을 듯싶다. 아이들은 집에서 수많은 전자정보기기를 접한다. 집 밖을 조금만 나아가도 그렇다. 병원, 백화점, 공항, 시장, 그 어디를 가도 그렇다. 그런데도 유독 학교를 가면 구시대적 유물들을 많이 볼 수 있다. 겨울철에는 아직도 난로에 조개탄을 때고, 재래식 화장실에서는 악취가 풍겨 나고, 백묵가루가 교실 안을 가득 채우고, 삐거덕대는 낮은 책걸상에 다리를 겨우 걸쳐 집어넣고 앉아 있어야 한다. 학교는 사회의 그 어느 곳보다도 제일 먼저 첨단과학기술의 혜택을 입을 수 있어야 한다. 그래야만 사회에 나가서 살게 될 사람들을 제대로 교육할 수 있다.

여섯째, 사회의 모든 교육환경의 교육력 회복은 앞으로 우리나라 교육복지 실현에 있어 또 다른 필수불가결의 요소가 된다. 사회 전체가 교육의 마당이 되어야 하고 성인 모두가 아동의 스승이 되어야 한다. 사회 곳곳에서 의도적이든 의도적이지 않든 교육이 이루어진다고 할 때, 그때의 교육환경이 교육적이지 않고서는 교육복지 실현이 불가능하다. 교문 밖을 조금만 나서면 학생들이 쉽게 보고 듣고 읽을 수 있는 어른들의 일그러진 모습들이 얼마나 많았던가? 어린이들을 상업적으로만 이용하려고 하였지, 그들을 교육적인 대상으로, 미래의 우리 사회를 이끌고 지켜 나갈 소중한 존재로 얼마나 생각하였던가? 공해를 유발하는 업소나 공장에 대한 제재도 활발하게 추진되고 있는 바, 교육에 유해한 여러 환경조건에 대한 제재도 그 이상으로 활발하게 이루어져야 한다. 교육복지 천국은 어느 곳에 어느 때에 처하여 있든지 마음만 먹으면, 느끼고 배울 수 있는 것이 많은 사회이다. 마음을 먹지 않아도 일상에서 습관적 접촉을 통하여 무엇인가를 터득하고 느낄 수 있도록 사회의 모든 교육환경의 교육력 회복이 절실히 요구된다.

끝으로, 교육에 대한 직간접적 재정지원과 학부모 및 사회 모든 기관과 사람들의 심리적 지원이 확대되어야 한다. 현재 정부 예산 중 교육에 대한 투자는 20퍼센트를 넘는다. GNP 중 차지하는 비중은 약 4퍼센트에 조금 못 미친다. 이러한 비중만을 놓고 생각하면 이는 결코 적은 수치가 아니라고 말할 수도 있다. 그러나 문제는 사회의 제반 부문별 규모에 대한 교육규모의 상대적 크기를 놓고 생각할 때, 그리고 학생 1인당 투자되는 교육비를 놓고 생각할 때, 교육에 대한 재정적 투자는 아직도 상당히 미흡한 수준에 놓여 있다. 이와 더불어 생각할 점은 교육에 대한 국민의 의식과 지원이다. 자신의 자녀만을 위한 지극히 이기적인 교육열과 함께 내 자식만을 위한 무조건적, 경쟁적인 교육투자에는 우리 모두가 앞 뒤 안 가리고 심혈을 기울였다. 그러나 그 이익이 집단 전체에게 돌아가는 모두를 위한 투자에는, 모두를 위한 교육적 노력에는 인색하였음을 부인하기 어렵다. 교육복지, 그것은 모든 사람의 집합적인 지원과 관심으로 이루어질 때 비로소 가능한 일이 될 것이다.

교육은 인간이 그 삶을 의미 있게 영위해 나가기 위하여 선택하는 삶의 한 부분이다. 따라서 교육은 결코 단순히 특정한 목적의 도구로만 전락할 수도 없거니와, 그렇다고 해서 교육 그 자체가 하나의 목표일 수도 없다. 또한 교육은 그 어느 특정한 개인의 삶의 관점에서만 조명되어서도 안 된다. 그렇다고 국가의 관점에서만 획일적으로 조명되어서도 안 된다. 교육은 그 사회 구성원 개개인의 삶의 한 부분이기도 하지만, 모든 구성원이 각각의 개별적 독특성을 향유하면서, 서로 더불어 살아가는 사회 전체의 체제이기도 하다. 이러한 것들이 곧 교육적 복지국가로서의 21세기의 한국을 만들어 나가는 데 있어서 근본적인 출발점의 시각이 되어야 할 것이다. 그리고 이러한 것들이 곧 지금 우리가 계획하고 실천에 옮기려 하는 교육개혁의 기본 전제가 되어야 한다. 그저 가식적으로 국민들에게 교육개혁을 하고 있다는 것을 내보이기 위하여, 괜스레 몇 가지 제도를 성급히 뜯어고쳐서, 가뜩이나 어려움에 처해 있는 국민들에게 혼란을 가중시키고, 교육에 대한 불만을 고조시키는 일은 없어야 할 것이다.

제5장

심리적으로 자유로운 의미 있는 삶

SOB

나는 1977년 7월부터 1980년 6월까지 미국의 수도인 워싱턴 DC에 소재하고 있는 조지 워싱턴(George Washington) 대학교에 유학을 했다. 이 대학은 사립대학이며 연구중심 종합대학교이다. 굳이 우리나라식으로 몇 류쯤 되는 학교냐고 누가 묻는다면 약 3,000개쯤 되는 미국의 4년제 대학 가운데, 상위 100개 대학을 뽑을 때는 그 안에 드는 대학의 하나라고 대답할 수 있다.

원래는 조지 워싱턴 대통령이 연방정부 수도에다 국립대학을 하나 세우고자 하였으나, 당시 의회의 거센 반발로 그 뜻은 좌절되고 말았다. 그러나 조지 워싱턴 대통령의 뜻을 소중하게 생각하였던 몇몇 종교계 지도자들이 힘을 모아서 1821년에 '컬럼비아 대학'이라고 명명한 사립대학을 하나 세우게 되었고, 이 대학이 1904년에는 지금의 조지 워싱턴 대학교로 바뀌게 되었다.

1977년 7월, 밖은 화씨 100도를 오르내리는 끈적대는 무더위가 한창이었다. 미국땅에 발 들여놓은 지 열하루째, 나는 거처도 정하지 못해 지금은 주 태국대사로 계신 정태동(鄭泰東) 박사님 댁에서 기거를 하면서 첫 수업에 들어가게 되었다. 미국에 유학가기 전에, 한국에서 대학원을 다니면서 석사학위를 했고, 또 2년간이나 시간강사로 학생들을 가르쳤기에 미국 대학원에서의 첫 수업에 대한 흥분은 그리 크지 않았다. 그저 영어가 내 나라 말처럼 쑥쑥 들어오고 나가질 못해서 좀 찝찝했고, 미국에 발 들여놓은 지 며칠 안 되었다는 데서 생겨나는 심리적인 불편이 다소 있었을 뿐이다.

여름학기 수업이라서 그런지 내가 신청한 첫 과목의 수강생은 그리 많지 않았다. 12명뿐이었다. 60세쯤 되어 보이는 노교수가 들어오셨다. 돌아가면서 학생들이 자기소개를 하였다. 외국인 학생은 나혼자 뿐이었다. 11명(그중 4명은 여자였고)의 미국인 학생들은 영어(?)를 능숙하게 하였다. 이어 교수님의 열띤 강의가 시작되었다. 그리고 학생들과의 토론도 시작되었다. 아무리 귀를 기울여도 무슨 얘기를 하는 것인지 제대로 감이 잡히질 않았다.

한 시간이 훨씬 지났다. 그때까지 처음의 '자기소개' 때 이외에는 말 한마디 하지 않고 앉아 있는 학생은 나뿐이었다. 교수님은 흘끗 흘끗 내게 눈길을 주었다. 무슨 할 얘기가 없느냐는 뜻 같았지만, 뭐 알아듣는 것이 있어야 하지 않겠는가? 더욱이 우리네 동양 사람들은 서양 사람들처럼 말이 많지 않지 않은가? 조금 아는 것 가지고 떠들어 대는 서양 사람들에 비하여 우리는 많이 알아도 속으로 느끼기만 하지 웬만하면 겉으로 말하지 않는 것이 특성 아닌가? 그러나 그때 나는 그런 특성 때문에 입을 다문 것이 아니었다. 할 말을 찾지 못했을 뿐이었다. 그러나 이대로 가만히 있다간 나 혼자만 교수의 눈에 바보로 낙인찍힐 테고, 그러면 첫 과목부터 F를 받게 될 터인데, 어쩌나 하는 생각이 들었고 이쯤되니까 우선 불안해지기 시작했다. 그저 아무 얘기로라도 입을 떼어야겠다는 생각이 들었다. 바로 이때였다. 교수의 강의 속에 두서너 번 'SOB'라는 말이 들려왔다. 좀 아까 'USOE'라고 했는데 그것은 미국의 교육청(United States Office of Education)을 뜻하는 것 같았는데, 그럼 이번의 SOB는 무슨 기구의 약칭인가? 옳지, 그것이라도 우선 물어보자.

손을 번쩍 쳐들었다. 그런 나를 본 교수는 퍽이나 기뻐하면서 내게로 다가왔다. 어서 말해 보라는 것이었다. 나는 머뭇대면서 말했다.

「한 가지 어휘의 뜻을 물어봐도 되겠습니까?」

「물론이지!」

「지금 두세 번 SOB라고 말씀하셨는데 그것이 무슨 뜻입니까? 무슨 기구의 약칭입니까?」

나의 이 어설픈 질문이 떨어지자, 장내는 교수와 학생들의 온통 괴성에 가까운 웃음으로 가득했다. 난 미국 여자들이 그렇게 요란스럽게, 조롱하듯, 나자빠질 듯 웃는 모습을 처음 보았다. 나만 그들을 어색한 표정으로 바라보고 있었다. 한참을 저희들끼리 웃고 난 다음에, 교수는 내 옆에 앉은 하워드(Howard)라는 학생에게 좀 가르쳐 주라고 시켰다. 그러자 하워드는 웃음만 가득 띄운 채, 자기는 못 가르쳐 주겠다고 고개를 흔드는 것 아닌가? 그랬더니, 교수는 이번에는 내 왼쪽에 앉아 있던 스웰렌(Swellen)이라는 여학생한테 가르쳐 주라고 했으나, 그 여자 역시 어떻게 그것을 가르쳐 주겠느냐는 식으로 막무가내였다. 이때까지 나는 영문을 모르고 앉아서, 어색한 표정을 짓고 있었다. 그리고 속으로는 은근히 부아가 끓어올랐다. 「이 자식들이 사람을 정말 바보로 만드는구먼!」 다시금 교수는 하워드에게 간청을 했다. 그러자 그는 내 노트 한구석에다 'Son of Bitch(후레자식)'라고 적었다. 그러자 사람들의 시선이 내게로 쏠렸다. 내가 그것을 아는지, 안다면 어떠한 반응을 보일지, 그것을 보고 싶었던 모양이었다. 내가 그것을 모를 리가 없었다. 미군부대의 카투사로 3년간

군대생활을 했고, 그 속에서 나는 질 낮은 미국 병사들의 수없는 욕지거리를 익히 들었던 터였으니까. 그리고 그때 오고간 욕지거리에 비하면 'Son of Bitch' 정도는 꽤나 점잖은 쪽에 드는 욕이었는데, 나는 씽긋이 웃었다. 너무도 어이가 없어서였다. 나는 교수의 강의 속에 그런 욕이 섞여 있으리라고는 전혀 기대하지 않았기에, SOB를 자꾸만 무슨 기구의 약자인 것으로 머리를 굴렸던 것이었다. 어떻든 내 모습을 보고 그들은 한바탕 또 웃었다. 물론 교수는 무슨 뜻인지 아느냐고 내게 물어왔다.

이 일이 있고 나서부터, 나는 조지 워싱턴 대학 교육학과에서 일약 유명해졌다. 얘기는 번지고 번져서 모든 교수들도 알았고, 그것을 물었던 동양 학생이 '이성호'라는 것도 알았다. 덕분에 쉽게 여러 명의 친구를 얻게 되었다.

첫 시간의 사건으로 나는 하워드, 스웰렌과 유별나게 친해졌다. 하워드는 그 당시 미국 국립교육연구원의 실장직급에 있었다. 나이는 나보다 두 살 위였다. 언제고 내게 어려움이 있으면 해결사를 자처하고 나서서 나를 도와주었다. 그러면서도 그는 언제고 나에 대한 경쟁을 게을리하지 않았다. 훗날 우리의 그러한 우정 어린 경쟁은 두 사람 모두 똑같이 3년 만에 공부를 끝내도록 하는 데 큰 역할을 했다. 그는 언제고 수업시간 중에 나의 노트를 흘끗거렸다. 내가 무엇을 적는지를 유심히 보는 것 같았다. 사실 나는 교수의 강의내용을 필기하는 경우보다는 교수의 강의를 들으면서, 그 순간 내 머릿속에 떠올랐던 많은 생각들을 적는 경우가 많았다. 그러다 보니, 적는 속도가 늦어져서는 안 되겠다 생각하였다. 그래서 나는 영어, 한국어, 독일어, 한자, 수학적 기호, 또 내가 그때그때 만들어 내는 온갖 약어를 전부 동원해서 빠르게 메모해 나갔다. 그저 머릿속에 떠오르는 언어와 기호로 적어 나갔다. 그리고 훗날 체크할 때 도움을 얻기 위해, 중요도에 따른 서로 다른 표시도 해두었다. 그렇지만 경쟁심과 호기심이 많은 하워드는 꼭 수업이 끝나면 나를 휴게실 같은 데로 끌고 가서는 내 노트에 적힌 '요상한' 것들을 일일이 물어보았다. 어쩌면, 한 나라 말밖에 모르는 그들보다, 두 나라 말을 할 수 있는 우리는 오히려 학업에 있어 큰 상대적 이점을 갖고 있는 것이 아닌가 싶었다.

미국에서의 첫 번째 크리스마스가 다가왔다. 하계과정과 첫 학기인 가을학기를 성공적으로 끝낸 기쁨과 2~3주만 있으면, 아내와 큰아들 녀석이 미국으로 오게 되었다는 기쁨이 함께 뒤범벅되어 퍽이나 설레는 연말을 맞이하였다. 그런데 크리스마스 이틀 전, 내 옆에 앉아서 'Son of Bitch'를 가르쳐 주기 힘들어했던 스웰렌이라는 여학생이 동료 여학생 다섯 명과 함께, 글쎄 나 한 사람만을 성탄축하 겸 일종의 종강파티 겸해서 저녁 식사에 초대해 주었다. 포토맥 강이 바로 발밑에 흐르고 있는 '할리데이 인'이라는 한 호텔의 스카이 라운지로 초대한 것이다.

우리는 6시에 만나기로 되어 있었는데, 내 딴에는 남자로서의 위신, 한국인으로서의 긍지(?)도 지켜야겠다 싶어 5분쯤 늦게 나타났다. 그런데 그것이 화근이 되고 말았다. 내가 식당 안에 들어섰을 때, 그들 6명은 모두 다 와 있는 것 아닌가! 그리고 내가 저만치서 들어오고 있는 것을 본 그들 여학생 6명이 모두 내게로 일어서서 차례대로 악수를 건네고, 껴안고, 키스를 하는 것 아니겠는가? 얼떨결에 퍼붓는 키스라서 나로서는 참으로 어색하기 이를 데 없는 일이었다. 껴안고 키스도 받았지만, 감각은 죽어 있었다. 아무런 느낌도 느낄 수가 없었다. 그저 순간에 지나간 일이었다. 뒤로 몸을 젖히면서, 「어-어-」하는 동안 6명은 모두 나를 스쳐 지나갔다. 그때의 내 얼굴 표정이나 몸의 제스처가 꽤나 우스웠던 모양이었다. 왜냐하면 주변의 몇몇 테이블에 있던 다른 손님들도 큰 소리로 나를 향해서 뭐라고 하면서 웃어댔으니까. 차라리 좀 내가 일찍 가 앉아 있다가, 하나씩 맞이했으면 여유있게 느껴 보았을 텐데(?) 하는 아쉬움도 있었다. 그렇게 해서 나는 사회적 키스(?) 능력을 익혔지만, 막상 몇 주 후 아내가 덜레스 공항에 내렸을 때, 나는 그저 물끄러미 바라보면서,「왔어!」하는 한마디만을 퉁명스럽게 내던졌을 뿐이었다. 그러면서「아내는 미국 여자가 아니잖아!」하고 피식 웃고 말았다.

　아내가 온 지 한 달이 채 못되어 나는 조지아 주 애틀랜타 시에 여행을 하게 되었다. 그곳에서 미국 2년제 초급대학 및 지역사회대학 협의회의 연차대회가 열리게 되었다. 마침 아세아재단에서 동양 학생으로 고등교육전공 학생 2명을 경비전액을 지불하여 참석시키는 케이스에 내가 뽑히게 되었다. 왕복 항공료와 2박 3일간의 호텔 숙박비를 보내 주었다. 내게는 한번에 만져 보는 제법 큰돈이었다. 이 돈을 아껴서 학비에도 보태고, 생활비에도 좀 보탤 요량으로 나는 보다 싼 여행방법을 찾았다. 비행기 대신 장거리 고속버스를 타기로 한 것이다. 이튿날 아침 10시까지 회의장에 도착해야 한다기에, 나는 그날 저녁 4시에 워싱턴에서 버스를 탔다. 17시간이나 걸리는 긴 버스 여행이었다. 생각으로는 차 안에서 책도 좀 읽고, 또 차창 밖으로 펼쳐지는 자연경관도 구경하고 또 졸리우면 잠도 자고, 그리고 옆 사람하고 얘기도 하면 되겠지 하고 탔다. 그러나 우선 놀란 것은 버스를 탄 사람은 모두가 흑인들이었다. 뚱뚱한 아주머니, 입술이 유별나게 두껍게 밖으로 향한 건장한 흑인 청년들, 그리고 몇몇 노인들, 어떻든 흑인뿐이었다. 운전기사만이 백인이었다. 차가 시내를 빠져 고속도로에 들어서자, 이내 어두워졌고 흑인들은 조용히 잠들었다. 워낙 차 안에서는 책을 보는 습관에 길들어 있지 않은 나였는데, 더욱이 그런 가운데서 책을 보기란 쉽지가 않았다. 잠도 잘 안 오고,

자기도 불편했고, 중간중간 쉬는 곳에서는 애꿎은 커피나 먹었고, 참으로 곤혹스러운 여행이었다. 올 때도 어쩔 수 없이 그렇게 17시간을 다시 타고 돌아왔으니.

나의 지도교수는 나보다 두 살 위인 젊은 교수였다. 일부러 젊은 교수를 택했다. 그래야 훗날에도 우리는 학술적 동료로 지낼 수 있을 것이라는 계산이 작용하였다. 그는 전형적인 유태인이었다. 그러면서도 그는 그가 지도하는 학생들에 대하여 선생으로서의 인간적인 배려를 아끼지 않았다.

긴 코스웍을 끝내고 논문을 제출하였다. 내일이면 마지막 논문심사가 실시되는 날이었다. 내일 논문심사에서 떨어지면, 이제껏 해왔던 모든 일들이 전부 수포로 돌아간다. 걱정이 되어서 그런지 위스키 두세 잔을 마셨는데도 도통 잠을 이루기가 어려웠다. 새벽 2시가 되었다. 그때 느닷없이 지도교수가 전화를 해왔다. 그러면서, 아직도 잠 못 이루고 걱정하고 있는 것 아니냐는 지도교수의 말에 나는 참으로 놀랄 수밖에 없었다.

「이 양반이 어디서 보고 있었나.」

그는 그만큼 세심했다.

「걱정 말고 이제부터 자게. 내일 아침엔 내가 자네를 데리러 가겠네. 자네는 운전도 말게나. 아침 식사는 나하고 하지…….」

지도교수의 그러한 인간적인 배려는, 지금도 이따금씩 생각난다. 특히, 내가 학생들에게 무엇을 어떻게 가르쳐 주고 지도해 주고 있는가를 돌이켜 볼 때면.

미국 유학생활을 떠올리면, 언제나 내가 가장 미안해하는 사람이 있다. 다름 아닌 우리 작은아들이다. 지금은 여드름투성이가 된 고등학교 2학년, 자못 남자티가 난다. 형편상 우리는 그 아이를 한국에 두고 미국에서 공부를 했다. 애 엄마는 아이를 낳자마자 떼어 놓고

먼저 간 남편을 따라 큰아이만 데리고 미국엘 온 것이다. 돌아왔을
때 그 아이는 다섯 살이었다. 아버지와의 첫 만남이었다. 그후 우리
는 꽤 오랜 세월 동안 그 아이와 엄청난 갈등을 겪어야 했다. 지금은
그가 다행히도 모든 것을 극복하고 열심히 자기 생활에 충실하지만
처음 만나서 몇 년 간은 온 가족이 고통 속에 허우적거려야 했다. 그
래서 지금도 나는 누가 어린 것을 떼어 놓고 유학을 간다면, 그저 막
무가내로 말리고 있다. 죽이 되든 밥이 되든 어린아이들은 부모와
함께 지내야 한다고.

교회 나가는 사람하고만 결혼하겠어요

나는 대학문제를 전공하고 있다. 대학의 여러 가지 문제 중에서도, 어떻게 가르치면 정말 잘 가르치는 것인가? 어떻게 배우면 정말 잘 배우는 것인가? 이러한 교수·학습방법과 교육과정의 원리를 탐구하고, 또 그것을 현장에서 실제로 어떻게 해나갈 수 있는가를 연구하는 일이 하나님께서 나에게 내리신 평생의 소명이라 생각하며 살아가고 있다. 그렇기에 일상의 문제를 경험할 때마다, 나는 그저 그것을 교수·학습의 원리라는 지극히 편협된 시각에서 살펴보고, 해석하고 느끼는 버릇을 가지고 있다.

교수·학습의 원리에 기초하여, 우리나라 교육에서의 잘못된 인식의 한 가지를 지적하면 이런 것을 들 수 있다. 즉, 우수한 학생을 가르치는 선생님은 역시 그 자신이 우수하고, 좀 모자라는 학생을 가르치는 선생님은 역시 그 자신이 좀 실력이 모자라는 것으로 생각하고 있다는 점이다. 그것은 마치도, 명문대학의 교수들은 역시 모두가 우수한 교수들이고, 그렇지 못한, 좀 질이 떨어지는 대학의 교수들은 그들 역시 좀 질이 떨어지는 것처럼 잘못 인식하고 있는 것과 마찬가지이다. 이러한 그릇된 인식은 특히 선생님들의 마음속에 널리 확산되어 있다는 데서 문제의 심각성을 더 크게 느낀다. 그래서 선생님들은 은연중 공부 잘하는 학생들만 가르치려 하고, 그 학생들만 편애하고 선호하는 데서 상당히 많은 문제를 초래한다.

그러나 정말 우수하고 능력 있고 훌륭한 선생님은 좀 모자라고 부족하고 공부 못하는 학생을 '열심히' 가르쳐서, 그 학생이 공부 잘하는 우수한 학생으로 성장하도록, 아니면 최소한 현재의 수준보다 조금은 나아진 수준으로 올라가도록 이끌어 주는 선생님이다. 이미 잘 다듬어진, 그래서 몇 번 손질 안 해도 될 만큼의 돌을 다듬어서 어떤 형태의 조각을 만드는 것보다, 마구 생겨 버린 형편없는 돌을 다듬어서 아름다운 형태의 조각을 만들어 내는 일이 훌륭한 조각가의 작업일 것이다. 그러한 것은 병원에서도 마찬가지이다. 감기 정도의 환자를 진단하며 고치는 것보다, 참으로 생명을 건지기 어려운 중병의 환자를 진단하고 수술하여 소생시키는 의사가 진실로 능력 있고 우수한 의사일 것이다.

물론, 그렇게 하는 데에는 커다란 어려움이 있음을 우리는 익히 안다. 공부 못하는 학생을 가르치려면, 공부 잘하는 학생을 가르치는 경우보다 몇 배의 힘이 든다는 점을 우리는 익히 안다. 남들보다 더 많은 노력을 몸과 마음으로 기울여야 한다. 똑같은 봉급을 받으면서도, 남보다 더 많은 고생을 하여야 성공을 거둘 수 있는 것이다. 그렇지 않고 공부 잘하는 아이들을 가르치는 경우처럼, 그저 쉽게 조금만 당겨 주어도 되는 경우처럼 안이하게 가르쳐서는 성공을 거두기가 어렵다.

그러나 사람들의 본성이 '편안함'을 추구하는 데 있고 보면, 그 어느 누구도 그러한 어려운 '고행'을 받아들이려 하지 않는다. 그저 남들처럼 나도 쉽게, 편하게 적당히 해낼 수 있기를 바라는 마음이 결국엔 열등한 아이들보다 우수한 아이들을 가르치고 싶어하게 하고, 또 그래서 그 아이들의 우수한 학업성적이 마치도 자신들이 우수해서 이루어진 것으로 착각하는 결과를 가져오게 되는 것이다.

　이러한 시각에서, 나는 기독교인들의 행동 가운데, 지극히 못마땅한 경우 한 가지를 들추어내고자 한다. 내가 대학에서 선생으로 일하다 보니, 이따금 가까운 사람들로부터 적당한 신랑, 신붓감을 소개해 달라는 부탁을 받는다. 그런데 이때 그것을 부탁하는 부모들이 기독교인, 특히 그들 나름대로 신앙심이 매우 돈독한 기독교인일 때, 대부분은 「교회를 다녀야만 한다」는 조건을 내붙인다. 즉, 교회에 나가는 사람하고만 결혼을 시키겠다는 것이다. 본인들 스스로가 교회에 다니는 사람하고만 결혼을 하겠다고 나서는 경우도 많다. 물론 그렇게 조건을 내거는 그들의 마음을 이해 못하는 것은 아니다. 미래의 사위나 며느리가, 또는 미래의 배우자가 오랫동안 신앙생활을 해왔으면, 기독교적 가정윤리 안에서 쉽게 행복한 가정을 이루어 나갈 수 있기 때문일 것이다. 이왕 선택하는 신랑감, 신붓감이라면 '가능한 한' 기독교인이면 좋겠다는 생각을 비난하려는 것은 아니다. 또한 이쪽은 기독교 집안인데, 저쪽은 진실한 불교 집안이라서, 결국 종교의 차이가 가정생활의 장벽이 될 수밖에 없다고 한다면, 그때 종교를 조건으로 내걸 수도 있음을 이해한다.

　그러나 그야말로 맹목적으로 상대방이 교회를 반드시 나가야만 한다는 것을 선택의 사전기준으로 설정해 놓는 기독교 신앙인들의 심성에는 쉽게 찬성하기가 어렵다. 물론 이러한 문제는 절에 꼭 다녀야한다는 불교 신앙인들에게도 마찬가지로 적용되는 것이다. 더욱 우스운 경우는, 기독교 안에서도 특정 교파가 아니면 안 된다는 어처구니 없는 조건이다.

그러한 경우 나는 물론 일언지하에 소개요청을 거절한다. 그리고 그 다음에 내가 겪는 씁쓸함은 이루 말할 데가 없다. 우리가 언제부터 이렇게 편협해졌는가? 언제부터 이렇게 이기적이 되었는가? 참으로 인간을 '가림 없이' 사랑하셨던 그리스도의 말씀을 사고와 행동의 근본으로 여기겠다고 매일 아침 기도하고 외치는 우리가 언제부터 이렇게 사람을 가지고 사람에 대해서 폐쇄적으로 변했는가 하는 씁쓸함을 느낀다.

앞서 이야기한 훌륭한 교사의 본질에 비추어서 이 문제를 생각해 보면 이렇다. 우리 기독교인은 전도를 신앙생활의 중요한 한 부분으로 생각하고 있다. 그렇다면 훌륭한 전도는 무엇인가! 이미 그리스도인이 다된, 그래서 신앙생활을 열심히 하고 있는 '우수한' 기독교인을 자기네 교회로 끌어당기거나, 또는 그런 사람을 사위(며느리)로, 남편(아내)으로 맞이해서 저희들끼리 충돌 없이 편안하게 신앙생활을 해나가는 것이 참으로 훌륭한, '우수한' 전도인가? 아니면 열등한 학생을 남보다 더 많은 고생을 하여서 열심히 가르쳐 우수한 학생으로 키우듯이, 그리스도에 대해서 전혀 몰랐던 사람들, 예수쟁이라면 고개를 내흔들던 사람들을 남보다 더 많은 고생을 하여서 열심히 인도하여 신실한 기독교인으로 만드는 것이 '우수한' 전도인가? 아무리 생각해 보아도, 나는 나의 업인 교수·학습의 원리에서 보면 후자가 참으로 훌륭한 전도인 듯싶다.

우리는 수년을 두고 예수님의 십자가의 의미의 한 가지는 '고통'임을 배워 오고 들어왔다. 신앙생활은 결코 삶의 편안함과 쾌락을 얻기 위한 것이 아니고 스스로 고통의 멍에를 기꺼이 지려는 데 그 참뜻이 있는 것 아니겠는가? 그럼에도 우리는 그 반대로 고통의 멍에를 던져 버리고, 마음과 몸의 편안함을 추구하고 있는 것이 아닌가?

나는 내가 기독교인이 아니었으면 얼마나 편안하고 좋았을까를 이따금 생각해 본 적도 있다. 그저 적당히 얼버무리면서, 나쁜 짓(?)도 이따금 슬금슬금 하고 욕심도 부려 보고 말이다. 그러나 어쩌다 교회를 다니기 시작했고, 어쩌다 쥐꼬리만 한 신앙심은 생겨서 이 고생이란 말인가?

디모데후서 3장 12절에서 바울은 가르치기를 「무릇 그리스도 예수 안에서 경건하게 살고자 하는 자는 핍박을 받으리라」 하였다. 나는 이 가르침을 읽을 때마다, 핍박은 밖으로부터의 핍박이 아니라 내 안에서 자생하는 핍박이라는 생각이 자꾸 든다. 이를테면, 내 안에 따로이 존재하는 오욕칠정에 사로잡힌 또 다른 나로부터 밀려드는 핍박인 듯싶다. 그러면서 나는 그리스도인으로서의 본질적인 소명은 각자의 삶에서 자신을 위한, 그리고 이웃을 위한 고통과 핍박을 스스로 떠맡는 것이라고 생각한다.

즉, 우리 기독교인들은 남들보다 더 힘들고 더 고통스러워하고, 더 아파하고, 더 괴로워해야 되는 것이 우리들의 참된 삶의 모습이 아니겠는가? 그것이 우리를 위해 대신 십자가를 지신 예수 그리스도의 고통의 멍에에 대한 답례가 아니겠는가?

그렇다면 우리는 결코 우리들만의 편안함을 추구할 수는 없다. 스스로 더 힘든 길을 선택할 수 있어야 한다. 그것이 바로 「교회를 반드시 다녀야만 한다」는 전제조건에 대한 반발의 출발이다. 오늘의 사회를 사람들은 흔히 제로섬의 경쟁사회라고 한다. 그리고 그 경쟁 사회에서 인간 행동의 최선의 원리로는 철저한 자기보호적인, 이기적인 개인주의가 선호되고 있다.

사람들은 더욱더 자기의 몫을 혹시나 어느 누가 챙겨가지 않을까 걱정하면서, 혹시라도 손해를 볼까 눈을 부릅뜨고 난리이다. 이러한 세상에서 우리 기독교인들의 참다운 행동은 어떠한 것이 되어야 하겠는가!

그것은 한마디로 우리 스스로가 남들보다 더 큰 고통을 먼저 지려하는 것일 것이다. 각자의 일터에서 남들과 비록 똑같은 월급을 받는다 해도, 좀 더 힘들고, 좀 더 고통스러운 일을 남보다 먼저 해내는 자세이다. 각자의 가정에서 비록 똑같은 가족 구성원이라 해도 다른 식구들보다 좀 더 힘들고 좀 더 고통스러운 일을 먼저 해내는 자세이다. 그것은 스스로 '핍박'을 받으려는 삶의 자세이다. 그것은 스스로 손해를 보려는 삶의 자세이다. 그것은 이기려는 삶이 아니라, 스스로 지려고 하는 삶의 자세이다. 그것은 무엇인가 내가 먹을 수 있을 때 남을 위해서 먹지 않으려는 삶의 자세이다. 그것을 우리 기독교인들이 하지 않으면 누가 하겠는가?

교회를 전혀 다녀 본 경험이 없어도, 종교를 가져 본 적이 없어도, 아니면 다른 종교를 갖고 있다 하더라도, 그가 적절한 배우자라고 판단되면 그를 맞이해서 다소 힘이 들더라도, 그가 그리스도에게로 향하도록 인도함이 결혼을 통해서 우리가 할 수 있는 가장 기본적이고 최소한의 전도 책무 아니겠는가? 그저 예수 잘 믿는 사람을 사위로, 며느리로 데려다 편안한 신앙생활을 하겠다면, 그것은 우리가 먼저 져야만 하는 핍박이나 고통을 외면하려는 얄팍한 이기심은 아니겠는가?

오늘 우리네 주변에는 결혼을, 배우자 선택을 그야말로 온갖 '조건' 속에서 계산하고 있는 사람들이 많음을 쉽게 본다. 계산에 착오가 생기면, 청첩장을 인쇄해서 돌렸다가도 결혼을 취소하고, 신혼여행 가서 결혼을 파기하는 경우까지 쉽게 볼 수 있다. 결혼은 그야말로 사람들 간의 타산적인 관계로 변질되어 가고 있다. 서로 사랑하여, 서로 보탬이 되어 주고 싶어서, 그래서 서로 완전한 하나가 되겠다고 하는 만남이 아니라, 무엇을 서로 이득 볼 수 있느냐 하는 계산이 앞서고 있는 것이다. 고통의 멍에를 지겠다는 것이 아니라, 고통을 벗어 버리고 편안해지겠다는 얄팍한 계산이, 사랑이라는 미명으로 위장되어 나타나고 있는 것이다. 기독교인들의 결혼만큼은 결코 그러한 위장으로 꾸며져서는 안 될 것이다.

그리고 그러한 정신은 교육의 장에서도 마찬가지로 발휘되어야 한다고 생각한다. 누군가를 돕고 가르친다는 것은 그만큼 고통과 멍에를 지는 일이다. 특히 가정에서 부모들이 자녀를 가르치고 인도할 때는, 그것이 곧 고통과 멍에를 스스로 지는 일이라고 생각해야 우리는 참 가정교육을 구현할 수 있을 듯싶다. 결코 부모의 편익을 위해서, 부모의 즐거움만을 위해서, 부모의 욕구충족을 위해서 아이들을 부모의 뜻대로 몰아세우고 키워 나간다면, 그것은 스스로 핍박을 받으려는 자세가 아니며, 더불어 그러한 가정교육은 이내 실패할 수밖에 없을 것이다.

그리고, 그래서……

어느 외국 대학의 건물 벽에는 '그리고 그래서……'라는 글이 커다랗게 새겨져 있다고 한다. 얼핏 보기에는 학생들의 장난기 섞인 구호일 듯싶지만, 그것은 대학 당국에서 참으로 정교하게 새겨 놓은 것이라고 한다. 그렇다면 그것이 그 대학의 교훈이겠는가? 교훈은 으레 정의, 진리, 자유, 협동, 박애 등과 같은 추상적 표현이었던 것이 대학의 특징 아닌가?

그러면 '그리고 그래서……'가 무슨 뜻인가?

어느 교수가 학생에게 물었다.

「자네는 지금 여기에 왜 앉아 있는가?」

「공부하려고 앉아 있습니다.」

「그래서?」

「공부 열심히 해서 졸업해야지요.」

「그리고?」

「졸업하면 취직하려고 합니다.」

「그래서?」

「그래서라니요? 취직해선 결혼도 하고 밥 먹고 살아야지요!」

「그러곤?」

「그냥 사는 겁니다. 세상에서 쓸모 있는 사람으로 기여도 하면서
요…….」

「그래서?」

「글쎄요, 살다가 때가 되면 죽겠지요.」

「맞아, 그러니까 자넨 지금 여기에 죽기 위해 앉아 있는 것이구
먼.」

「……?」

어떻게 들으면 말도 안 되는 우스운 이야기 같지만, 그 또한 사실
임을 부정할 수가 없다. 지금 내가 여기 이렇게 앉아서 글을 쓰고 살
아가는 것은 결국 죽음으로 향한 나의 행동의 한순간이다. 지금, 이
글을 읽고 계신 분께서도 죽음으로 향한 길목에서 우연하게 이 책을
들고 계신 것이다. 결국 삶과 죽음은 반의어가 아니다. 반대말이 아
니다. 대칭되는 것은 더더욱 아니다. 삶과 죽음은 동의어이다. 같은
방향의 행동을 시각에 따라 달리 표현한 것뿐이다. 삶이 죽음이고,
죽음으로 향한 노력이 곧 삶의 노력이다.

언젠가 미국에서 공부할 때였다. 우연치 않게 어느 길가의 공동묘
지를 산보 삼아 들르게 되었다. 공동묘지에 무슨 산보냐 하겠지만,
미국의 많은 공동묘지는 공원과도 같았다. 자연이 아름답고, 잔디와
나무가 있고, 꽃이 널려 있어 좋았다. 봄에는 더욱 그러했고, 우리나
라의 공원묘지들도 그런 모습을 띠어 가고 있어 좋다. 다만 땅이 좁
다 보니 그곳에도 돌아가신 분들이 너무 빽빽이, 숨도 못 쉬게(?) 몰
려 있어서 답답하지만.

듣건대, 미국 사람들 중 상당수는 자기 생전에 자신의 묘비에 무어

라고 새겨 주면 좋을지를 후손들에게 미리 부탁해 놓는다고 한다. 아니면 아예 미리 적어서 새겨 놓거나, 사람따라 다르지만 어떤 분은 자기가 생전에 좋아했던 성경구절을 적어 놓거나, 자기가 생전에 이룩하고 소중히 여겼던 업적을 적어 놓기도 한다. 아니면 한 줄의 시를 적어 놓기도 하고.

이분은 매우 큰 묘비를 앞에 세워 놓고 묻혀 있었다. 내 키보다도 훨씬 큰 묘비였다. 그런데 이 묘비에는 놀랍게도 5행의 시가 적혀 있었다. 죽기 전에 자기 스스로 지은 시였다. 그런데 그 시는 죽은 그 사람이 살아 있는 우리에게 향한 매우 점잖고도 철학적인 내용을 담고 있었다.

당신이 지금 웃으며 그곳에 서 있듯이,
나도 한때는 웃으며 그곳에 서 있었오.
내가 지금 여기에 누워 잠들어 있듯이,
당신도 언젠가는 이런 곳에 잠들 것이오.
어서 돌아가서 나를 따를 준비나 하시오.

어찌 읽어 보면 처음엔 돌아가는 길이 무섭기도 하고 겁나기도 했다. 그러나 그 시는 읽으면 읽을수록 우리에게 변함없는 한 가지 진리를 일깨워 주고 있었다. '죽을 준비', 그것이 곧 살아가는 것임을, 살아간다는 것이 곧 '죽을 준비'를 하는 것임을 일깨워 주고 있었다.

이러한 삶의 과정, 죽음의 과정은 모든 동물에게 공통된 하나님의 섭리이다. 그러나 인간이 다른 동물에 비하여 한 가지 다른 것이 있다면, 그것은 인간은 사유하는 동물로서, 삶과 죽음의 과정에서 저나름대로의 '의미'를 추구한다는 것이다.

요즘 많은 사람들이 흔들리고 있음을 주변에서 본다. 이를테면, 어떻게 살아가는 것이 진실로 바람직하고 가치로운 삶인지를 판단하기 어려워, 가치혼란에 빠져 흔들리는 사람들이 많다. 또는 세상 모든 일이 다 귀찮고 재미없고 기운도 빠지고, 그렇다고 어디가 특별히 아픈 것도 아니고, 그런데도 힘이 없고 맥이 빠지는 사람들이 많다. 굳이 먹고살기가 어렵다면 그렇기 때문이라고 하겠지만, 돈도 웬만큼 벌고, 애들도 다 공부 잘하고, 아내도(남편도) 그만하면 괜찮은데 무엇 때문에 그런 것일까? 가만히 생각해 보지만 뭐 특별한 원인을 모르겠다. 왜 그렇겠는가? 그것은 어쩌면, 자기 나름대로의 삶의 '의미', 존재의 '의미' 죽음으로 향한 '존재의 가치'를 창출하고 가꾸고 유지하지 못하기 때문일지도 모른다.

미국에서 어떤 학자가 실험을 하였다고 한다. 회사를 가장해서 사람을, 신입사원을 뽑는다는 광고를 냈다. '학력불문, 연령불문, 성별불문, 외모·체격불문' 모두가 불문이었다. 가뜩이나 모집광고에 보면 '대학졸업자'를 뽑는다는 얘기 투성인데, 어찌된 일인가? 이 회사에서는 학력이든, 성별이든, 무엇이든지 따지지 않겠다니, 그리고 광고 맨 끝에 붙여진 한 줄, 「본 회사에서는 4년제대학 졸업 신입사원의 월평균임금액인 1500달러를, 매주 그만큼씩 지급하겠음」 하는 것이 수많은 사람들에게 호기심을 불러일으켰다. 아니, 한 달에 그러면 6000달러씩 준다는 얘기 아니냐. 확인을 해보니 실제로 그렇다는 것이다.

수많은 사람이 응시를 하였다. 연구자는 그 가운데서 100명을 제비뽑기식으로 뽑았다. 물론 겉으로는 입사시험을 치렀으나, 그것은 실험을 위장하기 위한 형식적인 시험이었다. 그리고 100명을 불러모았다. 모두들 궁금했다. 도대체 무슨 일을 시키고 그렇게 많은 돈을 준다는 것이냐? 설마하니 도둑질을 시키지는 않을 것이고, 모두가 기대에 차서 인사부장의 오리엔테이션에 참여하였다.

「여러분, 안녕하십니까? 저희 회사에 입사하신 것을 환영합니다. 여러분은 이제 각기 방(사무실)을 배정받을 것입니다. 각 방에 가시면, 여러분 책상 위에는 16절지 종이가 쌓여 있습니다. 종이를 보시면 좌우에 점이 아래에 쭉 찍혀 있습니다. 여러분이 저희 회사에서 하시는 일은 바로, 그 점을 따라 자 대고 좌우로 줄을 치는 일입니다. 근무는 아침 9시에 시작하여 12시까지 일하시고, 점심시간은 12시부터 1시까지, 그리고 오후에는 1시부터 5시까지 하시면 됩니다. 하루에 몇 장씩 그어야만 하는 최소 부담량은 없습니다. 그저 성실히 그으시면 됩니다. 하루에 30장 밖에 못 그으셔도 좋습니다. 성심껏 열심히만 해주세요.」

사람들은 신이 났다. 정말일까 하는 의문도 생겼다. 그래서 연령, 학력, 성별을 모두 따지지 않겠다고 했구나. 그래, 이 얼마나 쉬운 일인가? 스트레스받을 필요도 없고, 다른 동료와 갈등을 일으킬 필요도 없고, 머리 싸매고 골머리를 앓을 필요도 없지 않은가. 줄만 그으면 된다는 거지. 그러면 금요일 오후 5시에 퇴근할 때 1500달러를 준다고.

첫 날인 월요일에 사람들은 모두 신이 나서 열심히 줄을 그었다. 이튿날도, 사흘째도 모두가 그랬다. 그러나 변화는 나흘째부터 나타나기 시작했다.

100명 중 몇 사람이 사장을 찾아갔다. 그리고 따졌다.

「이 종이에 줄을 그어서 어디에다 쓸 것이냐? 왜 그어야 하느냐? 줄 친 종이가 필요해서 그러냐? 우리를 실험하는 것이냐? 못 배웠다고 불쌍하게 보아 적선하는 것이냐? 차라리 밖에 나가서 땅을 파라고 하거나 쓰레기를 주우라고 하라. 이런 일이 일이냐. 줄 그은 종이가 필요하면 인쇄해서 써라.」

그러고는 사장실 문을 뛰쳐나와 회사를 그만두었다. 결국 모든 사람이 몇 주일 안 가서 직장을 떠나고 말았다는 것이다.

그렇다면 왜 사람들은 그렇게 돈을 많이 주는 회사를 박차고 나갔을까! 답은 자명하다. 사람은 제아무리 돈을 많이 주어도, 결국 일의 '의미'를 찾기 어려울 때 힘들어하고, 결국엔 그 일로부터 떠난다는 것이다. 물론 우리가 몹시 배가 고프고 먹고살기 어려웠을 때는 의미가 무엇인지 따지지 않았다. 따지지 않은 것이 아니라, 따질 겨를이 없었다. 그러나 지금의 사회에선 그렇지가 않다. 먹을 수 있다. 배는 고프지 않다. 그렇다면 무엇이 사람을 힘들게 하는 것인가? 먹고살기 위해 일하는 것이 아니라, 삶을 살아가기 위해, 즉 각각의 존재의 의미를 찾기 위해 일하는 것이다. 그럼에도 그 의미를 발견하지 못하여 우리는 힘든 것 아닌가!

살아가는 의미, 죽어 가는 의미의 발견은 모든 사람이 모든 연령, 모든 계층, 모든 직업, 그 어떠한 것에도 관계없이 필수적인 요건이 되고 있다. 그러나 여기서 한 가지 분명한 것은, 그러한 의미는 결코 밖에서 그 어느 누가 만들어 줄 수 있는 것이 아니라 각자가 찾아야 한다는 것이다. 각자가 만들어 내야 한다. 회사에서 사원들에게 월급도 주고, 승진도 시켜 주고, 지위도 주고, 철 따라 선물도 주고, 모든 것을 준다. 그러나 개인이 그 회사에 다니는 '의미'만큼은 그 어느 회사도 이것이다 하고 나누어 줄 수가 없다. 그들 스스로 찾아야 한다.

학생들이 학교에 다니고 학습을 할 때, 그들은 그들 나름대로 의미를 찾아야 한다. 학교에 가서, 제아무리 교실에 오래 앉아서 공부를 한다 해도, 의미를 찾지 못하면 학습은커녕, 그들은 더욱더 학교에 대한, 자아에 대한 증오심만 키운다. 선생님이나 부모님이 학생들을 도와주어야 할 가장 큰일 중의 하나는 그들이 스스로 자신들의 의미를 찾아내도록, 의미를 가꾸고 유지해 나가도록 돕는 일일 것이다.

가정에서도 남편은 아내가 그 나름대로 의미를 찾도록, 아내는 남편이 그의 삶의 의미를 찾도록 서로 격려하고 도와야 할 것이다. 늦게 들어온 남편을 향해 소리 지르는 아내가 있다고 하자. 「나는 도대체 이 집에서 뭐냐? 내가 이 집 식모냐? 밥하고 빨래하고 청소하고 애 보는 이 네 가지 일만 하자고 내가 시집온 것이냐?」 아내가 겪는 아픔은 그 일 자체가 힘들어서가 아니다. 그러한 일을 하면서도 자기 나름대로 존재 의미를 발견하는 사람은 많다. 그러나 어떤 여자는 그러한 일에서 도대체 의미를 찾지 못하는 것이다. 의미는 그만큼 개인적이고, 사적이고, 은밀한 것이다. 때로는 논리적이기보다는 현상학적이라고나 할까. 의미는 고정된 것이 아니다. 영구불변한 형태로 존재하는 것이 아니다. 하루에도 열두 번씩 바뀔 수 있다. 그렇기에 삶이란 의미추구의 과정이라고도 하겠다. 계속해서 쉬지 않고 자기 나름의 의미 창출을 해나가는 것이 삶이요, 죽음인 것이다.

이 어렵고 복잡하고 빠르게 변화하는 세상, 우리네 청소년들, 우리네 자녀들에게 우리는 그들 나름의 의미를 탐구해 가도록 도와야 할 것이다. 그리고 우리 어른들도 삶과 죽음의 의미를 자꾸만 새롭게 개발해 나가는 노력을 게을리하지 말아야 할 것이다. 그래야만 우리는 지금 흔들리는 우리들의 자녀, 우리들의 젊은이들을 바로 세워 줄 수가 있는 것이다.

자아식, 306호에 사는 친구 아냐?

    옛날에는 사람들이 모여서 살았다. 함께 살았다. 함께 더불어 일하고, 놀고먹었다. 나는 지난번 구정 때에도 내가 어린시절 자랐던 시골에 갔었다. 작은 언덕을 가운데 두고 있는 우리 고향마을엔 예나 지금이나 그저 한 70호가 모여 살고 있었다. 300명이 채 안 되는 '웃가래비' 우리 마을. 나는 그 속에서 어린시절을 보냈다. 누구네 집에 혼사가 있으면, 그것은 온 동네 잔치였다. 모두가 그 집에서 온종일 함께 일도 해주고 함께 놀았다. 애들도, 하다못해 동네 '누렁이'들도 모두 그 집에 모였다. 모를 심고, 벼를 벨 때도 그러했다. 모두 함께 일을 했다. 밤에는 노인들은 노인들끼리 어느 집 사랑방에 모여서 함께 놀았다. 젊은이들은 젊은이들대로, 아주머니는 아주머니들대로 모였다. 즉, 삶 그 자체가 모두가 함께하는 삶, 한마디로 표현하면 집합주의적인 삶이었다. 그렇기에 우리네 모든 전통적 놀이도 그러한 집합성을 띠었다. 농악놀이, 강강수월래, 차전놀이, 모두가 그렇다.

이러한 집합주의적 삶 속에는 이데올로기라는 것이 있다. 이데올로기란 사람들을 하나로 얽어매고, 이어 주고 결속시키는 이음쇠 역할을 하는 공통된 이념이나 사회문화적 또는 심리적 특성들이다. 그러한 공통성이 있어, 또는 그러한 이념을 통한 공감대가 있기에 사람들은 기꺼이 더불어 함께하는 것이다. 정치적 이념이 같은 사람들은 그래서 자기들끼리 모여 정당을 만든다. 이러한 이데올로기는 우리 모든 사람들에게서 다양하게 나타난다.

대표적으로 지연이 그렇다. 어느 회사에서 일단의 사람들끼리 회식을 하고자 모였다. 고향을 보니 경산, 대구, 안동, 상주 사람들이다. 이름하여 경상도 사람들끼리 모였다. 그러자 이번에는 광주, 목포, 여수 사람들이 모였다. 전라도가 고향인 사람들인 것이다. 좀 뒤늦게나마 충청도가 고향인 사람들도 모인다. 이러한 지연 말고도, 사람들을 서로 얽어매고 함께하게 하는 이데올로기엔 여러 가지가 있다. 이를테면, 학벌이 그렇고, 남자들의 경우엔 군대도 한몫을 한다. 대졸은 대졸끼리, 고졸은 고졸끼리 모인다. 대졸 중에서도 연세대 출신은 연세대 출신끼리, 서울대 출신은 서울대 출신끼리 모인다. 그런가 하면 고등학교라는 이데올로기를 중심으로 모이는 일도 많다. 부산고 출신 모임이라든가, 경기고 출신 모임 등이 그렇다. 군대에서도 ROTC 출신들은 그들만의 특유한 정이 있어 선후배 간의 만남이 잦다. 방위 출신들은 또 그들끼리 모여 회포를 푼다. 회사에서는 이따금 소속부서가 이데올로기가 되어 사람들을 모이게 한다. 남자와 여자라는 생득적 이데올로기도 있다. 또 여자 안에서도 기혼녀와 미혼녀라는 이데올로기가 작용하여 사람들을 갈라서 모이게 한다. 심지어는 어느 조직체 안에서 대접을 못 받는, '찬밥'을 먹는다고 생각되는 사람들은 그러한 냉대를 이데올로기로 삼아 하나로 뭉쳐진다.

이렇듯 우리는 각자가 매우 다양한 여러 가지 유형, 여러 가지 수준의 이데올로기에 귀속되어, 그것을 고리쇠로 삼아, 이 사람 저 사람들과 끈끈하게 어울려 살아왔다. 그래서 우리는 서로 처음 만났어도, 이렇게 저렇게 따져 보고 몇 다리를 짚어 보면 모두가 서로 연계되고 알 만한 사람들이다. 그리고 이내 친해지고 이내 마음을 함께 한다. 그것이 곧 조직의 응집력을 높여 주었고, 그것이 곧 조직의 생산성을 높여 주었다. 그것이 우리네의 전통적인 삶의 방식이었던 셈이다. 이름하여 집합주의적인 집단 친교가 삶의 하나의 활력소로 작용하였던 것이다.

그러나 고도의 과학기술의 발전, 정보통신산업의 발전과 그에 따른 삶의 물질적 수준의 향상은 사람들의 집단 친교를 더 이상 필요 없는 것으로 만들고 있는 듯해서 안타깝다. 옛날에 비하여 사람들의 개인별 위력이 증대되고 있다. 즉, 한 개인이 소유하고 있는 힘과 능력의 범위가 확장되고 있다. 상호의존함이 필요 없을 만큼 서로 간에 부족함을 느끼지 않게 되었다. 자동차만 하더라도 그렇다. 옛날에는 우리 모두가 통근버스를 함께 타고 출퇴근을 하였다. 그 가운데서 우리는 이데올로기의 상승작용을 경험하였다. 퇴근길에 필연적으로 함께 모인 사람들은 한잔 술을 나누면서 그날을 얘기하고 정을 나누었다. 그러나 이제는 어떤가. 모두가 제각기 자기 자동차를 타고 혼자서 집으로 향한다. 서로 만남의 기회가 줄어든 것이다. 교통수단의 풍요로움만이 아니다. 컴퓨터 앞에서 제각기 일을 하는 사람들은 굳이 서로 얼굴을 맞대고 정보를 나눌 필요가 없어졌다. 컴퓨터를 통해 그들은 얼마든지 서로 정보를 나눈다. 얼굴도 제대로 모르는 사람들과도 정보를 나눈다. 이러한 개인의 위력증대와 만남의 기회 상실은 이웃 간의 삶에서도 그렇다. 옛날에 우리는 앞집, 뒷집, 옆집으로 이런저런 것을 빌리러 다녔다. 하다못해 냉장고가 귀했던 시절에는 수박 한 덩어리를 남의 집 냉장고에 맡겼다 찾아오기도

했다. 앞집으로 큰 그릇을 빌리러 가기도 일쑤였다. 손님이 한꺼번에 밀어닥쳤을 때는 숟갈도 얻으러 다녔고, 김치 한 그릇을 얻어 온 적도 있었다. 그러나 이제 생활의 풍요로움 속에서 사람들은 각기 저마다 자기네 것만을 갖고도 충분해진 것이다. 굳이 앞집, 뒷집, 옆집을 생각해 둘 필요가 없어진 것이다.

회사에서 모처럼 직원들을 위한 회식이 계획되었다. 부장은 신입사원도 새로 받았고, 그래서 오늘 저녁엔 회식이나 하자고 제안하면, 젊은 사람들은 특히 싫어한다.

「아이참, 오늘 또 모인다네. 뭐, 저녁마다 모여. 뭐, 요새 세상 밥 못 먹는 사람 있냐. 야, 너 갈 거냐. 너 안 가면 나도 나 안 가려고 하는데. 젠장, 먹을 돈 있으면 그냥 현금으로 나누어 주지.」

물론 이렇게 말하는 사람이 얼마나 되겠느냐고 묻는 사람이 있을 것이다. 그러나 분명한 것은 요즘 사람들은 서로 어울리고 모이는 것을 싫어한다. 동창회고 뭐고 간에 옛날에는 그토록 힘 있던 결속 원리들이, 이데올로기들이 힘을 잃어가고 있다. 그래서 이제 사람들의 여가선용 형태도 바뀌지 않는가? 이웃 간에 함께하는 여가가 아니라, 자기네 가족 중심의 여가를 즐기고, 여러 명과의 여가가 아니라 혼자 즐기는 여가가 늘어나고 있지 않은가? 산에도 혼자서나 아니면 가족끼리 다니고, 혼자서 비디오나 관람하고, 혼자서 조깅한다고 뛰어다니고, 혼자서 술도 마신다.

그렇게 살다 보니 사람들은 서로 이름도 모르고 얼굴도 모른다. 아는 체도 안 한다. 한 아파트에 살면서도 사람들은 서로 나눔이 없다. 특히 남자들은 더욱 그렇다. 엘리베이터를 함께 탔다. 두 남자는 바로 한 지붕 밑에서 사는 사람들이다. 서로 몇 호에 사는지도 안다. 그럼에도 말이 없다. '13, 12, 11, 10, 9……' 문 위에 내려가는 층 수를 나타내는 표시판만을 물끄러미 쳐다본다. 그러면서 속으로는 아마 그런 생각을 하는 사람도 있을지 모른다.

「자식, 306호에 사는 친구 아냐? 밥맛 없어, 지난번에 이 친구 때문에 차를 빼지 못했었잖아.」

같은 회사에 다니면서도 이름을 모른다. 같은 학교 같은 학과에 다니면서도 서로 이름을 모른다. 그저 어디서 많이 본 얼굴일 뿐이다. 이름도 모르는데 정이 생길 리가 있는가? 그렇게 만나는 것이 아니라 스쳐 지나가는 것이 요즘 사람들의 삶인 것이다. 모두가 제각기의 울타리를 높이 쳐놓고, 그 안에서 서로 각자의 고립된 삶을 살아가는 것이다. '소외'라는 용어가 사람들의 삶의 방식을 나타내는 특성으로 제기된 지 오래다. 그러나 그 소외는 남이 나를 소외시키는 것이 아니라 각자가 자신을 스스로 소외시키는 데서 문제의 심각성을 느끼게 된다. 그저 모두가 고속버스를 타고 가는 느낌이다. 옆자리에 앉은 사람이 누구든 상관하지 않듯이, 그 사람이 무엇을 하고, 이름이 뭐고, 어디에 왜 가는지 아무런 관심도 없다. 그저 옆에 앉아서 자꾸만 내 쪽의 자리를 침범하는 듯해서 불쾌하고 불편함을 느낄 뿐이다. 신문을 보면서 자꾸 내 쪽으로 팔을 튕겨 대는 것이 꼴보기 싫을 뿐이다.

우리는 확실히 옛날보다 모두가 똑똑해졌다. 그만큼 많이 배웠다. 그럼에도 왜 우리네 조직의 생산성은 옛날보다 자꾸 떨어진다고 생각되는가? 조직 구성원 하나하나로 보면 모두가 옛날보다 많이 배우고 유능해졌는데. 그것은 바로 그 구성원들이 힘을 '함께' 모으지 못하기 때문이다. 다 제각기 잘났다. 개인은 있되 조직이 없다. 형식적인 구성원은 있되, 그 조직의 완전한 심리적 구성원이 없다. 즉 몸만 그 조직 속에 머물고 있을 뿐, 마음은 그 조직을 떠나 있다. 심리적으로 이탈해 있다. 그러고 보니 그저 내게 주어진 일, 내가 책임 맡은 일만 하면 그만일 뿐 타인에 대해서, 다른 일에 대해선 관심 둘 바가 없다. 그리고 나는 내 몫을 챙기면 된다. 쓸데없이 눈곱만큼이라도 손해를 보면 바보다 하는 생각으로 사람들이 저마다 행동하면, 그 조직은 그저 모래알 같은 구성원으로 가득 차게 되고, 생산성은 떨어진다. 한마디로 오늘 우리네 사회에는 이기적이고 자기보호적인 개인주의 또는 파쇄(破碎)현상이 너무도 짙게 드리워지고 있는 것이다.

흔히들 '집단이기주의'가 오늘 우리 사회의 병폐라고 한다. 물론 그것이 병폐로 작용할 때가 많다. 자기들 집단만의 특별한 목적을 성취하기 위해 과격한 투쟁을 일삼는다면, 그것은 사회적 병폐임에 틀림없다. 그러나 그러한 집단이기주의의 더욱 큰 병폐는 그들이 자기들만의 공통된 특별한 이기적 목적만을 위해서 모였다는 데 있는 것이다. 그리고 그러한 이기적 목적이 성취되면 그 집단도 이내 무너지고 만다는 점이다. 언제 우리가 힘을 모았느냐는 듯이 서로 소가 닭 보듯한다는 데 문제가 있다. '집단'은 있으되, 그 안에 '친교'는 없다. 이기적 목적만을 위해서는 얼굴도 모르고 이름도 모르고, 때로는 서로 으르렁거렸던 사람들도 힘을 모아 소리친다. 그러다가 그들은 이내 흩어지고 마는 것이다. 이기적이든 아니든 특별한 목적이 없는, 그저 순수한 만남은 없다. 그저 모여서 사는 얘기를 하고 정을 나누고, 기쁨과 슬픔을 나누어 갖는 만남이 없다는 데 문제가 있다.

나는 그래도 그나마 '반상회'가 있어서 좋다고 생각한다. 그것이 어떻게 시작되었든지 간에, 그래도 반상회라는 제도가 있어 이웃 아주머니들을 함께 불러 모으고, 그 속에서 때로는 정도 피어나는 모습을 보았기 때문이다. 그러면서 남자들도 반상회에 이따금 가는 것이 좋겠다고 생각한다. 반상회가 언제부터 여자들만의 '일거리'로 전락했는지 모르지만, 부부가 함께 모이고, 아이들도 데리고 가면 우리는 더욱 만남의 삶을 서로 향유할 수 있을 듯싶다.

학교를 다니는 이유의 하나는 만남이다. 선생님과 만나고 친구들과의 만남이 인간 성장발달에 중요한 요인으로 작용하기 때문이다. 오로지 '지식'만을 배우러 다니는 것이 아니다. 사회에서 점증하고 있는 파쇄현상이 우리네 청소년들에게서는 나타나지 않도록, 그래서 그들이 훗날 사회에 나오면 참으로 더불어 살아가는 모습을 가꾸어 나갔으면 좋겠다. 그리고 그들에게 그러한 모습을 키워 주려면, 우리네 어른들도 지금부터 서로 나누는 삶, 서로 더불어 사는 삶, 서로 모여서 살아가는 삶을 그들에게 보여 주는 데 힘을 기울여야 할 것이다.

언제 어디서 누가 먼저 결혼하자고 했나?

연구실의 전화벨이 울렸다.

「여보세요, 이성호입니다.」

「교수님, 안녕하셨어요? 저, 87학번 ○○○입니다.」

「응, 그래 오랜만이구나. 너, 삼성에 들어가지 않았나?」

「네, 삼성 ○○○에 있습니다.」

「그래, 회사생활은 재미있고?」

「네, 그런데 선생님 오늘 시간 어떠신가 해서요, 한번 찾아뵈려고 하는데요?」

「그래, 그럼 오후 4시에 올 수 있겠니?」

이렇게 해서, 오랜만에 찾아온 제자를 만났다. 흔히 있는 일이다. 그리고 졸업한 지 2~3년 만에 찾아오는 학생들의 흔한 이유는 주례를 서주십사 하는 부탁이다. 그래도 자신을 가르친 모교 선생님한테 주례를 부탁할 생각을 한 것은 기특한 일이다. 하기야, 어떤 경우에는 모교 선생님 말고는 꼭 부탁할 만한 곳이 없어서 그러는 수도 한

둘 섞였겠지만, 또 모교 선생님한테 주례를 부탁한다면, 왜 꼭 대학교수에게만 부탁을 하는가? 초등학교, 중학교, 고등학교 때의 은사님한테 부탁하면 안 되는가? 가장 최근에 배웠던 선생님이라서 그런가? 혹시나 대학교수가 초등학교나 중·고등학교 선생님보다 주례를 잘(?) 서서 그런가? 아니면 대학교수가 주례를 서주는 것이 초등학교 중·고등학교 선생님들이 서주는 것보다 더 위신이 서고 자리를 빛내는 것 같아서 그런가? 그런저런 다소 착잡한(?) 생각을 하면서, 나는 졸업을 한 제자의 졸업 후의 삶의 얘기들을 듣고 주례 부탁을 받는다.

그러나 나는 한번도 그 자리에서, 「알았어, 서줄게」 하고 흔쾌히 대답을 한 적이 없다. 그 대신 나는 신붓감(경우에 따라서는 신랑감)을 꼭 데리고 다시 오도록 한다. 그러면 그들은 으레 결혼 전에 우리를 한번 보려고 하는 것 아니겠는가 하고 가볍게 생각한다. 「그렇지 않아도 한번 함께 인사드리러 오려고 했습니다」 하며 그들은 가벼운 마음으로 내게 다시 찾아온다.

그때, 나는 두 사람을 저만치 따로 떼어 앉혀 놓는다. 그리고 백지 한 장씩을 나누어 준다.

「이제부터 시험을 보는 거야. 우선 각자 이름부터 위에다 쓰게나. 모두 10문제를 내겠네. 그리고 각각 70점이 넘지 않으면 주례를 서주기가 어렵네.」

처음엔 농담으로 받아들인다. 워낙 농담하기를 좋아하는 나였으니까. 대학원에 입학하여 내게 지도를 받겠다고 나선 학생들에게, 「내게 지도받으려면, 우선 두 가지를 할 줄 알아야 돼. 내 글씨를 알아봐야 하고, 다음엔 내 말이 어디까지 농담이고 어디까지 진담인 줄을 알아야 돼!」 하고 농담(?)을 해오던 나였으니까. 그러나 내 앞에 백지를 놓고 앉아 있는 두 젊은 친구, 특히 나를 처음 만나는 예정

된 배우자는 내 얼굴이 자못 진지함을 알고는 이것이 농담이 아니고 진짜구나 하는 생각에 몹시 긴장을 한다.

「자, 준비됐지. 10문제야. 또박또박 답을 써. 1번, 우선 서로 상대방의 이름을 한자로 써봐.」

그리고 잠시 시간을 준다. 벌써 여기서부터 고개를 갸우뚱거리는 모습이 눈에 띈다. 서로 얼굴을 마주 보면서, 어설픈 코웃음을 짓기도 한다.

「2번, 상대방 부모님의 함자를 한문으로 쓰기는 어려울 것 같고, 한글로라도 쓰게나.」

어떤 친구는 이 문제에서는 두 손을 놓는다. 그런가 하면 어떤 친구는 모두 여섯 자 중에 부친의 성(그러니까 배우자의 성) 한 글자만을 적어 놓고는 가만히 앉아 있기도 한다.

「3번, 상대방의 형제 순서와 상대방이 그 순서 중 몇째인가, 그리고 그 형제들이 지금 무엇을 하는가를 적어……. 4번, 상대방이 어느 초등학교, 중학교, 고등학교, 대학을 나와서, 지금 어디서 무슨 일을 하고 있는가를 적고……. 5번, …… 6번, …… 7번, 언제 어디서 누가 먼저 결혼하자고 말했는가를 적어 봐. 8번, …….」

이런 식으로 문제는 10번까지 이어진다. 이것도 시험이라고 선배들이 후배들한테 물려주고 일러 주는 듯싶다. 어떤 문제는 알고라도 온 듯이 자신있게 쓰지만, 또 어떤 문제는 예상 밖이라고 울상이다. 시험이 끝난 다음, 서로 답안지를 바꾸어 채점을 하게 한다. 서로 억지로 맞은 것으로 쳐주려고 애쓰기도 한다. 어떻든 그렇게 끝난 다음, 그 어느 한쪽이라도 70점이 안 되면, 나는 정말 미안해하면서 정중하게 거절한다. 주례를 서주기 어렵다고. 그러면 어떤 짝은 재시험을 보면 안 되겠느냐고 조르기도 한다. 시험은 원래 징계하고 벌주는 데 목적이 있는 것이 아니라, 칭찬해 주고, 격려해 주고, 더 열심히 하도록 촉구하는 데 뜻이 있는 것이기에, 때로는 그들의 재시험 요청을 받아들이고, 야단도 치고 격려도 한다. 하지만 끝내 그것마저 포기하는 친구도 더러는 있다. 그리고 나는 주례를 맡게 되면 결혼식장에서 그들의 시험성적을 많은 하객 앞에서 공개한다. 그러면 재미있어하는 사람들도 있고, 때로는 그것도 의미 있는 일이다 싶어 고개를 끄덕이며 동조해 주는 분들도 있다.

군이 그러한 시험을 보지 않고도 나는 그들을 만나 보면, 그들이 진정 서로 간에 결혼을 할 만큼 준비가 되어 있는지 안다. 결혼은 결코 서로 간의 완전한 이해를 전제로 하는 것은 아니다. 더욱이 서로에 대한 완전한 지식을 요구하지 않는다. 상대방에 대한 완전한 이해란 있을 수가 없다. 더욱이 상대방이나 상대방에게 관련된 모든 것을 완전히 안다는 것은 더욱 어려운 일이다. 결혼해서 20년을 넘게 살아온 나도 함께 사는 사람에 대해서 아직도 모르는 부분이 많다. 때로는 내가 스스로 놀라울 만큼, 그 사람에게 그러한 일면이 있었구나 하는 경우를 만나기도 한다.

동독과 서독이 통일되었을 때, 많은 사람들은 우리나라도 이제 남북 간의 통일을 이루어 낼 수 있겠구나 하는 희망을 가졌다. 더욱이 독일의 통일방식을 하나의 모범적인 예로 삼아서, 우리도 그렇게 해 보면 어떨까 하는 생각을 하는 이들도 많았다. 그러나 독일의 통일처럼 우리나라의 통일은 그렇게 빨리 이루어지기가 점점 어려워 보인다. 핵문제로 인해, 남북 간의 대화가 단절되고 협상이 결렬되었다. 결국에는 남북실무협상에서 북한 측 대표가 「서울은 불바다가 될 수도 있다」는 식의 표현으로, 전쟁을 불사하겠다는 강경한 태도로 나오는 모습을 온 국민은 텔레비전 뉴스를 통해서 보았다. 그렇다면 독일이 통일을 이루게 된 배경과, 우리나라의 남북 간의 사정이 무엇이 그토록 다르길래, 우리는 통일을 빨리 앞당기기가 어려운 것인가? 여러 가지 이유가 있을 성싶다. 그중의 하나는, 독일의 경우는 그동안 서독과 동독이 상호 공감대를 형성하고 있었다. 이를테면 서로 추구하는 정치적 이념은 달랐다 해도, 그들은 근접해 있었다. 서로 간의 공통된 부분을 자꾸만 가꾸어 나가면서 거리를 좁혔다. 바로 그러한 공감대가 있었기에, 그것을 바탕으로 삼은 통일이었기에 우리의 경우보다 쉽게 빨리 이루어진 것이 아닌가 생각한다. 그러나 우리나라의 경우는 그렇지가 않다. 남한과 북한은 그동안 엄청나게 서로 다른 정치적 이념과 사회적 목표, 그리고 사람들의 삶의 양태를 유지해 왔다. 이질화가 극대화 되었다. 공통된 동질의 부분은 그와 반대로 점점 줄어들 수밖에 없었다. 결국은 그러한 공통된 부분, 상호 간을 이어 줄 수 있는 이음쇠가 되는 공통된 부분을 키워 오지 못한 것이기에, 남북 통일은 자꾸만 멀어지는 듯싶어 안타깝다.

나라 간의 통합도 그렇듯이, 한 개인 간의 삶의 통합도 그렇다. 서로 간에 그래도 통합을 시작해 나갈 수 있는 발판이 되는 최소한의 공감대 또는 공통된 영역은 갖추고 시작해야 한다. 그냥 길거리를 지나다가 그날 바로 우리 결혼해 모여서 삽시다 할 수는 없는 것 아닌가? 아무리 짧은 시간을 만났다 해도, 아무리 중매로 만났다 해도, 또는 오랜 기간 서로 사랑을 나누면서 사귀었다 해도, 그것이 두 사람만의 최소한의 공감대를 만들어 주지 못하면, 앞으로의 긴 기간에 걸친 두 사람 간의 만남은 처음부터 빗나가기 쉽다. 대화가 결렬되고, 협상이 결렬되고, '이혼'을 불사하겠다는 식의 협박조의 강경한 어휘가 두 사람 사이에 오갈 수 있다.

결혼은 새로운 삶의 유형을 창조해 나가는 긴 과정의 출발선이다. 서로 전혀 다른 방식으로 삶을 살아온 두 사람이 서로의 장점을 살려서 보다 나은 새로운 삶의 유형을 창조해 나가는 것이 결혼생활이다. 그럼에도 어떤 젊은이들은 그 출발선에 설 수 있는 준비가 전혀 안 된 채, 그저 결혼부터 해보자 하고 성급한 판단을 하기 때문에 우려를 갖지 않을 수 없다. 어떤 경우에는, 우선 일부터 저질러 보자, 그러면 어떻게 되겠지 하는 생각을 하면서 결혼을 하는 경우도 본다. 또는 그저 순간의 어떤 정욕에 마음을 빼앗겨서, 또는 결혼 말고는 어쩔 수가 없다, 결혼 말고는 지금의 이 사태를 해결할 수 없다는 듯이 결혼을 서두르는 경우도 본다. 「그저 남들도 다 하는 결혼인데 우리도 해야 하지 않겠는가? 뭐, 누구는 별 뾰족한 사람하고 결혼하나, 다 그렇고 그런 사람들하고 결혼하던데」 하는 식으로 결혼을 가볍게 생각하고 마음을 결정하는 사람들도 있는가 싶다.

결혼은 서로 살아가면서 끝없이 상대방에 대해 이해를 하는 과정이고, 끝없이 상대방을 탐색하는 과정이다. 그래서 자꾸만 두 사람만의 공감대의 질을 높이고 공감대의 양적인 영역을 확충해 나가는 것이다. 내가 주례를 서주기 이전에 그들에게 그러한 간단한 시험을 보도록 하는 것은, 바로 그러한 노력을 해나갈 수 있는 최소한의 준비가 갖추어져 있는가를 확인하기 위해서이다. 그리고 그것은 내가 주례를 맡아서 결혼을 한 사람들이 평생 동안 그들의 그러한 새로운 삶의 창조라는 공동과업을 별 실수 없이 깨뜨리지 않고 잘해 나갈 수 있도록 도와야 한다는 책임감에서 비롯한 것이다.

아들이 올봄에 대학엘 들어갔다. 입학한 지 일주일도 안 되어 어느 여자대학의 학생들과 미팅을 했다. 그러곤 이틀이 지난 다음, 그 여학생한테서 전화가 왔다. 그래서 둘은 다시금 만나서 점심을 먹고, 차를 마셨다고 한다. 그런데 이번에는 같은 여자대학의 다른 학과 학생들과 또 미팅을 했다. 녀석은 이번에는 자기가 그 여학생에게 전화를 했다. 그러곤 역시 만나서 점심을 먹고 차를 마시면서 몇 시간을 함께 이야기하다가 돌아왔다. 애 엄마는 아직까지는 천진스럽게 들려주는 아들의 만남 이야기에 온통 삶의 보람을 거는 듯싶다. 물론, 언제까지 아들이 그러한 이야기를 엄마에게 들려줄지는 모르지만. 그러나 이제는 아들에게도 사람을 만나는 예의를 가르쳐 주어야 할 때가 왔는 듯싶다. 그동안 고등학교까지는 온통 대학입학시험이라는 굴레 속에서, 여자든 남자든 사람들을 만날 수 있는 기회가 없었던 것 아닌가. 그러니 사람을 만나서 무엇을 이야기하고, 무엇을 느껴야 하는가를 알 턱이 없을 것 아니겠는가? 더욱이 여자아이를 만나는 일에서는 더욱 그러할 것이다. 결국 그 아이도 이제는 자기 나름의 배우자를 찾는 아주 지극히 원초적인 단계에 서 있는 셈이고 보면, 그가 어떤 여자친구를 만나서, 어떻게 서로 간의 공감대를, 이음쇠를 가꾸어 나가야 할지 배워야 할 것 같다. 그 역시, 깨알 같은 글씨로 꽉 찬 경제학 교과서 못지않게 중요한 배움의 한 가지 내용이라는 것부터 배우도록 해야 할 것 같다.

두렵고, 짜증 나고, 불안하고

1968년쯤의 일이었다. 세계적으로 유명했던 여성 인류학자 마거릿 미드(M.Mead) 여사가 한국에 온 적이 있었다. 분명하게 기억하지는 못하지만, 미드 여사는 그때 이화여대 초청으로, 이화여대에서 주관하였던 어떤 국제세미나에 와서 주제 특강을 하였던 것 같다. 그는 '변화하는 시대의 여성의 역할', 뭐 그 비슷한 제목의 특강을 하였던 것으로 기억된다. 나는 당시 대학 3학년이었다. 지금은 그래도 좀 나아졌지만, 그때만 해도 이화여대는 참으로 금남의 캠퍼스였다. 남학생이 그 안에 들어가기란 그렇게 쉽지가 않았다. 그러나 그날만은 캠퍼스가 개방되었다. 평소 한번쯤 가보고도 싶었고, 또 세계적으로 유명한 학자가 온다니까, 나는 몇몇 친구들과 함께 다목적적(?)으로 이대를 찾아갔다.

사람들이 강당에 가득했다. 결국 문밖에서 스피커를 통해 강의를 듣고, 나누어 준 강의 원고만을 받아들고 아무것도 얻은 것 없이 그냥 씁쓸한 기분으로 돌아왔던 기억이 난다. 그런데 그로부터 26년의 세월이 흘렀음에도 나는 미드 여사가 그날 얘기했던 많은 내용 중, 딱 한 가지를 아직도 잊어버리지 않고 기억하고 있다. 미드 여사는 이 시대를 살아가는 사람들은 세 가지 고민에 빠져 있다고 설파하였다. 즉, 질병에 대한 공포, 이유가 분명하지 않은 어떤 불만, 그리고 신경불안증이라는 세 가지 고민을 이 시대를 살아가는 사람 누구나가 겪고 있다는 것이다. 물론 나는 그때 그런 것들의 의미를 그렇게 깊이 실감하지 못하였다. 그러나 그후 긴 세월을 지내 오면서, 나는 미드 여사의 그러한 지적이 내 자신에게, 또 내가 아는 많은 이웃 사람들에게 사실로 다가온 것을 깨닫게 되었다. 미드 여사는 그때, 그것을 그저 지나가는 얘기하듯이 한 줄의 문장쯤의 길이로 간단히 얘기했지만, 이제 26년의 세월이 지난 지금, 내가 그의 지적을 좀 더 풀어 보면, 더욱더 그의 지적에 동감을 하게 된다.

참으로 오늘날 이 시대를 살아가는 많은 사람들이 질병에 대한 두려움을 느끼고 있는 듯싶다. 몇 년 전 몇몇 교수들이 어울려 저녁을 먹는 자리에서였다. 한 교수가 자기가 아는 어떤 사람이 설암에 걸렸다는 얘기를 꺼냈다. 그러자 다른 교수가 설암이 뭐냐고 물었다. 이때 그 말을 꺼낸 교수는 젓가락에다 물을 찍어 상에다 그려 가면서 설명을 했다. 혀를 둥그렇게 그려 놓고는 가운데를 여기저기 찍으면서 이런 데가 아프면 암이 아니고, 그것은 혓바늘 돋았다고 하는 것이란다. 그러면서 그는 다시금 혀의 앞쪽 좌우 가장자리를 가리키면서 이런 데가 아프면 그것은 거의 틀림없이 암이라고 하였다. 이 말을 들은 교수들은 제각기 자신의 혀를 입 속에서 굴려 보면서, 지난날 자신들의 아팠던 기억을 되살리는 듯싶었다. 마치도 자기가 혹 설암에 걸린 것은 아닌지 하면서.

〈필라델피아〉라는 영화가 얼마 전에 상영되었다. 에이즈에 걸린 변호사가 죽어 가는 과정을 그린 영화였다. 영화 속에서, 그 변호사의 에이즈 증상은 처음에 그의 이마에 나타났다. 이마 우측 뒤쪽으로, 마치도 벌레에 물렸을 때 생기는 것처럼 불그스레한 반점이 생겼다. 어느 날 갑자기 생겼다. 자신도 모르고 있었다. 누군가가 물었다. 왜 그러냐고, 그것이 무엇이냐고? 그랬더니, 그 변호사는 별로 그것을 대수롭게 여기지 않고, 글쎄, 뭘까, 어디에 부딪혔나 하는 식으로 가볍게 넘겼다. 그러나 훗날 알았지만, 그것이 곧 에이즈가 처음 밖으로 드러난 증상이었다. 그 영화를 보고 많은 사람들이 그후부터 자신의 몸에 생겨나는 그러한 붉은 반점에 무척이나 두려움을 느끼면서 신경을 쓰는 까닭이 무엇이겠는가?

물론, 오래 살고 싶은 욕망은 누구에게나 있는 것이다. 그렇기에 죽음을 가져다 줄 수도 있는 질병에 대하여 사람들은 공포심을 느낀다. 비록 죽음이 두렵다 하지 않더라도, 사는 날까지는 건강하게 살고 싶은 마음에서 질병에 대하여 두려움을 느끼는 경우도 있을 수 있다. 옛날에는 질병이나 건강에 대한 우리네 지식이나 상식이 그렇게 넓고 깊지가 못했다. 또 그래서 그런지 우리가 익히 알고 있는 병의 종류도 그렇게 많지가 않았다. 그러나 지금은 어떤가? 우리네 보통 사람들도 경우에 따라서는 의사도 놀랄 만큼 질병에 대한 전문용어를 이해하고 있고, 또 어떤 때는 잘못 알고 있는 것이 많아, 그것이 다시금 질병의 원인이 되기까지도 하지 않는가? 웬만한 증상은 스스로 진단하고 처방하는 경우도 주변에서 허다하게 볼 수 있다. 옛날 말에, 아는 게 병이라고 했듯이, 오히려 아는 것이 많아 더욱더 두려움을 크게 느끼는 수도 있을 것이다. 그렇다면, 우리가 질병에 대해서 그만큼 많이 알아서 두려움이 생기는 것일까?

다음으로, 이유 없는 불만, 이것도 참으로 우리 주변에 많은 사람들이 공통으로 겪고 있음을 쉽게 볼 수 있다. 괜스레 짜증이 나고, 신경질을 부리고, 밥맛을 잃고, 기력이 쇠잔해짐을 느끼는 사람들이 있다. 아침까지만 해도 아무렇지 않았던 사람이 오후가 되어서는 괜히 짜증을 내고 신경질을 부린다. 특별히 그럴 만한 이유가 없는데도 그런다. 어떤 때, 어떤 사람은 그냥 누가 지나가는 것을 보고도 짜증을 낸다. 지나가는 그 사람이 그에게 뭐라고 말한 것도 아닌데. 그래서 그런가, 우리네 사람들, 특히 젊은이들이 싸우는 까닭을 보면, 그중 흔한 것이 째려보았기 때문에 치고 박고 싸운다는 것이다. 지나가다 그저 흘끗 본다. 그러면「뭘 봐, 임마!」「보긴 누가 봤다고 그래」하고 말하다가 주먹다짐까지 오간다. 교차로에서 신호를 대기하고 서 있으면, 그저 앞을 보고 기다리면 될 터인데, 그냥 이쪽저쪽 다른 차들을 들여다본다. 어떤 사람이 좋은 차에 예쁜 여자하고 탔다. 그러면 괜스레 심통을 부리기도 한다. 속으로 욕하면서,「자아식, 뭐 하는 놈야.」신문을 펼쳐 들고 있다가 괜스레 짜증을 내는 사람이 있는가 하면, 텔레비전 채널을 이쪽저쪽 돌리다가 짜증 내는 사람도 있다.

이유가 불분명한 채로 불만에 가득 차는 일은 꼭 어른들한테서만 나타나는 것은 아닌 듯싶다. 아이들한테도 이따금씩 있다. 물론 성질하고도 관계가 있을 터이고, 또 공부를 해야한다는 심리적 압박이 바탕에 늘 깔려 있어 그럴 수도 있겠거니 하고 생각을 한다. 그럼에도, 어떤 경우에는 정말 본인도 자기 자신이 왜 그러는지 도저히 이해가 안 되면서 짜증이 나는 것을 본다. 그리고 이해가 안 되는, 원인을 알 수 없는 짜증이 생기면, 그 원인을 모르는 것 자체가 원인이 되어 불만과 짜증이 가중되는 경우도 있다.

신경불안증, 흔히 노이로제라고 불리는 증상은 정도의 차이가 있을지언정, 아마도 이 시대를 사는 사람 거의 모두에게 있는 듯싶다. 세상이 하도 복잡하게 바삐 돌아가고, 또 그 속에서 사람들의 삶의 모습이 복잡다단하다 보니, 그런 증세가 생기는 것 아닌가 싶다. 그저 어떤 경우에는 막연한 불안이 엄습한다. 아직 시간상으로는 멀리 있는 일임에도 미리 당겨서 걱정을 하고 힘들어한다. 무슨 일이든 뒤끝이 아주 완벽하게 처리되지 않으면, 그것이 마음에 걸려 늘 찝찝한 채로 남아 있고, 다른 일에 쉽게 전념하지 못하는 사람들도 있다. 마음으로는 늘 크게 생각하고, 한 차원 높게 서고 싶고, 대수롭지 않은 것은 넘어가고, 지나간 일은 모두 잊어버린다고 하면서도 그렇게 하지를 못하고, 초조해하고 불안해하는 사람들이 많다.

그렇다면 이 시대를 살아가는 사람들은 왜 그러한 문제들에 휩싸여야만 하는가? 그렇게 되는 근본 까닭이 무엇인가? 무엇 때문에 질병에 대한 공포심에 휩싸이고 무엇 때문에 괜스레 짜증을 내고, 무엇 때문에 불안해하는가? 근본적으로 그것은 자기 나름대로 확고한 삶의 가치체계를 수립하지 못해서 그런 것 아니겠는가? 자기 나름대로 삶과 죽음에 대한 철학을 분명히 세우고, 삶의 목표를 확고하게 설정하고 있고, 그 속에서 자신의 존재 의미를 분명히 선언하며 지니고 있는 사람은 그러한 세 가지 고민에 빠져 들지 않을 듯싶다. 즉, 질병에 걸려서 오늘 하나님이 데려가겠다 하면, 「그래, 기꺼이 가겠노라」라고 말하는 사람은 질병에 대한 두려움이 없을 것이다. 결국엔, 우리네 가치체계가 확고하게 수립되어 있지 못한 데서 자신이 없고, 불안하고, 그래서 괜스레 화가 나고 힘든 것 아니겠는가?

교차로에서 교통사고가 발생하는 원인 중의 하나는 교차로의 신호가 바뀔 때, 머뭇거리는 행동이다. 교차로를 향해서 달려올 때, 물론 운전자는 현재의 파란 신호가 내가 그곳에 이르기 전에 빨간 신호로 바뀔 수도 있을 것이라는 것을 예측하고, 서행하면서 접근해야 안전운행을 할 수 있다. 또는 언제고 신호가 바뀌면 설 수 있는 마음의 준비를 갖추고 접근해 와야 한다. 눈이 좋아서 교차로가 저만치 멀리 있는데도 그 교차로 신호등의 움직임을 아주 미리 발견하는 사람은 저쪽의 현재의 파란 불이 얼마큼이나 오래 계속될 것인가를 사전에 예지하고 내가 건너갈 수 있나, 아니면 아무리 빨리 가도 건너갈 수 없을 것이라는 걸 확실히 판단하여 안전운행을 한다. 그러나 그렇지를 못하고, 급작스럽게 파란 불이 빨간 불로 바뀌는 것을 보고 그냥 거기서 엉거주춤, 건너갈까 말까 헷갈려서 머뭇거리는 운전자들을 볼 수 있다. 그리고 그러한 경우 대부분은 교차로에서의 접촉사고나 충돌사고를 일으킨다. 교차로에 접근했을 때, 설혹 예측하지 못한 채로 별안간 파란 불이 빨간 불로 바뀌었다 하더라도, 자신의 현재의 속도를 감안하여 이것은 「어쩔 수 없다. 건너가는 수밖에 없다. 저쪽 편의 사람들에게는 좀 미안하지만」 하고 확실하게 행동하는 사람은 사고를 일으키지 않는다. 그저 빨간 불에 건너간 예의 없는 사람으로 좀 욕은 먹을 수 있어도 오히려 사고를 유발하지는 않는다. 아니면, 세상없어도 이것은 서야만 한다고 확실히 선언하고 급브레이크를 있는 힘을 다해 잡아도 오히려 사고는 나지 않는다.

이를테면, '헷갈리는 사람들'이 교통사고를 내는 것이다. 판단이 흐려지고, 확신이 서질 않아 흔들릴 때 사고를 내는 것이다. 살아가는 일도 그런가 싶다. 헷갈리는 사람들, 즉 가치 판단이 제대로 이루어지지 못하고, 확신을 세우지 못하고, 흔들리는 사람들이 자신의 삶에서 사고를 일으키고, 그래서 끝내는 다른 사람들에게까지 피해를 입히는 것 아닌가 싶다. 질병에 대한 공포심이나, 이유가 분명치 않은 불만이나 신경불안증도 결국엔 헷갈리는 사람들이 겪는 고민이다. 자신의 주체적인 가치체계를 확고히 세우고 살아가는 사람들에겐 질병에 대한 두려움이 생길 리 없고, 쓸데없이 짜증 나는 일도 없을 것이고, 괜스레 불안하게 느낄 일도 없을 성싶다.

어둡기 전에 어서 내려가자

어떤 사람이 산에 오른다. 모처럼의 공휴일을 맞아 친구들과 함께 가벼운 먹을거리를 준비해 갖고 산에 오른다. 헉헉대면서 오른다. 가능한 한 쉬지 않고 끝까지 올라가려 하지만, 너무도 힘이 들어 중간에서 잠깐잠깐 쉰다. 맑은 계곡에 넓게 놓여 있는 바위 위에 앉아, 시원한 물에 발도 담그고, 준비해 간 따뜻한 커피를 한잔 나누면서, 산속에서 피어오르는 신선한 공기와 초목의 싱그러운 냄새에 세상만사 잊어버리고 잠시 쉰다. 그러곤 다시금 일어나서 또 오른다. 뒤를 돌아다보지 않고, 그저 앞만 바라다보고, 위만 쳐다보고 오른다. 이정표를 보니, 이제 얼마 안 남았다. 벌써 이만큼이나 올라왔구나 하는 성취감도 느낀다.

이렇게 해서 산 정상에 오르면 기분이 어떠한가? 성취감에 젖는다. 산꼭대기를 올라왔다는 쾌감, 그리고 눈 아래 펼쳐 있는 많은 것들을 내려다보는 시원한 느낌, 등줄기에서 흐르는 땀에 속옷이 온통 젖었을 때, 몸 속의 더러운 모든 것이 땀을 통해 빠져나가고, 거칠어진 호흡을 통해 몸 속에 쌓여 있는 모든 찌꺼기들이 밖으로 전부 날아가 버린 듯, 가벼워진 느낌 등등 참으로 여러 가지 쾌감이 교차한다. 그래서 사람들은 산에 오르는 것이 아니겠는가?

나는 산에 자주 다니지 못해서 실상 산을 즐겨 찾는 사람, 산을 사랑하고, 산이 그냥 좋아서 가는 사람들의 깊고 높은 뜻은 헤아리지 못한다. 그러나 참으로 이따금씩 오랜만에 산에 오르면, 나는 산으로부터 삶의 의미, 특히 삶의 과정이 이런 것 아닌가 함을 깨달을 때가 많다.

우선 처음엔 그렇게 힘이 안 든다. 평지를 걷는다. 그땐 기운도 솟구친다. 마치도 어린아이들이 부모님이 해주시는 대로 먹고 입고 편안히 자라나듯, 그리고 솟구치는 힘으로 그저 힘차게 뛰어놀고 건강하게만 자라주면 될 때의 경우처럼, 처음 산으로 다가갈 때는 가슴 뿌듯한 기쁨과 씩씩한 걸음 속에서 짜릿한 기분을 느낀다. 그러다 얼마 안 가서 가파른 언덕이 나타나고, 여러 사람이 다녀서 그런지 뺀질뺀질 미끄러운 길도 있고, 사실 어느 쪽이 진짜 길인지 구분 안 되는 묘한 길도 만난다. 이제 숨은 더욱 가빠지고 다리에 힘은 빠져나가고, 가파른 곳에 만들어 놓은 계단 하나하나를 밟고 올라설 때마다 더 이상은 못 올라가겠다는 듯이, 그저 그냥 여기서 주저앉아 쉬었다가 내려가면 좋을 성싶을 만큼 힘든 고비고비를 만나면서, 이겨 내면서 계속 정상을 향해 올라간다.

어린시절은 부모님 밑에서 별 부족함 없이 편안하게 지내면서 산다. 그러다가 학교에 들어가면서부터 고생이 시작된다. 초등학교 때는 국민학생의 나이에 걸맞지 않게 고뇌하면서 학교를 다닌다. 수없이 쫓아다니는 학원, 끝없이 계속되는 엄마의 성화에 부대끼면서 산다. 그래도 그때는 견딜 만했는데, 이게 웬일이냐. 중학교에 입학하면서부터 다가오는 대학입학시험 공부에 대한 부담은 6년간 계속된다. 이른 새벽부터 밤늦게까지 매일매일 쉴 틈도 없이 6년간을 부대끼면서 산다. 그래도 안 되면, 재수, 삼수, 다른 아이들보다 몇 년씩 더 지옥 같은 생활을 한다. 그렇게 해서 대학을 졸업하고, 또는 대학을 못 나왔어도 고뇌하는 성인초기를 보낸다.

　남자들의 경우 군복무라는 또 다른 긴 인고의 세월을 보낸다. 그 다음엔 직장을 얻고, 결혼을 한다. 어찌 보면 이때부터 진짜 등산이 시작되는 듯싶다. 온갖 역경을 견디면서 살아나간다. 생존을 위한 투쟁 속에서 뒤를 돌아다볼 여유를 갖지 못한다. 그저 앞만 보고 달음질한다. 위만 보고 헉헉대면서 오른다. 손에 잡히고 눈에 보이는 것들을 남보다 빨리 많이 얻기 위해, 많이 소유하기 위해 온갖 피눈물 나는 경쟁적 노력을 기울인다. 그래서 이제는 남들에게 그렇게 눌리지 않을 만큼의 지위도 얻고 명예도 얻고 재물도 얻었다. 흔히 말하는 성공을 거두었다. 물론 그것은 제각기 설정하는 기준에 따라 다르겠지만, 어떻든 내가 생각하는 자신의 입장, 자신의 능력, 자신의 환경에 견주어 볼 때, 후회 없이 열심히 살았으며, 또 성공을 거두었다고 본다. 산에 오르는 것으로 말하면 이제 정상에 오른 것이라고 말할 만큼, 상당한 성취를 거둔 것이다. 그러고 보니, 나이가 벌써 40대 중반에 들어섰다. 이제는 뒤를 돌아도 보고 앞을 내다도 볼 수 있는 마음의 여유도 생겼다. 마치도 사람들이 산꼭대기에 올라와서, 이제 다 올라왔구나 하고 안도와 환희를 함께 느끼면서 주저앉아 쉬는 여유를 갖는 것처럼 말이다.

　산꼭대기에 올라와서 사람들은 편안히 쉰다. 때로는 자기네들이 올라온 길을 내려다본다. 우리가 저쪽으로 올라왔는가, 아니면 이쪽으로 올라왔는가, 어느 길을 타고 올라왔는가를 따져 물어보기도 한다. 그리고 올라올 때는 보지 못하였던 주변의 경관을 가리키면서, 저것은 무엇이고, 저것이 아까도 있었는가를 묻기도 한다. 또한 이제 늦게 올라오는 사람들의 모습을 보면서 고생되겠구나 하고 안쓰럽게 느끼기도 한다. 이제 올라와서 어떻게 내려갈까를 걱정하기도 한다. 한참을 쉬었다. 그러자 일행 중 어떤 사람이 소리를 친다.

「자, 내려갑시다. 빨리 또 내려가야지. 어둡기 전에 어서 내려갑시다. 어두우면 내려가기 힘들어요!」

「어둡기 전에 어서 내려가자.」

이제 사람들은 내려가기 시작한다. 산꼭대기에서의 기쁨도 뒤로 남겨 두고, 산에 오르면서 보았던 많은 것들을 추억으로 묻어 두고 사람들은 서둘러 내려간다. 배낭도 가벼워졌다. 물론 다리에 힘도 많이 빠졌다. 이제는 그저 빨리 내려가 집에 가서 깨끗이 목욕이나 하고 두 다리 뻗고 잠이나 늘어지게 자고 싶은 생각이 가득 차오른다.

사람이 살아가는 과정도 그런 듯싶다. 세상에 갓난아기로 태어나서 40대 중반에 이르기까지는 그저 산꼭대기를 향해 앞만 보고 올라가듯, 그렇게 쉼 없이 질주해 온 것이다. 그리고 40대 중반에 산꼭대기에서 쉬듯이 사람들은 자신을 돌이켜 보는 쉼의 기회를 갖는다. 그리고 따져 묻는다. 이제껏 내가 무엇을 얼마만큼이나 성취했는가? 그래, 내가 지금 어떤 위치에 서 있는 것인가? 이제까지 내가 추구해 온 것이 무엇인가? 바로 이런 것인가? 그리고 그러한 것들의 의미는 무엇인가? 쉬면서 끝없이 많은 것을 스스로에게 묻고, 스스로 답을 구해 보려고 노력한다. 그러면 이제부터 남은 인생의 절반을 나는 어떻게 살아갈 것인가, 지금까지 인생의 절반을 온통 무엇인가 성취하기 위해 살아왔듯이 앞으로도 계속해서 나는 내 창고에 쌓아 둘 것을 성취하면서 살아갈 것인가!

흔히들 40대의 위기를 지적하는 사람들이 많다. 40대를 인생의 전환기라고 말한다. 40대에 접어들어 사람들은 바꾸는 것이 많다. 새 집으로 이사하는 사람, 직업을 아예 바꾸는 사람, 직업은 못 바꾸어도 직장을 옮기는 사람, 학교를 다시 다니기 시작하는 사람들이 많다. 바람직한 것은 아닐지 모르겠으나, 미국의 경우 40대에 들어서서 이혼율이 더욱 높아지는 것은 무엇을 의미하는 것인가? 왜 우리는 40대에 가서 그러한 일대 변혁을 경험하게 되는 것인가? 이러한 일대 변혁기에, 자칫 중심을 잃고 흐느적거리면, 그것이 곧 40대의 위기가 아닌가 싶다.

40대의 위기, 인생의 산꼭대기에 서서 맞는 위기다. 이 위기는 특히 산꼭대기에서 '내려갈 준비'를 하는 사람들에겐 별로 나타나지 않는 것 같다. 산꼭대기에 올라서서도, 다시금 더 오를 곳을 찾고 내려가기를 거부하는 사람들에게 나타나는 것인 듯싶다. 40대 중반까지의 삶의 과정은 한마디로 다가섬의 삶이었다. 사람들한테 다가섰고, 수많은 일에 다가섰다. 그리고 여러 사람들과 더불어 살고 일하는 조직 속에 다가섰다. 사람을 찾아다녔고 일을 찾아다녔고 조직을 찾아다녔다. 그래서 이만큼의 성취를 이룩한 것이다. 그러나 40대 중반 이후에도 그렇게 다가섬을 계속한다면 그것은 위기를 가져올 수 있다. 산꼭대기에서 「어둡기 전에 어서 내려가자」 했듯이, 이제부터 남은 인생을 '물러섬' '내려감'의 삶으로 그 원칙을 세워야 하지 않겠는가 하고 생각할 때가 많다.

어둡기 전에 어서 내려가자. 내려감은 물러섬이다. 이제까지는 다가섰고, 개입했고, 얻어 쌓는 삶이었지만, 앞으로의 삶은 물러서고, 떨어져 나오고, 버리고, 내주는 삶이어야 하지 않겠는가. 그래서 모두 버리고 내주어 원래 내가 세상에 올 때처럼 아무것도 소유하지 않고 빈손으로, 알몸으로 죽음을 맞는 것이 참으로 진정한 삶의 모습이 아니겠는가?

사실, 사람이 나이가 40대 후반을 넘어서면, 자신이 내놓고 버리지 않으려 해도 잃는 것이 점차 많아지게 마련이다. 우선, 신체적으로 점차 힘을 잃어간다. 몸의 기력이 떨어진다. 나이가 들면서, 늙어가면서 체중도 준다. 머리털도 빠져나가고, 이도 빠지고 쇠약해진다. 여자들에게는 폐경이 시작되지만 남자들에게도 그 비슷한 것이 있는 것 같다. 가정적으로도, 우선 부모님께서 돌아가신다. 가까운 집안의 친척과 고향 어른들이 돌아가셨다는 얘기를 전해 듣는다. 동창회에 가보면, 벌써 보이지 않는 친구들도 있다. 그동안 살아오면서 가까이 지내 왔던 많은 사람들이 하나둘 떠나간다. 신문을 펴들면, 부음란을 유심히 들여다보게 된다. 이렇듯 내가 잃어버리지 않으려 해도 잃어버려야 하는 것이 또 있다.

그동안 품안에 있었던 자식들도 떠나보내야 한다. 결혼을 시켜 내보낸다. 물리적으로만 떠나보내는 것이 아니라, 때로는 마음으로도 떠나보낸다. '품안의 자식'이라고 하지 않았던가? 사회적으로도 그렇다. 내가 그동안 관계해 왔던 수많은 단체, 조직으로부터 나도 모르게 서서히 일탈하게 된다. 때론 귀찮아서, 내가 원해서 떠나기도 하지만, 때론 젊은 사람들에게 밀려서 떠난다. 큰마음 먹고 난생 처음으로 부부가 함께 대학로에 연극을 보러 갔다. 줄을 서서 입장순서를 기다리다 두 사람은 괜스레 창피스러움을 느꼈다. 그 긴 줄 속에서 자신들이 가장 나이를 많이 먹은 사람이라는 것을 발견하고, 「다시는 이런 곳에 오질 말아야 하겠군」 했다.

이렇듯 나이를 먹으면서 잃어가고, 내놓고, 버리는 것이 삶의 순리이다. 그런 것을 내놓지 않으려고, 잃어버리지 않으려고 안간힘을 써서는 안 된다. 욕심을 더 부리고, 그저 움켜쥐려고 온갖 발버둥을 치는 경우가 많다. 나이를 먹으면 늙어야 하는 것이 어찌 보면 자연의 섭리에 순종하는 것이다. 늙었으면서도 젊은이로 행세하려고 해서는, 그래서 이 자연질서를 깨뜨리려고 한다면, 그것은 바로 사람들이 억지로 자연을 조작함으로써 생겨나는 '기상이변'과 같은 현상을 불러일으킬지도 모른다. 요즘 많은 노인들이 젊은이처럼 하고 다니고 결혼한 부인네들이 처녀처럼 하고 다니는 것을 본다. 어찌 보면 그들 모두가 각자 노인은 노인의 모습으로 부인은 부인의 모습으로 제자리를 찾아가야 사회는 균형을 찾을 성싶다. 언덕을, 산을 오르면 꼭 내려가는 일도 올라온 만큼의 시간과 노력을 들여 해내야 한다. 40년 넘게 걸려서 쌓아 온 것을 내놓으려면 그만큼 40년 넘게 걸릴 듯싶다. 제각기 우리가 산꼭대기에 오르면 그 산의 높이는 서로 조금씩 다르겠지만, 어떻든 어둡기 전에 내려가야 하는 것은 모든 사람에게 마찬가지다.

실례지만, 그래 자녀는 몇이나 두셨우?

　두 사람이 처음으로 만나 인사를 나눈다. 명함을 주고받으면서 악수를 한다. 그러곤 이들 두 사람은 새로운 관계를 형성한다. 그후로 두 사람은 이렇게 저렇게 만나는 횟수가 많아지고, 서로 많은 이야기를 주고받는다. 이러한 인간관계는 같은 남자끼리, 같은 여자끼리, 또는 남녀 간에도 허다하고, 또 나이가 많고 적음에, 지위가 높고 낮음에, 돈이 많고 적고 간에 상관없이 매우 폭넓고 다양하게 이루어진다.

　사람들이 만나서 우선 제일 먼저 행하는 것은 상대방에 대한 해석이다. 상대방에 대해서 이해를 한다는 명목으로 상대방의 모든 지난날, 그리고 현재를 캐내려고 한다. 그러나 자신에 대해서는 그만큼 노출시키려고 하지 않는다. 자신의 과거와 현재는 그저 상대방의 과거와 현재를 캐내기 위한 미끼로 조금씩만 보여 주고는, 오로지 상대방의 모든 것을 캐내려고 한다.

　내가 잘못 생각하고 있는지는 모르지만, 남자들 특히 중년에 가까워진 남자들, 외양을 보아서는 얼른 그 나이를 확실하게 짐작하기 어려운 남자들은 처음 만나면 상대방의 나이에 관심이 많다. 상어는 바닷물 속에서 다른 물고기를 잡아먹으려면 그냥 덥석 잡아먹지 않는다고 한다. 공격 목표물이 나타나면, 그 옆으로 그냥 한번 스쳐 지나가 본다고 한다. 나보다 이놈이 얼마나 큰가를 알기 위해서라고 한다. 그래서 자기보다 길이가 길면 안 잡아먹고 자기보다 길이가 짧으면 무조건 잡아먹는다고 한다. 사람을 상어에다 비유할 수는 없지만, 마치도 상어가 상대방의 길이를 탐색하듯 사람들, 특히 성인 남자들은 나이를 탐색한다. 그러나 그렇다고 해서 만나자마자 직접 물을 수는 없는 것이다. 「그래, 실례지만, 지금 몇 살이오?」 하고 묻기는 어렵다. 그렇다고 해서 주민등록증을 서로 꺼내 보자고 할 수도 없고, 이때 사람들은 매우 그럴싸한 방법으로 상대방의 나이를 탐색해 본다.

「실례지만, 그래 자녀는 몇이나 두셨우?」

이 사람이 왜 내가 애를 몇이나 둔 것을 물어보는가? 하기야 나이가 꼭 궁금해서 계획적으로 물어보는 것이 아닌 경우도 있다. 우리나라 사람들은 언제나 그런 수에 관심이 많지 않던가? 시골집에 가면, 그래 소는 몇 마리가 키우십니까? 밭은 얼마쯤이나 경작하고, 논은 몇 마지기나 경작하는가? 하는 식으로, 그저 별생각 없이 묻는 수도 있다.

「둘입니다.」

「그럼, 어떻게 아들, 딸 두셨습니까?」

「아니요, 둘 다 사내녀석입니다.」

「아, 그러세요? 좋으시겠네요!」

「좋기는요, 머슴애들이라서 그런지, 시끄럽기만 하지요.」

여기까지는 별로 냄새가 없는 질문이었다. 그저 대화를 끄집어내는 평범한 얘기들이었다. 그러나 그 다음부터 상대방은 보다 치밀한 질문을 해온다.

「그래, 큰아이는 올해 몇 학년입니까?」

큰아이가 몇 살이냐고 물어보면, 너무 단도직입적이다 싶어서인지, 상대방은 학년으로 물어보았다. 이때, 상대방이 내 나이에 관심을 갖고 있구나 생각하면, 어떤 사람은 흔히 화투 놀이의 하나인 '섯다' 게임에서 얘기하는 '올려 치기'를 한다. 사실대로 말하지 않고 얹어서 허풍을 친다. 실제는 대학교 1학년인데도 대답은 그렇게 하지 않는다.

「작은녀석마저 지난해에 결혼시켜 내보냈습니다.」

상대방은 그 다음의 말을 잊은 채 몹시 놀란다. 아니, 그렇게 보이지 않는데, 이 친구 먹어 보았어야 그저 나보다 한두 살 더 먹었을 줄 알았는데, 생긴 것보다 꽤 먹었네. 그럼 나보다 훨씬 나이가 많잖아! 우리 큰아이는 아직 고3인데……. 이렇게 생각하고는 더 이상 나이를 묻지 않는다. 나이에 관련된 얘기를 꺼내지 않는다. 그저 깍듯이 대한다. 나이로는 일단 자기가 아래다 싶어, 자기의 '자리'를 찾아서 상대방을 대한다. 그런데 만약, 어떤 친구가 사실대로 얘기했다고 하자.

「큰녀석이 올해 대학에 들어갔습니다.」

「아, 그러세요. 기쁘시겠습니다. 요즘엔 재수, 삼수하고도 들어가기가 어려운데…….」

「저희 집 애는 재수 안 하고 그냥 들어가 주었습니다.」

이 얘기를 들은 상대방은 잽싸게 속셈을 한다. 대학 1학년이면, 헤아리는 나이로 스무 살이겠다. 그러면 늦어도 서른 살에 낳다 치면, 이 친구 쉰 살이잖아. 그래, 아까서부터 쉰 살은 되어 보인다고 생각했어.

「그럼, 지금 쉰 살이십니까?」

이렇게 물어보면, 나이를 알려고 애가 몇 학년인가를 물어보았다는 속셈이 드러나는 게 싫어서인지, 그는 다시금 다른 잣대를 갖다 댄다.

「해방은 잘 모르시겠구먼.」

해방. 해방은 1945년에 이루어졌다. 그 해방을 아느냐는 것이다.

「아니, 무슨 말씀이에요. 해방을 제가 어떻게 알겠어요? 저는 해방 이듬해에 태어난 걸요.」

해방 이듬해에 태어났다고, 그럼 1946년생이네. 그럼 마흔아홉이잖아! 쉰도 아직 안 됐네. 자식, 나보다 그럼 네 살이나 아래잖아! 그런데도 자식 나보다 더 나이 먹은 듯이 행세하잖아! 이때 그는 기분 나쁜 듯이 목에 힘을 주어 말한다.

「아, 그러시구먼. 나는 해방될 때, 가만 있어 보자, 그러니까 그때 내가 막 초등학교 1학년에 입학했을 때지…….」

생각에 잠긴 듯이 조금은 올려 보태서 말한다. 이 얘기를 듣고 난 사람은 지금 자기가 만나고 있는 이 사람이 자기보다 훨씬 나이가 많다는 것을 알게 되었고, 따라서 그 사람에게 그만한 대우를 해주기 시작한다. 말하자면, 이런 식으로 사람들은 처음 상대방과 우열, 상하, 대소를 따져 나간다. 상대방을 해석하는 것이다. 상대방을 분석하는 것이다. 그러면 왜 해석하고, 분석하는가? 그것은 상대방을 다스리기 위해서이다. 통제를 하는 것이다. 순서를 정하는 것이다. 위아래가 결정나는 것이다.

모든 사람들의 관계는 이처럼 눈에 보이지 않는 가운데 한쪽이 다른 한쪽을 통제하게 된다. 아무리 가까운, 그리고 대등한 동료관계라 하더라도 그 속에는 다소간의 위아래가 정해져 있고, 그래서 한쪽이 다른 한쪽을 조금씩이라도 지배하게 된다. 해석과 통제가 이루어진 다음, 사람들은 서로 상대방을 좋게든 나쁘게든 비판한다. 특히 제3자에게 가서 어쩌다 상대방 얘기가 나오면, 자기가 그 친구를 잘 안다고 하면서, 이제껏 그 친구와 가졌던 해석과 통제의 바탕 위에서 그 친구에 대한 비판을 가한다. 사람들이 만나면 무슨 얘기를 제일 많이 주고받는가? 주로 '사람'에 관한 얘기들이다. 자기 자신들과 남의 얘기다. 사람에 대한 온갖 비판이 이루어진다. 그래서 사람들이 그저 몇 시간 만나서 긴 얘기를 나누었어도, 그것을 요약하면 두 가지이다. 하나는 각자 자기 자랑한 것이고, 다른 하나는 남 욕한 것이다.

　사람들은 이렇게 만나서 해석하고 통제하고 비판하는 가운데, 인간관계를 형성해 나간다. 그런데 사람들은 해석과 통제, 비판을 통해서 두 사람 간의 관계가 완전히 하나로 합쳐지기를 기대한다. 두 사람을 각기 하나의 원으로 표현할 때, 두 개의 원이 똑같은 크기일 수는 없다. 결국 어느 원이 다른 원보다 작거나 크다. 그러나 이런 크기가 다른 두 원이 합쳐지면, 그중 큰 원이 작은 원을 포섭하게 된다. 즉, 안에 품게 된다. 원의 크기가 같다 하면, 사람들이 원하는 것은 그 두 개의 똑같은 크기의 원이 조금의 엇물림도 없이 그대로 포개져서 하나가 되기를 원한다. 서로 품고 품어지든 아니면 똑같이 포개지든 사람들은 그렇게 되는 것이 가장 이상적인 인간관계라고 믿고 있다. 그래서 결혼식에서 모든 주례들은 늘 빼놓지 않고 그러지 않던가? 「둘이 하나가 되었다」고. 몸으로도 마음으로도 이제부터 두 사람은 하나가 된다는 것이다. 그러나 나는 그동안 20여 차례 제자들 결혼을 주례했지만, 한번도 둘이 하나되는 얘기를 해본 적이 없다.

　참으로 사람들의 관계는 그렇게 '하나'가 될 수 있는 것인가? 부부는 정말 하나가 될 수 있는 것인가? 그것은 이상 그 자체로는 좋지만, 현실적으로 바람직하지도, 가능하지도 않은 것 아닌가? 하나님과 나는 참으로 하나가 될 수 있다. 하나님이라는 큰 원 안에 모래알 같은 작은 나는 품어진다. 그리고 하나님은 내가 무슨 얘기를 하든 화내시지 않는다. 내가 어떤 잘못을 저질러도 끝내는 용서하고 사랑 하신다. 그러니까 나는 하나님 속으로 하나가 되어 들어갈 수 있다. 그러면 사람들의 관계도 그런가?

　진정한 인간관계는 부분적으로만 하나가 되고, 부분적으로 각기 자신의 고유한 삶의 세계를 갖도록 하는 것이라고 생각될 때가 많 다. 두 개의 원으로 다시금 표현하면 그저 절반쯤 두 원이 겹쳐져서 가운데에 생기는 또 다른 하나의 타원이 바로 인간관계의 공감대 영 역이고, 나머지 각자의 원의 반은 각자 자신의 삶의 세계가 되는 것 이다. 인간관계의 본질은 결국, 두 사람이 반씩 내놓아서 가운데에다 만들어 내는, 새롭게 창조하는 공유하는 새로운 타원이 얼마나 돈독 하고 얼마나 질적인가에 달려 있는가 싶다. 그 속에서 두 사람은 가 치를 공유하고, 목표를 공유하고 노력을 함께한다. 서로 그 공감대 영역에서 희로애락을 나누어 갖고 싶어한다. 그러나 그러한 공감대 만이 결코 전부일 수는 없다. 자기 원에서 남은 반은 참으로 자기만 의 고유한 삶의 세계를 가꾸어 나갈 수 있도록 하여야 한다. 그래야 만 상대방을 위해서, 상대방과 함께 살기 위해서 내놓은 다른 반에 대한 아쉬움도 없다.

　흔히들 부부관계에서 특히 여자의 경우, 여자의 행복은 남편의 행 복에 좌우되는 것으로 잘못 인식되어 왔다. 물론 그 반대인 경우도 있다. 그러나 그러한 믿음이 곧 근본적으로 가정을 깨고 부부관계를 그르치는 것 아닌가 싶다. 자기의 삶, 그녀만의 고유한 삶과 믿음, 세 계가 없고 그저 다른 사람의 삶에 좌우된다면, 그는 도대체 어디에서 자신의 존재의 가치를 찾을 수 있겠는가? 사람은 모두가 독립된 개 체이다. 그러므로 누구나 각자 자신의 고유한 세계를 갖고 있어야 한다. 가질 권리가 있다. 혹자는 퍽이나 외로워질 때 입버릇처럼 되뇌이기를, 결국 인간은 혼자이다라고 서럽게 말한다. 그러나 그것은 서러운 감정의 표현일 수가 없다. 사람은 결국 혼자라는 것은, 사람은 각기 자신의 세계를 자기 스스로 살아감을 의미하는 것 아닌가!

우리가 부모 자식 간의 관계에서든, 부부관계에서든, 스승과 제자 간의 관계에서든, 그냥 우정의 관계, 이웃 간의 관계에서든 문제가 생기는 근본원인은 각자의 세계가 있음을 인정하고 존중해 주지 못한 채, 그저 상대방이 내 품속에 들어와 하나가 되기를 희구하고 강요한 데서 온 것이 아닌가 생각할 때가 많다. 나 자신만의 세계가 있듯이, 상대방의 세계가 있음을 인정해 주어야 한다. 내게도 비밀이 있듯이 상대방에게도 비밀이 있다는 걸 인정해 주어야 한다. 부모 자식 간의 관계에서 아이들을 온통 부모 앞에 통째로 까발려 놓고, 어른들은 비밀스럽게 자기들의 세계를 가지려 해서는 안 된다. 그래서 우리는 때때로 알면서도 모르는 체 살아가야 하는 것이다. 그래서 나는 주례할 때 젊은이들에게 이른다. 우선은 각자 자신의 세계를 고유하게 주체적으로 가꾸어 나가라, 그리고 부부는 서로 상대방이 그러한 세계를 가꾸어 나가는 데 가장 진정한 협력자, 동반자가 되어 주라고.

나는 모리분드암에 걸렸다

오래전의 얘기이다. 실화인지 아니면 누군가가 지어낸 얘기인지 모르지만, 어떻든 이 얘기는 여러 사람들을 통해 이렇게 저렇게 전해 오고 있다.

때는 1960년대의 어느 해 여름날. 오스트리아의 어느 국립병원에 50대 아주머니가 입원했다. 의사들의 계속된 정밀검사 결과 아주머니는 암으로 판정되었고, 더불어 앞으로 1년 이상을 살기가 어렵다는 결론도 내려져 있었다. 어느 날 갑자기 암이라는, 그래서 앞으로 얼마의 기간을 넘기지 못할 것이라는 사형선고를 받았을 때 사람들의 마음은 어떠할까? 그러한 사람들의 심리변화를 연구한 어느 학자의 얘기를 빌리면, 그때 사람들은 대체로 다섯 단계를 거쳐서 죽어간다고 한다. 즉, 처음엔 그러한 진단과 선고를 불신하다가, 다음엔 그것에 대하여 「하필이면 왜 저를 데려가려 하십니까?」 하고 분노를 겪는다. 그러다가는 하나님과 협상을 벌인다고 한다. 이렇게 저렇게 제가 할 테니까, 하나님 1년은 너무 짧고 앞으로 3년 만 더 살게 해

주십시오. 협상이 안 되는 것을 알고 환자는 슬픔에, 절망에 빠지고, 맨 나중엔 체념하고 죽음을 받아들이는 다섯 단계를 거친다고 한다. 앞서의 아주머니도 그러했다. 그는 처음엔 그러한 사실을 믿지 않으려 했고, 다음엔 하나님께 분노하고, 의사와 가족들에게 분노했다. 그러다가 그 아주머니는 하나님과 협상하기 시작했다. 간절히 기도를 했다. 몇 년 만 더 이 땅에 살게 해달라고 애원하고 간청하는 기도를 계속했다. 삶에 대한 마지막 불타오르는 열정이 그 아주머니 몸과 마음속에 가득했다.

이때쯤이었는가 싶다. 병원에 가본 사람은 모두 알겠지만, 의사들이 아침마다 회진을 한다. 그러나 주치의만 회진하는 것은 아니다. 주치의와 관계되어 있는 많은 동료 의사들이 각기 제각기의 일을 위해 병실을 들락날락한다. 이 병원에서도 그랬는가 싶다. 어느 날 주치의에게 환자가 매달렸다.

「선생님, 저 좀 살려 주세요.」

의사는 한참이나 말을 못했다. 차트 속에 나타나 있는 기록으로는 도저히 어떻게 살려 낼 방법이 없으니. 의사는 그래도 무슨 말을 해주어야 되겠다 싶어, 한참 머뭇거리다가 입을 열었다.

「아주머니, 살려 드릴게요, 살려 드릴 수 있어요. 그러나 저희가 아주머니께 1년 이상을 더 넘기시기 어렵다고 말씀드릴 수밖에 없었던 것은, 아주머니가 지금 암에 걸리셨어요. 암에는 여러 가지 종류가 있습니다. 그런데 아주머니의 경우에는 좀 특별해요. 도대체 아주머니의 암이 무슨 암인지 진단하기가 어려워요. 아직도 밝혀 내지 못하고 있습니다. 저희들이 밝혀만 내면 고쳐 드릴 수 있어요. 그런데 저희 병원의 의사들로서는 아직 밝혀 내지 못하고 있습니다. 지금이라도 보다 새로운 의학을 공부한 전문의사가 와서 아주머니를 다시 진단하고, 암의 정확한 병명을 찾아내면 고쳐 드릴 수도 있어요.」

이 말을 들은 아주머니는 그날부터 잠만 깨면 하나님께 매달리며 기도했다.

「하나님, 마지막 부탁입니다. 이 한 가지만 들어 주십시오. 이 병원으로 빨리, 새로운 의학을 공부한 의사를 보내 주세요. 제 암을 정확하게 진단할 수 있는 실력 있는 의사를 보내 주세요. 그래서 진단만 하면 고칠 수 있답니다.」

눈물 어린 기도는 밤낮 없이 계속되었다. 그러던 어느 날, 이게 웬일인가. 처음 보는 낯선 의사가 환자 앞에 섰다. 아주머니는 기대에 부풀었다. 이 양반이 내가 기도한 덕분에, 하나님께서 보내 주신 새 의사인가? 누워서 하나님께 감사하는 기도를 드리고 있었다. 환자를 이렇게 저렇게 살펴본 이 의사는 그때, 옆에 서 있는 다른 젊은 의사들과 간호사를 향해 영어로 말을 했다. 오스트리아에서는 영어도, 독일어도 통용된다. 영어가 통용 안 되더라도 의사들은 원래 수많은 전문용어를 영어로 말하는 것이 상례이기도 하다.

「She is moribund.」

이 여자는 '모리분드'이다. 환자도 들었다. 모리분드라고, '모리분드'. 생전 처음 들어보는 단어였다. 하기야 그때까지 이 단어는 사전에 나오지 않은 단어였으니까. '모리분드'. 그래, 원래 병명은 학술적으로, 전문용어로 표현할 때 그렇게 어렵지 않던가. 우리 같은 보통사람들은 이해하지 못하는 것이 정상 아닌가! 맞아, 내가 모리분드 암에 걸렸다 이것이다.

「그래, 나는 모리분드암에 걸렸다.」

이렇게 생각한 아주머니는 하나님께 자신의 간구에 응답해 주셨음을 눈물로써 감사하게 되었다. 결국, 하나님께서는 내 기도를 들어 주셔서 내게 새 의사를 보내 주셨고 그 의사는 내 병명을 진단해 냈다. 이제는 주치의 말대로 이 사람들은 나를 고칠 수 있을 거야, 병명이 밝혀졌으니까. 병명을 몰라 못 고친다고 했지 않은가?

「아 주여, 감사합니다. 이제 저는 살아서 나갈 수 있습니다.」

감사와 환희의 뜨거운 눈물이 매일 가슴을 적셨다.

이 아주머니는 1년을 넘겼다. 그리고 그 이듬해, 크리스마스를 며칠 앞두고, 아주머니는 비교적 건강한 모습으로 퇴원을 했다. 병세가 참으로 호전된 것이다. 완쾌는 안 되었지만, 집에 가 있어도 될 만큼 호전된 것이다. 1년을 못 넘긴다는 사람이 2년 가까이 병원생활을 하더니 살아서 집으로 돌아간 것이라 모두가 놀라워했다. 하나님의 기적이 이루어졌다고 생각했다. 도대체 이 환자는 무엇 때문에 그렇게 병세가 호전되었을까. 의사들은 의학적인 측면에서 더욱 관심을 갖게 되었다. 그리고 그동안 그 아주머니의 치료과정을 다시금 면밀히 분석하기 시작하였다. 어떤 수술이, 어떤 약이 그 아주머니의 병세를 호전시키는 데 영향을 미쳤는가를 확인하기 위해서. 이때나 그때나 암을 고치는 특별한 약이 발견되지 못하지 않았는가? 의사들은 별로 신통한 해답을 얻지 못했다. 결국 의사들은 다시금 환자를 만났다. 이제부터 환자의 투병과정을 듣기 위해서였다.

「아주머니, 아주머니는 무엇을 그렇게 열심히 기도하셨어요?」

「1년은 너무 짧으니 몇 년 만이라도 더 살게 해달라고요.」

「그랬더니요?」

「의사선생님께 애원했지요. 그런데 의사선생님이 그러시더군요. 병명을 몰라서 못 고친다고, 이 병원에 오늘이라도 훌륭한 새 의사가 와서 제 병명을 진단하게 되면 고칠 수 있다고 하십디다. 그래서 그날부터는 새 의사를 보내 달라고 기도했습니다.」

「그래, 새 의사가 아주머니 기도대로 오셨습니까?」

「네, 오셨습니다. 하나님께서 보내 주셨습니다.」

「그분이 누구였습니까?」

「저기, 저분 같습니다.」

「그래요, 그래서 아주머니 병명이 진단되었나요?」

「네, 밝혀졌습니다.」

「병명이 뭐라고 하던가요?」

「모리분드요.」

아마도 이 이야기를 들은 의사는 그 스스로 졸도할 만큼 놀랐을지도 모른다. '모리분드(moribund)'는 병명이 아니다. 암의 종류가 아니다. 모리분드는 「다 죽어 가고 있다」라는 뜻이다. 그때 어느 의사가 회진을 돌면서 「이 아주머니는 다 죽어 가고 있구나」라고 던진 한마디였던 것이다.

그러나 의사들은 결론을 내렸다. 결국 이 아주머니가 기적과도 같이 살아나게 된 것은, 「병명을 알면 고칠 수 있다」라고 하는 환자만의 확고한 믿음 때문이었다고 결론을 내렸다. 물론 하나님께서 이루신 기적이었다. 그러나 하나님께서 그냥 그렇게 이루신 기적은 아니었다. 그 아주머니가 참으로 얼마나 굳게 믿고, 온몸 온 마음으로 그러한 믿음을 바탕에 깔고 살아나기 위해 노력했느냐 하는 것이 하나님께서 기적을 이루시는 밑바탕이 된 것이다.

이러한 현상을 일찍이 미국의 사회심리학자들은 자기충족적 예언(self-fulfilling prophecy)이라고 개념화시켰다. 그러나 그러한 식의 믿음과 습관화는 우리에게서도 일찍부터 있었다. 흔히들 말하는 「말이 씨가 된다」고 하는 것이 그렇다. 어떤 예언을 하면, 예언 그대로 예언이 실현되는 가능성이 높아진다. 즉 예언 그 자체가 예언을 실현시키는 가장 큰 힘이 된다는 것이다. 긍정적으로든 부정적으로든 예언을 하면, 예언은 그렇게 긍정적으로든 부정적으로든 현실로 나타난다는 것이다. 그렇다면 우리가 매사에 어떻게 예언하는 것이 좋겠는가? 두말할 나위도 없이 긍정적으로 예언하는 것이다. 그럼에도 우리는 무엇에 구속되어, 우리 스스로 모든 사람과 또는 일에 대하여 자꾸만 부정적으로 예언하는가? 사람을 처음 만나도 괜스레 「자식, 되게 밥맛 없게 생겼다」 「노력해 보았자 서로 좋아지기는 애당초 틀렸어」라고 속으로 부정적으로 예언한다면, 두 사람의 관계는 어떻게 되겠는가? 선생님이 학생을 부정적으로 예언하고, 부모가 자식을, 상사가 부하를, 정부가 국민을 부정적으로 예언한다면 그 사회가 어떻게 되겠는가? 우리 사회가 밝은 사회가 되려면, 우리 모두 사회를 밝고 긍정적인 예언으로 가득 채워야 할 것이다. 어느 가정이고 그 가정의 모든 식구들이 서로에 대하여, 그리고 각자의 일에 대하여, 온통 긍정적으로 밝은 예언을 하고 있다면, 그 가정은 언제고 기쁨이 차고 넘칠 것이다.

긍정적으로 예언하면, 우선 행동의 반경, 행동의 시간과 공간이 넓어진다. 똑같은 현상을 보았어도, 긍정적인 사람과 부정적인 사람이 내보이는 지각의 범위는 엄청나게 차이가 난다. 너무 유명해서 모두 알고 있으리라 생각되는 이야기를 하나 소개한다. 신발 수출업을 하는 각기 다른 두 회사 사람이 수출 시장을 조사하기 위해 아프리카 어느 곳을 갔다고 한다. 우연히 두 사람은 한 호텔에 함께 머물렀다. 그리고 두 사람은 도착 이튿날 사람들의 삶의 모습을 보기 위해 거리를 돌아다녔다. 이중 한 사람은 매사를 긍정적으로 생각하는 사람이고, 다른 한 사람은 부정적으로 생각하는 사람이었다. 저녁에 호텔로 돌아온 두 사람은 각기 본사에 전화로 보고를 했다. 매사를 긍정적으로 보는 사람은 「이곳 사람들은 신발을 전혀 신지 않습니다. 그러나 우리가 교육을 시키고 시범을 잘 보여서 그들이 신발을 신게만 된다면, 여기는 참으로 엄청난 시장이 될 수 있습니다」라고 보고하였다. 그러나 모든 것을 부정적으로 생각하는 다른 사람은 「이곳 사람들은 신발을 전혀 신지 않습니다. 신발 수출은 애당초 틀린 일입니다. 시장조사고 뭐고 간에 그냥 귀국하겠습니다」라고 전하였다고 한다.

긍정적으로 예언하고 행동하면, 마음속에 언제고 기쁨을 느끼고, 그로 인한 자아 내적인 성장동기가 커진다. 사람을 처음 만나서 그 사람을 긍정적으로 예언하면, 그는 그 사람과의 만남과 그 사람과의 일을 기꺼운 마음으로 행한다. 또 어떤 일을 맡게 되었을 때, 그 일을 긍정적으로 받아들이면, 그 일의 능률도 오르고, 성과 역시 기대 이상으로 크게 거두게 된다. 긍정적으로 사고하고 행동하는 사람들은 모든 것을 용해시키고 포용하게 된다. 작은 허물은 눈에 띄지 않는다. 눈에 띄어도 크게 문제가 되지 않는다. 좋은 점만이 보이기 때문이다. 지금 우리네 어른들이 가정교육에서, 학교교육에서, 또 거리의 사회교육에서 우선 우리네 청소년들에게 가져야 할 기본시각은 바로 좀 더 긍정적으로 그들을 예언하는 일인 듯싶다. 부모가 자식에 대하여, 선생님이 학생에 대하여 보다 긍정적으로 사고하고 행동하는 일이 그들의 미래를 키워 나가는 데 있어 무엇보다 먼저 이루어져야 할 전제조건이라 생각한다.

하나님께서 태어날 때 주신 백지에 그림을 그리며

사람이 어떤 일을 하는 데는 대체로 크게 세 가지 유형의 동기가 있다. 첫째는 생존을 위해 마지못해서, 안 할 수 없어 하는 경우이고, 둘째는 이왕 하는 일 그저 서로 어울리고 즐기기 위해 하는 경우이고, 셋째는 참으로 그 일의 가치를 이해하고 일하는 기쁨을 느껴서 하는 경우이다. 이름하여 물리·경제적 욕구, 사회적 욕구, 자아개발 욕구라고 부르는 세 가지 욕구에 기초한 동기가 있다.

지금 우리나라 대학에는 많은 종류의 특수전문대학원들이 있다. 위의 세 가지 욕구에 기초한 사람들의 동기를 특수대학원에서의 학습에 연계시켜 예를 들면 다음과 같다.

우선, 특수전문대학원에는 돈도 없고, 배우고 싶은 마음도 없는데, 그야말로 억지로 마지못해 다니는 사람들도 있다. 회사에서 명령을 내려 다니라고 하니까 다니는 사람들이 그렇다. 또는 특수전문대학원에서 석사학위를 받으면, 그것이 그가 일하는 직장에서 요구되는 승진요건을 충족시키기에 생존을 위해 어쩔 수 없이 다니는 경우이다. 젊은 사람들 가운데는 그냥 대학졸업 후 아직 취직도 안 되고, 그렇다고 별로 뾰족하게 할 일도 없어, '밖'으로 돌아다니는 구실을 만들어 내기 위해, 억지로 마지못해 다니는 사람도 많다. 이들은 모두 물리·경제적 욕구에 기초하여 대학원 학습을 하는 것이다. 이러한 경우, 이들의 학습행동 특성은 대체로 맹종적이다. 그저 시키는 대로 따라할 뿐이다. 시키는 데서 더도 덜도 하지 않는다. 시키는 것만큼만 해서 졸업의 최소요건을 채운다.

다음으로 특수전문대학원을 공부하러 왔다기보다는 '간판'을 취득하고, 그곳에 공부하러 온 많은 '명사'들과 어울리기 위해서 온 사람들도 있다. 물론 이러한 종류의 학습동기로 온 사람들의 수가 그렇게 많지는 않을지도 모른다. 여하튼 이러한 사회적 욕구, 사회적 동기를 바탕에 기본적으로 깔고 있는 사람들도 있음을 부인하기는 어렵다. 예컨대, 우리나라의 경우처럼 최종학력을 중시하는 풍토에서, 어떤 사람들은 최종학력을 '대학원 졸업'으로 만들기 위해 특수전문대학원에 오는 경우도 있다. 하다가 정 안 돼서, 논문을 못 써서 학위를 받지 못하는 경우가 생기면, 그래도 '대학원 수료'라고 쓸 수도 있지 않은가? 그래서 어떤 사람들은 한 학기짜리 단기 코스를 다니고서도 '무슨무슨 대학원 수학'이라고 이력서에 한 줄 넣는 사람도 있지 않은가? 또한, 어떤 사람들은 그때 함께 다니는 사람들과 교분을 맺기 위해 공부보다는 사귐에 더 열성을 보이기도 한다. 그래서 명함을 돌리고 원우회 활동 같은 데는 빠짐없이 적극 참여하고, 함께 저녁을 먹고 골프를 치고 술 한잔을 하는 일에 더욱 열심인 사람들도 있다. 그리고 훗날 그들은 내가 누구누구하고 대학원을 함께 다녔다는 둥, 누구누구하고 내가 저녁을 먹는 친한 사이라는 둥, 사회적으로 꽤나 알려져 있는 저명인사들을 들먹거린다. 이러한 사회적 동기가 대학원 수학의 기본 바탕이 되는 사람들은 대체로 그 학습행동 특성이 '동일시'적이다. 즉, 가르친 교수나 함께 배운 원우들, 그리고 자신이 다닌 그 대학의 명성과 자기 자신을 동일시하는 행동을 내보인다.

그러나 어떤 사람들은, 아마도 대부분의 사람들이 그럴 것이라고 믿지만, 참으로 '배움' 그 자체에서 느끼는 보람과 기쁨으로 특수전문대학원을 다니는 사람들도 있다. 배워서 그것으로 무슨 자신의 지위를 높여 보겠다거나, 돈을 더 벌어 보겠다는 뜻도 없다. 그저 어디엔가 소속되고, 그래서 힘 있는 많은 사람들과 사귀어 보겠다는 뜻도 없다. 살아가다 보니까, 일을 하다 보니까 내가 모르는 것이 너무 많구나, 또 세상이 참으로 빨리 변화되고 있구나. 그래, 무엇인가 내가 배워야만 하겠구나, 생각하면서 그 깊은 밤에 지친 육신을 이끌고 땀 흘려 가면서 배움의 기쁨을 느끼는 사람들도 있다. 이들은 그러한 배움을 통해서 자기 자신이 그만큼 더욱 커지고 계발되는 긍지와 보람을 가슴속 깊이 가득 느낀다.

이러한 세 가지 부류의 학습동기나 행동욕구는 비단 특수전문대학원에 다니는 경우에만 해당되는 것은 아니다. 여성들이 각종 사회교육, 평생교육 프로그램에 참여하는 데서도 나타난다. 즉, 어떤 여성들은 정말 그것을 꼭 배워야만 생존하겠기에, 배울 수밖에 없어서 다니는 경우도 있다. 의사가 당신의 병을 치유하려면 수영을 하는 것이 좋겠다고 해서, 그 의사의 말에 따라 마지못해서 수영을 하러 다니는 경우가, 바로 물리적·경제적 욕구, 생존을 위한 욕구에 기초하여 행동하는 것이다. 그러나 어떤 여성들은 헬스클럽에서 만나는 사람들과 서로 어울리고 사귀는 일에 더 큰 보람을 느끼고 다니기도 한다. 내가 어떠어떠한 사람의 부인과 가깝게 지내고, 내가 모모 여자들과 함께 수영을 하고 있다는 것을 자랑하기 위해 다니는 경우도 있다. 그런가 하면, 참으로 여가를 건전하게 보내고, 심신을 단련하여 생활의 활력을 얻고자 다니는 경우도 있다.

사람이 근본적으로 살아가는 동기 자체가 아마도 그러한 세 가지 부류의 동기로 나눌 수도 있을 것이다. 왜 사는가? 마지못해, 죽지 못해 산다. 어쩔 수 없이 그냥 산다는 사람도 있다. 또 어떤 사람들은 이왕 사는 것인데 그저 이렇게 저렇게 사람들과 어울리면서 즐겁게 살자는 사람도 있을 수 있다. 아니면, 내가 왜 사는가? 하나님께서 나를 이 땅에 창조하셨을 때는 그래도 내가 이 땅에 필요한 인간이기에 창조하신 것 아니겠는가? 나를 통해서 이 땅에 무엇인가를 실현하고자 나를 존재하도록 하신 것 아닌가? 그러니 내가 죽는 날까지 최선을 다하여, 이 땅에서의 나의 역할에 충실하다가 하나님께서 이제 그만 수고하고 내게 와서 편히 쉬어라 하실 때까지 열심히 살겠다고 생각하면서 사는 사람들도 많을 것이다.

이러한 세 가지 부류의 동기는 물론 지극히 교호적이고, 때로는 동시 발생적이다. 즉, 세 가지 중 어느 한 가지 동기만을 갖고 평생 살아가는 것이다. 크고 작거나, 강하고 약함의 차이가 있을지언정, 세 가지 동기가 때때로 한 사람에게 동시에 나타날 수도 있는 것이다. 이를테면, 내가 특수전문대학원에 다니는 까닭은, 참으로 무엇인가 배우는 기쁨 때문에 다닌다. 하지만 그곳에 다니다 보니, 이런 사람 저런 사람들과 새로운 사귐을 갖게 되어, 그 역시 소중한 보람이고, 그 역시 내가 특수대학원에 다니는 까닭이라고 생각하는 경우도 있는 것이다. 그러나 역시 이들 세 가지 학습동기 중, 이들 세 가지 삶의 동기 중 가장 의미 있고 바람직한 것은 자아개발에 기초한 동기일 듯싶다. 특히, 오늘의 삶의 양태처럼, 살아가는 의미가 자꾸만 여러 가지 외형적인 물량적 조건들 때문에 퇴색되고 변질되어 가는 와중에, 우리가 흔들림 없이 우리 자신을 세우려면, 우리는 우리 자신의 삶과 일, 그리고 학습의 동기를 자아개발이라는 차원에다 놓는 것이 최선의 길이라고 생각한다.

　하나님께서는 이 땅에 사람들을 창조하실 때, 모두에게 백지 한 장씩을 나누어 주었다고 생각하는 철학자가 있었다. 아무것도 그려져 있지 않은, 전혀 때가 묻지 않은 백지 한 장씩을 주었다. 그리고 사람들 보고 평생을 살아가면서 그 백지에 그림을 그리도록 한 것이다. 즉, 한 사람이 살아가는 것 그 자체가 백지에 그림을 그리는 것이다. 우리는 지금 모두가 각자 자기에게 주어진 백지에 그림을 그려가고 있는 것이다. 나이에 따라, 어린아이들은 아직 그 백지에 색칠을 하지 않았다. 그들은 연필로 대충 구성을 하고 있을 것이다. 그러나 많은 어른들은 이미 상당한 부분 색칠을 하였을 것이다. 아주 밝은 색깔들로, 아주 예쁜 그림을 그려 가고 있는 사람들도 있을 것이고, 또 그 반대로 어떤 사람들은 아주 어두운 색깔들로, 아주 칙칙한 그림을 그려 가고 있을 것이다. 우리가 죽음의 문턱에 들어설 때, 하나님께서는 각자 그려 온 그림을 보시고 판별하실 것이다. 너는 그래 이 세상에 나가서 어떤 그림을 그려 왔는가? 그림을 그리는 것이, 자기에게 주어진 삶의 목표와 삶의 소명을 놓고 하나의 그림을 그리는 것이 어찌 보면 자아개발인 셈이다.

　우리가 강가나 바닷가에 가보면, 큰 바위든 작은 바위든 크고 작은 여러 개의 돌들이 물이나 땅 위에 모습을 드러내고 있다. 그리고 우리는 그렇게 겉으로 드러난 모습이 그 돌의 실체의 전부라고 생각한다. 겉으로 드러난 모습만을 보고는 그것이 못생겼다든지, 쓸모가 없다든지, 크다든지, 작다든지 많은 판단을 한다. 그러나 그 돌이 물속에, 땅속에 감추고 있는 부분을 보았을까? 어떤 돌은 땅속에, 물속에 감추고 있는 것이 아무것도 없을 만큼 모두 다 드러내 놓고 있지만, 또 어떤 돌은 그 속에 엄청나게 큰 또 다른 모습을 감추고 있음을 본다. 사람의 모습도 그러한 것이 아닌가 생각할 때가 많다. 우리가 지금 이렇게 겉으로 드러내 놓고 있는 모습이 참으로 우리 모습의 전부인가? 아니면 아직도 겉으로 드러내지 못한 잠겨 있는 또 다른 나의 모습은 없는가? 자아개발이란, 바로 아직도 감추어져 있는, 겉으로 표출되지 못한 나의 모습을, 나의 능력을 표출시키고 끌어내는 것이라고 생각한다. 그리고 우리는 그러한 잠재된 나의 모습을 끝없이 개발해 내는 것이 이 땅에 나를 존재하도록 한 하나님께 대한 나의 최소한의 책무라고 생각할 수도 있을 것이다. 그리고 경험한 사람들이 많겠지만, 그렇듯 나의 또 다른 모습을 내가 찾아내고 키워 나갈 때, 우리는 얼마나 환희에 젖었던가? 얼마나 큰 기쁨과 보람을 느꼈던가?

우리가 끝없이 배우고 싶어하는 이유는, 또 우리가 이제까지 삶의 많은 시간을 학교에 다니면서, 또는 커서 혼자의 힘으로 배우는 일에 많은 노력을 기울이는 것은 무지와 무능으로부터 우리 자신을 자유롭게 하기 위해서이다. 세상에 대한 무지, 자기 자신에 대한 무지, 다른 사람들에 대한 무지로부터 우리 자신을 진정으로 자유롭게 하기 위해서 수많은 노력을 기울이는 것이다. 그것은 곧 우리가 각자 하나님으로부터 받은 백지에 보다 의미 있는 그림을 그리기 위한 우리의 노력이다.

인간이 현대와 같은 인간성 폐멸의 위기를 극복하면서 참으로 자유로운 삶을 향유하려면, 우리는 각자 자신의 삶, 자신의 생각, 자신의 능력, 자신의 태도와 가치관 등 자기 자신에 대한 무지에서부터 스스로를 해방시켜야 한다. 흔히 여성해방이라고 일컫는 일도, 그것은 분명 여성 스스로가 자신들의 잠재적 능력, 적성, 소질, 흥미, 가치, 태도 등을 스스로 각성하고 깨달아 그동안 스스로 너무 몰랐던 자아무지로부터 해방되면서, 여성이기 이전에 한 인간으로서의 존엄성을 회복하고자 하는 데 큰 뜻이 있는 것 아니겠는가 생각한다.

삶, 그것은 주어지는 것이 아니고, 내가 찾아서, 내가 개발해서, 내가 선택해서 사는 것이다. 그것은 여자이건 남자이건 간에, 애이건 어른이건 간에, 배운 사람이건 못 배운 사람이건 간에, 부자이건 가난한 사람이건 간에 모든 사람에게 마찬가지이다.

지금 당신의 자녀가 흔들리고 있다 ①

초 판 1쇄 발행일 · 1994년 11월 10일
초 판 21쇄 발행일 · 1998년 1월 15일
개정판 1쇄 발행일 · 2004년 7월 30일
지은이 · 이성호
펴낸이 · 임성규
펴낸곳 · 문이당

등록 · 1988. 11. 5. 제 1-832호
주소 · 서울시 성북구 동소문동 4가 111번지
전화 · 928-8741~3(영) 927-4990~2(편)
팩스 · 925-5406
ⓒ 이성호, 2004

홈페이지 http://www.munidang.com
전자우편 webmaster@munidang.com

ISBN 89-7456-255-3 04810
ISBN 89-7456-254-0 04810 (전2권)